JE

# Une vie
# en rouge et bleu

ROMAN

CALMANN-LÉVY

Ce roman est paru aux Éditions Calmann-Lévy dans la collection
« France de toujours et d'aujourd'hui », dirigée par Janine Balland.

*Toute ressemblance avec des personnes existant ou
ayant existé serait une simple coïncidence.*

© Calmann-Lévy, 2010.
ISBN : 978-2-253-15809-7 – 1re publication LGF

Je remercie très fort Houria qui
m'a fourni ce rouge et ce bleu.

J. A.

« La mémoire, ce fléau des malheureux, anime jusqu'aux pierres du passé, et jusque dans le poison bu naguère ajoute des gouttes de miel. »

Maxime GORKI, *Les Vagabonds*,
trad. Ivan Strannik, Paris,
Mercure de France, 1901

# Prologue

*On lui avait donné l'adresse de son gibier :* Régis Féraz, Les Voisins, près de Chevagnes, 03230 Beaulon. *Il lui suffisait de suivre le canal qui longeait la Loire serpentine. Venant de Digoin, il atteignit Diou, qui signifie « Dieu » en langage local. Il avait en effet entendu plusieurs Bourbonnichons s'écrier « Nom de Diou ! », tandis que d'autres préféraient « Que le guiable t'emporte ! ». Florentin longea l'abbaye de Sept-Fons, dont les sept fontaines produisaient la* Germaline, *une farine qui convient aux nourrissons. Les moines, eux, s'alimentent sans doute de bonne soupe, de bon fromage et s'abreuvent de saint-pourçain, comme il convient aux travailleurs de force. À vérifier.*

*C'était un plaisir que d'errer et de se perdre dans la douceur de cette région, dite Sologne bourbonnaise. Pauvre en cultures vivrières, mais riche en châteaux de briques roses et en églises aux clochers pointus. Pourvue aussi de forêts de chênes ébranchés aux silhouettes tordues, en landes de bruyère ou de genêt, en étangs peuplés d'oiseaux aquatiques. L'œdème criard niche sur leurs bords, les sternes sur leurs îlots ; les grues et le balbuzard pêcheur y font étape. Un faisan quelquefois prétend vous barrer la route. Le bœuf charolais sert* de caisse d'épargne aux éleveurs. Au printemps, ils vont le vendre à la foire de Jaligny. Sans doute est-ce en prévision de cet usage qu'un des fondateurs du Bourbonnais prit le nom de Simon Vire-Vache. La Loire se plaît dans ce terrain, peu hâtive de se marier à l'Allier, comme l'attestent ses divagations.

Plusieurs fois, Florentin s'est informé :

– Je viens de Lyon pour le journal Le Progrès. Je voudrais rencontrer Régis Féraz, le dernier de nos poilus de 14-18. Il habite, m'a-t-on dit, Les Voisins.

– Allez jusqu'au canal. Descendez-le.

– Un canal ne descend pas.

– Celui-ci fait exception. Il vous conduira à Beaulon, puis à Garnat. Tournez à gauche. Vous arriverez aux Voisins. Vous y trouverez Féraz, l'ancien éclusier de Clos du May. Il a dépassé les cent ans. Il ne doit pas être défunt. La Montagne a parlé de lui la semaine dernière.

– Merci. Au revoir.

– Adiou !

Sa Ford Sierra suivit la départementale 15, dépassa un troupeau. Un chien bâtard essaya de lui mordre les pneus. L'eau du canal n'avait plus besoin d'aucune écluse. Des péniches abandonnées pourrissaient sur ses bords. L'Engièvre mouillait les pieds de Garnat. Tout était plat. Un centenaire pouvait tranquillement y passer sa retraite, se promenant à pied, à cheval, à bicyclette. La population était toute faite de Bourbonnais de souche, sans le moindre immigré noir ou jaune. Les immigrés croient fuir leurs problèmes en franchissant les mers ; en réalité, ils les emportent avec eux. Excepté quelques Nivernais venus d'un département voisin, gagnés à la mentalité bourbonnaise.

*C'est quoi, la mentalité bourbonnaise ?*

*Il paraît que les visiteurs de Moulins, chef-lieu de cette région et de ce département, lisaient en arrivant trois énormes majuscules sur la porte du nord : G G G. Interprétés* Gueux Glorieux Gourmands. *Un dicton enrichit ces qualificatifs : « Bourbonnichons, gilets de velours, ventres de son. » À l'en croire, l'authentique Bourbonnais est un pauvre bougre qui dissimule sa misère sous une apparence flatteuse. Entrés dans le département 03, les voyageurs d'aujourd'hui peineront à remarquer la moindre trace de gloriole, de gourmandise, de gueuserie. À Moulins, ils verront des ménagères occupées à leurs emplettes, débattant les prix d'une voix si retenue qu'on entend crier les hirondelles. Ils en concluront qu'ici on ne mange rien qu'on ne puisse trouver ailleurs. Son pâté aux pommes de terre appartient aussi aux voisins du 63 et à ceux du 23. Son fromage de chèvre fait également la gloire de la Vendée ; son civet d'oie n'est pas meilleur que le civet de dinde. Au terme de ces expériences, le Lyonnais Florentin conclut que la mentalité bourbonnaise est faite avant tout de modestie. Voire d'effacement. C'est ce qui fait sa séduction. Seule la cathédrale de Moulins est flamboyante.*

*Garnat-sur-Engièvre était un village de douze maisons, coincé entre la départementale 15 et le canal. Mais tout le monde y connaissait Régis Féraz l'ancien éclusier, le dernier survivant de 14-18, le der des ders.*

*– Où habite-t-il ?*

*– Chez Les Voisins.*

*– Quels voisins ? Voisins de qui ?*

– *On ne sait pas. Ils ont toujours porté ce nom. Comme nous Garnat.*

Florentin repartit, entre deux files de peupliers tristes, longs, effilés comme des points d'exclamation. L'automne leur arrachait des larmes d'or. Sur les champs, régnait un silence de soleil et de cristal. Il atteignit un carrefour. Une flèche indiquait la direction de Pasay-le-Frésil. Il se rappela l'existence d'un château qui portait ce nom, où Georges Simenon avait séjourné dans sa jeunesse en qualité de secrétaire du marquis de Tracy. Son commissaire Maigret a étudié au lycée Banville de Moulins. L'église de la localité a servi de cadre au roman L'Affaire Saint-Fiacre. Le journaliste lyonnais mit pied à terre pour pénétrer chez Les Voisins. Maisons couvertes de tuiles plates larges de trois doigts. Des treilles flétries tapissaient les façades roses et bleues. Un homme fendait du bois à la hache, au coin et au billot.

– *Vous préparez votre hiver ?*

– *Cette année, il sera rude.*

– *Qu'est-ce qui vous le fait croire ?*

– *Mes oignons. Oignon à trois pelures annonce la froidure. Les plantes ont des liens avec le temps. S'il prévoit un hiver rigoureux, l'oignon s'enveloppe de trois peaux. Vous n'êtes pas de par ici ?*

– *Je suis un envoyé du* Progrès, *le plus grand journal de Lyon. Je voudrais présenter Régis Féraz, le dernier poilu de 14-18. On m'a dit qu'il habite Les Voisins.*

Le fendeur de bûches tendit un index :

– *Il vit là-bas, avec sa petite-fille Léone. Je sais pas si vous tirerez grand-chose de ce sourd-muet. Il est un peu bredin.*

– *Bredin ?*

14

– Fou du cerveau. Il devrait aller à Saint-Menoux. Fourrer sa tête dans la débredinoire. Mais à son âge, y a pas beaucoup d'espérance.

Et Florentin sans sourire :

– Au bout de mon enquête, j'en ferai moi-même l'expérience.

– Vous avez raison. Tout le monde a un grain de folie. Parfois deux. Parfois trois.

– Vous êtes agriculteur ?

– J'ai été métayer du marquis de Tracy. À présent, j'ai laissé le métayage à mon fils. Je vis de mon jardin et de mes économies.

Les fermes et les maisons isolées sont généralement gardées par une horde de chiens. Comme il approchait de la demeure du centenaire, aucun aboiement ne vint l'accueillir. Un grand jardin l'entourait, arboré de pommiers, de pruniers, de poiriers. Par terre, deux douzaines de potirons chauffaient leurs culs dorés au soleil. Dans l'air, mêlées à ses rayons, les notes d'un piano répandaient la Valse des fleurs de Tchaïkovsky. Florentin tira le cordon de la grille. Une sonnette lointaine tinta, arrêta la musique. La porte s'ouvrit, une femme parut, les cheveux poivre et sel, dans sa cinquantaine rayonnante.

– Je n'ai besoin de rien ! cria-t-elle, une main en avant. Nous avons tout notre nécessaire.

– Je suis un journaliste envoyé par Le Progrès de Lyon. On m'a chargé de présenter M. Régis Féraz, le dernier poilu de 14-18.

– On dit Féra, non point Féraz, d'origine savoyarde. En Savoie, le z et le x terminaux ne se prononcent pas. On dit Chamoni, La Cluza. On devrait dire Berlio, mais tout le monde prononce Berlioz à la parisienne.

Je suis Léone, la petite-fille de M. Féraz. Vous n'êtes pas le premier à venir. Qu'est-ce que lui rapporteront tous ces papiers ?

– L'admiration, le respect de la France entière. Un hommage au million et demi de nos soldats tombés sur les champs de bataille. Vous ne pouvez pas dire non à tous ces morts, à tous ces martyrs, à tous ces héros.

Elle réfléchit, secoua la tête, finit par lui permettre d'entrer. Le héros du jour se tenait près de la cheminée où fumaient des tisons, enfoncé dans un fauteuil crapaud. Agrippées aux accoudoirs, ses mains décharnées grelottaient en permanence. Pareillement, son menton semblait mastiquer un chewing-gum perpétuel. Une moustache blanche lui pendait du nez, dissimulant sa lèvre supérieure. Son bonnet d'apothicaire lui descendait jusqu'aux sourcils. Ses joues creuses révélaient qu'il ne lui restait plus beaucoup de dents. Au-dessus de la cheminée, une photo en noir et blanc le représentait à vingt-deux ans, en uniforme de chasseur alpin au 14e BCA de Grenoble, la tarte inclinée sur l'oreille, les manches ornées de ses galons de caporal en forme de V renversé.

Léone présenta le visiteur, parlant très fort à l'oreille du centenaire. Lorsqu'il eut compris ce que voulait le journaliste, il tendit vers sa petite-fille un index tordu par le rhumatisme. Florentin comprit qu'il devait s'adresser à elle.

– Il garde pour lui-même ce qu'il a vécu. Mais il veut bien que je parle à sa place. Restée célibataire après des études d'infirmière, je l'ai comme premier patient. J'ai recueilli ses souvenirs qu'à moi il a bien voulu confier. J'en ai rempli des cahiers, je me suis faite aussi son historiographe. Tout ce qu'il a vécu, je l'ai vécu après

16

*lui. Si vous désirez que je le ressorte, il nous faudra des journées.*

*— Je ne mesure pas mon temps.*

*— Après vous, je ne parlerai plus. On commence ?*

*— On commence.*

*Elle ouvrit un placard, en tira un képi rouge à visière carrée :*

*— Celui de mon arrière-grand-père, Édouard Féraz. Pour tout comprendre, il faut remonter à lui.*

# Première journée

Les Féraz étaient une famille de ramoneurs établis à La Rochette de Montvalezan, au pied du Petit-Saint-Bernard, à une lieue de Bourg-Saint-Maurice, à onze cents mètres d'altitude. L'air y est toujours de la même fraîcheur, jalousement préservée depuis la Genèse. Du village, accroché à un versant quasi vertical au-dessus de l'Isère, on fait face aux dentures du mont Pourri, du dôme de la Sache et plus loin de la Grande Sassière. Au XIII<sup>e</sup> siècle avant Jésus-Christ, Hannibal Barca, borgne de l'œil gauche, barbu, chevelu, remonta peut-être cette vallée avec ses éléphants, pour aller conquérir Rome. Des roches schisteuses sortent des pentes comme les os d'un membre écorché. Des sapins, des bouleaux, des mélèzes s'y agrippent. Quand un paysan veut en faucher l'herbe, il commence par planter un solide piquet. Il s'y attache par une corde de chanvre pour ne pas rouler jusqu'à l'Isère. En remontant, il disparaît sous une balle de foin ; celle-ci a l'air de marcher toute seule. Les parties plates, retenues par des murets de pierres sèches, sont broutées par les chèvres, ou produisent des choux, des pommes de terre, des poireaux. Des carottes que les habitants appellent des « racines ».

À La Rochette, douze maisons, couvertes de chaume les pauvresses, de lauzes les richardes, se pressent autour d'une minuscule chapelle consacrée à Notre-Dame de Pitié, construite en 1741, restaurée en 1843. Sur la façade, un *M* peint en bleu dans lequel s'enfonce le pied d'une croix. Plus haut, un clocher minuscule élève au ciel un globe de la grosseur d'un melon : il représente l'Univers. Chaque dimanche, un vicaire descendait autrefois de Montvalezan pour y chanter la messe. Une fontaine éternelle abreuve les personnes, le bétail et les jardins. En ce temps-là, des moutards, presque aussi nombreux que les chèvres, grouillaient pieds nus dans le hameau sans école, presque tous condamnés au ramonage. Jusqu'à l'âge de cinq ans, vêtus d'une courte gonnelle, garçons et filles couraient les sentes, répandant sans retenue des excréments dont les chiens faisaient leurs délices. À six ans, les moutards enfilaient des pantalons à genouillères, coiffaient un bonnet de cuir, chaussaient des sabots et entraient dans la profession.

Voici comment procédait Gabion, le maître des ramoneurs, pour les former. Au retour de la saison chaude, il emmenait son équipe de débutants vers une montagne inhabitée. Liés ensemble par une corde, ils gravissaient par exemple une pente du mont Pourri. Après deux heures d'effort, ils atteignaient un sommet. Quels regards ils promenaient de là-haut sur les cimes hérissées où restaient des paquets de neige ! Les Alpes scintillantes, incompréhensibles, s'étalaient à l'infini. Elles donnaient envie de se sentir oiseau, aigle ou vautour, afin de les survoler. Gabion conduisait sa marmaille jusqu'à une cheminée naturelle qu'il connaissait. Penché sur le vide de la conduite, il produisait le couinement de la marmotte. Avec une certaine patience, il parvenait à attirer un de ces rongeurs à la tête large, à la queue longue et touffue. Ses quatre pouces sont, comme les nôtres, munis d'un ongle long et plat, pareil à un racloir. On la voyait se hisser, s'appuyant aux parois opposées de la cheminée, s'agrippant de ses ongles, atteindre le sommet et le bouquet de seigle dont Gabion la récompensait.

– Avez-vous bien remarqué ? Bien vu de quelle manière elle s'appuie du dos et des pattes comme si elle voulait écarter les parois ? Vous ferez la même chose dans les vraies cheminées.

L'équipe de Gabion partait à six ou sept, deux fois par an, à la Saint-Médard et à la Saint-Martin. Édouard – Doudou pour sa famille – le père de mon grand-père, fut du nombre. Les cheminées étaient alors tartinées intérieurement de suie car tout le monde se chauffait au bois. Tout en la raclant de leur raclette, les petits ramoneurs s'élevaient comme la marmotte, s'appuyant des coudes, du dos, des genoux, dans une atmosphère irrespirable. La suie pleuvait au fond. Dans les pays de vignobles, elle était précieusement ramassée et vendue comme engrais, ayant la vertu de nourrir l'herbe et de tuer la mousse.

Au-dessus de La Rochette, la troupe montait à Montvalezan, puis à la Rosière, un endroit où ne poussaient pas les roses, mais seulement les roseaux. Au col du Petit-Saint-Bernard, les moines leur donnaient de l'ouvrage et les nourrissaient. Ils leur proposaient même de se débarbouiller dans leurs baignoires, mais ils refusaient :

– Pas la peine. Demain, nous serons aussi noirs qu'aujourd'hui.

En ces temps lointains, la Savoie faisait partie du royaume de Piémont-Sardaigne. Les ramoneurs se souciaient peu des frontières. Partout bien accueillis, ils chantaient en chœur, s'accompagnant d'un flageolet, parfois d'une vielle à manivelle :

> Ramoneurs dont l'indigence
> Presse de venir en France,
> Nous quittons nos froids climats.
> Ramonons ce qu'on voudra,
> Cheminées du haut en bas.

Ils allaient ainsi de ville en ville, de village en village, de pays en pays. Les gendarmes à bicorne ne les arrêtaient point, comprenant qu'ils faisaient partie du paysage alpestre. Les aînés osaient risquer des couplets qui racontaient une histoire qui faisait bien rire les foules :

> La fille d'un riche marchand
> Arrêta Luc en passant.
> Lui dit : « Viens donc ramoner
> Du haut en bas ma cheminée. »
>
> La besogne terminée,
> La donzelle voulut payer.
> « Combien vaut ce ramonage
> Pour un si parfait ouvrage ? »
>
> Luc répondit en riant :
> « Je ne veux point votre argent.
> Comme vous manque le tirage,

*Je repasserai, par ma foi,*
*Vous ramoner une autre fois. »*

Hugues Féraz, le père, et Blandine, la mère, ne participaient point à ces aventures. Tandis que Doudou roulait sa bosse de par le monde, ils restaient avec leurs deux filles à La Rochette, cultivant un peu de terre, élevant des chèvres, fabriquant des fromages qu'ils vendaient aux autres habitants du hameau. Les chèvres se nourrissaient d'herbes perdues, de feuilles de coudriers, d'orties, de broussailles. À la saison chaude, le troupeau prenait de l'altitude pour trouver des pâturages plus verts. Cette ascension s'appelait une *remue*. Les chèvres étaient traites chaque soir par-derrière, et non point par-dessous comme les vaches. Il fallait prendre garde à leurs coups de pied.

Le dimanche, comme j'ai dit, les gens de La Rochette se pressaient dans la chapelle, après avoir revêtu leurs meilleurs atours. Montaigne, qui passa par ici en 1580, se rendant en Italie prendre les eaux, a décrit les Savoyardes de telle façon que, quatre siècles plus tard, on pourrait n'y pas changer une ligne. « L'accoutrement de tête est un bonnet à la cocarde ayant un rebras (un *retroussis*) par-derrière ; et par-devant, sur le front, un petit avancement. Cela est enrichi tout autour de flocs (*flocons*) de soie ou de bords (*bordures*) de fourrure. Le poil naturel (les *cheveux*) pend par-derrière tout cordonné (*tressé*). Si vous leur ôtez ce bonnet, par jeu, elles ne s'en offensent pas et vous voyez leur tête tout à nu. Les plus jeunes portent des guirlandes seulement sur la tête… Ce sont communément de belles femmes, grandes et blanches. »

Les deux filles Féraz correspondaient à cette description. Elles auraient bien aimé partir ailleurs, afin d'échapper à ces montagnes et à ces précipices, à ce climat sévère, à ce village de ramoneurs. La paroisse était placée accessoirement sous le patronage de saint Blaise. Ainsi nommé parce qu'il souffrait de blésité, disait Zésus au lieu de Jésus. Ce qui lui valait de soigner les maux de langue, de gorge et plusieurs autres maladies. Y compris le célibat, qui en est une pour certains ou certaines. Les jeunes filles suppliaient :

– *San Blé, san Blé ! On om s'vo plé !*

(Saint Blaise, saint Blaise, un homme, s'il vous plaît.) Elles n'étaient pas toutes exaucées.

Agathe Rabot – la fille aînée des Rabot – aurait eu plutôt avantage à implorer sainte Agathe qui a la poitrine plate ; mais à quatorze ans, rien ne presse. Doudou Féraz la regardait depuis longtemps, avec ses tresses blondes et son nez tellement relevé en trompette que, par temps d'averse, il pleuvait dedans. Lorsqu'ils allaient tous deux à la messe, il trempait ses doigts dans la vasque et lui offrait de l'eau bénite. Elle remerciait par un sourire qui l'illuminait de la tête aux pieds.

Lors des veillées qui réunissaient les familles, Doudou s'arrangeait pour frôler Agathe. Les hommes teillaient le chanvre, les femmes tricotaient. On devisait, on se répétait, chacun racontait un souvenir, une historiette. Doudou eut l'audace d'emprunter la main de sa voisine ; elle ne la retira point. Vint le tour de la petite Rabot :

– Agathe, une histoire ! Une histoire !

– J'en sais pas !

– Mais si, mais si !

– J'en sais une toute petite.

– On t'écoute.

– C'est l'histoire de deux escargots. Ils ont entrepris de grimper un mur. Ils arrivent enfin en haut. Et ils disent : « Ouf ! On en a bavé ! On en a bavé ! »

Éclats de rire, applaudissements, Agathe devient toute rose.

Agathe et sa sœur, Odile, gardaient les chèvres. De la Saint-Jean à la Saint-Michel, les biques *emmontagnaient* sur les pentes abruptes, à huit cents mètres au-dessus de La Rochette. Elles broutaient l'herbe parfumée, herbe jaune, herbe verte, herbe aux perles qui tapissaient la terre. Elles *démontagnaient* le 29 septembre. Les deux chevrières les protégeaient à coups de bâton des vipères qui se dressaient toutes verticales pour téter non point leurs pis, mais la veine violette, sous le ventre, qui canalise le lait. Les sœurs assommaient les serpents ou les tranchaient avec des faucilles. Les bêtes étaient des alpines chamoisées, ou des cous-clairs, foncées de l'arrière-train. Chacune avait derrière la barbiche une clochette de cuivre, de laiton ou de bronze dont la musique, grave ou stridente, correspondait à son caractère. Odile et Agathe les trayaient. Leur mère emprésurait la traite, en tirait des fromages cylindriques, hauts de quatre doigts, larges de six.

Elles rencontraient parfois le curé – on disait encore le régent – qui, les voyant le nez en l'air, leur demandait :

– Qu'attendez-vous ? Chacun, chacune attend quelque chose.

– Rien du tout, révérend, répondaient-elles.

Oh que si ! Chacune attendait un mari.


Depuis longtemps, Édouard était devenu trop grand pour le ramonage. Garçon de belle taille, homme à tout faire, il prêtait ses mains, ses bras, son échine aux bûcherons pour bûcheronner, aux maçons pour maçonner, aux couvreurs pour couvrir, aux forgerons pour forger. L'année 1859 lui fournit une autre besogne et changea le destin de la Savoie.

## Deuxième journée

Victor-Emmanuel II, roi du Piémont-Sardaigne, petit État de trois millions d'âmes, possesseur de la Savoie, se distinguait d'abord par ses moustaches et sa barbe touffues. En outre, il ambitionnait de réaliser à son profit l'unité de l'Italie, des Alpes à la mer. Cela ne pouvait se faire qu'en chassant l'Autriche des provinces italiennes qu'elle occupait : Lombardie, Trentin, Vénétie. Son Premier ministre, Benso di Cavour, se persuada que la France seule pouvait l'y aider. Afin de préparer cette alliance éventuelle et connaissant la chaleur corporelle de Napoléon III, il convainquit sa cousine Virginia Aldoïni, connue à Turin sous le titre de « la divine comtesse », de mettre sa beauté au service du Piémont.

– Allez à Paris, chère cousine. Soyez notre ambassadrice de charme. Faites la connaissance de l'empereur et gagnez son cœur à notre profit. Employez les moyens que vous voudrez, mais réussissez.

Oubliant le comte François de Castiglione qu'elle venait d'épouser, elle séduisit les courtisans des Tuileries, et plus que tous Napoléon III. Elle devint plus parisienne que les Parisiens. Elle participa aux divertissements continuels qui se donnaient au château de

Compiègne, où le premier Napoléon avait épousé Marie-Louise. En 1857, elle succomba enfin, patriotiquement, aux charmes du neveu. Il avait quarante-neuf ans, elle vingt-deux. Au terme de cette manœuvre, l'empereur posa une question :

– Que puis-je faire pour le Piémont et l'Italie ?

– Entrer en guerre, sire, contre l'Autriche. Libérer les provinces irrédentes[1] jusqu'à l'Adriatique.

Un accord fut effectivement signé à Plombières entre Cavour et Napoléon. En compensation de ces provinces rachetées, le roi de Piémont-Sardaigne abandonnerait à la France le comté de Nice et la Savoie. La guerre éclata. On vit d'un côté les zouaves français en pantalon rouge, nos légionnaires en casquette blanche et de l'autre les *Grünspaner* autrichiens s'étriper réciproquement à la baïonnette et se fusiller avec autant de fureur que s'ils avaient été de vieilles connaissances. Ce fut une horrible boucherie. Des dizaines de milliers restèrent sur les champs de bataille à Magenta et à Solferino. Ramassés et soignés par les femmes des villages voisins. Cet affreux spectacle inspira à un jeune Genevois, Henry Dunant, l'idée d'organiser des secours. Il recruta des voitures, transformées en ambulances. Après quoi, désireux de rendre les guerres moins cruelles, il créa une association internationale, symbolisée par une croix rouge sur fond blanc, les couleurs inversées de la Confédération helvétique.

La paix revenue, des référendums confirmèrent les annexions prévues par l'entrevue de Plombières. Dans toute la Savoie et dans le comté de Nice, les

---

1. Non rachetées. *(Toutes les notes sont de l'auteur.)*

électeurs favorables remplirent villes et villages d'une liesse indescriptible. Les drapeaux tricolores flottaient sur toutes les maisons. Hommes et femmes avaient revêtu leurs meilleurs costumes. Les femmes s'étaient ornées du cœur savoyard et coiffées de la *frontière*, ainsi nommée parce qu'elle avance sur le front comme celle de Catherine de Médicis. On chantait même des couplets moqueurs à l'adresse des autorités italiennes qui s'en allaient :

> *Piémontais, belles canailles,*
> *Aïe ! Aïe !*
> *Qu'on ne vit guère à Magenta,*
> *Ah ! Ah !*
> *Allez manger la polenta,*
> *Ha ! Ha !*
> *Et laissez-nous faire ripaille,*
> *Aïe ! Aïe !*

*Le Monde illustré* montra de façon caricaturale cette annexion. Image : Marianne s'employant à débarbouiller trois petits ramoneurs. Légende : « La France reçoit ses nouveaux enfants ». Un seul Niçois exprima sa mauvaise humeur, se sentant devenu étranger dans sa ville natale. Il s'appelait Giuseppe Garibaldi.

L'honneur de devenir français s'accompagnait de charges plus ou moins supportables : impôts sur les portes et fenêtres, sur les pêcheurs et les chasseurs, sur les « chiens de loisir », c'est-à-dire sur ceux qui n'accomplissaient aucun travail comme les chiens bergers, les chiens d'aveugle, les chiens de garde, les chiens de secours. Taxes d'octroi frappant les produits qui entrent dans une ville. Mais la charge la plus lourde était celle de l'obligation militaire. La France exigeait le prix du sang ; elle démocratisait la gloire et la mort comme à Solferino. Le service était de sept années, par tirage au sort. Chez les Féraz, Édouard avait l'âge requis. Né en 1850, il était incorporable à partir du 1er janvier 1870. Suivant la loi Soult, le maire de chaque commune fixait, selon la population, le nombre de conscrits à fournir.

En 1869, le maire de Montvalezan inscrivit de sa main sur des cartons en rouge les bons numéros, ceux des exemptés ; en noir, les mauvais. Usant de deux encres qu'il composait lui-même, se servant de noix de galle en décoction arrachées aux feuilles de chêne pour la noire, de racines de garance pour la rouge. En guise d'urne, il fournit son chapeau. Deux gendarmes en bicorne surveillaient le tirage.

Édouard y enfonça la main, les yeux fermés, prononçant intérieurement une courte prière : « Sainte Vierge, faites que mon carton soit noir. J'aimerais quitter La Rochette. Le métier des armes me plaît bien. » Il se voyait déjà revêtir l'uniforme des chasseurs à Bourg-Saint-Maurice ou à Grenoble, coiffer le képi rouge à visière carrée, s'en aller ensuite défendre nos frontières ou conquérir des villes étrangères peuplées de jolies filles. Il sortit un numéro rouge.

– Désolée, lui dit la Sainte Vierge. Je n'entends rien aux dispositions militaires.

Les autres cartons furent tirés du chapeau, suscitant chaque fois des exclamations de joie ou de dépit. Les gendarmes alignèrent les malchanceux conscrits et leur tinrent ce discours :

– Rentrez dans vos foyers. Vous recevrez prochainement une convocation qui vous précisera votre régiment. Vous aurez la possibilité de vous faire remplacer par un exempté.

Puis, s'adressant aux cartons noirs :

– Y a-t-il parmi vous des garçons disposés au remplacement ?

Deux seulement levèrent le bras, dont Édouard Féraz. Il donna son adresse. Il ne savait pas écrire, mais il savait signer. Il redescendit à La Rochette où il raconta son aventure.

– Ainsi, grommela Hugues, le père, tu vas nous abandonner ?

– Pour sept ans seulement. Et vous vous en trouverez bien, car vous en profiterez.

– Comment ça ?

– Je t'explique. Le remplacement n'est pas gratuit. Il s'accompagne d'une somme qui peut aller jusqu'à 3 000 francs. Je ne la garderai pas dans ma poche, j'aurai ma solde et je serai chauffé, logé, nourri. Tu la toucheras à ma place, tant par mois. Il ne faudra pas la laisser dormir, c'est contraire à la religion. Rappelle-toi ce que le vicaire nous a prêché l'autre jour.

Là-dessus, il répéta à sa manière la parabole des huit talents.

– Le Seigneur agit comme un homme qui, devant faire un long voyage hors de son pays, appela ses trois serviteurs et leur mit entre les mains sa fortune liquide. Il confia cinq talents[1] au premier, deux au second, un seul au troisième, selon les aptitudes qu'il

---

1. Monnaie ancienne d'une valeur considérable.

connaissait à chacun. Le premier fit commerce avec ces cinq talents et en gagna cinq autres. Le second agit de même et doubla ses deux talents. Celui qui n'en avait reçu qu'un seul creusa un trou dans la terre et y cacha l'argent de son maître. À son retour, celui-ci leur demanda des comptes. Il félicita les deux premiers qui avaient doublé leurs dépôts. Le troisième répondit par une leçon de morale : « Seigneur, je sais que vous êtes un homme dur ; que vous moissonnez où vous n'avez point semé. C'est pourquoi, agissant de même, j'ai caché votre talent dans la terre. Et je vous le rends tout sec et tout neuf. » Le seigneur éprouva une grande colère : « Serviteur insolent et paresseux, tu devais mettre mon argent entre les mains des banquiers afin qu'à mon retour ils m'en versent le double. » Il retira le talent unique du troisième serviteur et le confia au premier. Puis il chassa ce raisonneur de sa vue comme un malpropre.

– Je ne comprends rien à cette histoire, avoua Hugues. Je croyais que Dieu détestait les riches.

– Elle signifie que Dieu honorera ceux qui auront bien employé les talents naturels dont il leur a fait don. On en reparlera quand j'aurai trouvé un carton noir qui cherche un remplaçant.


Au cours des semaines qui suivirent, il fut contacté par plusieurs familles. Après de longues discussions, il fit accord avec un épicier de Bourg : il recevrait 2 800 francs payables en sept fractions de 400 francs chaque veille de Noël. (À cette époque, le traitement moyen d'un maître d'école s'élevait à 600 francs annuels.)

– Ces 400 francs m'appartiendront, précisa Doudou. Je les trouverai en revenant du service. Je t'accorde en revanche les intérêts qu'ils produiront dans une caisse d'épargne. Malheureusement, il n'y en a point, ni à Montvalezan, ni à Bourg. Il nous faut trouver un emprunteur-prêteur honnête qui la remplace.

Ils n'allèrent pas bien loin : le vicaire de La Rochette, le père Miraz, remplit cet emploi. C'était un homme rondouillard, au teint rose, aux mains lisses, à la voix magnifique lorsqu'il entonnait le *Kyrie*. Il empruntait aux uns, prêtait aux autres moyennant un honnête intérêt. Il accepta de recevoir les sept versements et de verser à Hugues le 3 du cent, chaque jour de Noël. Il pratiquait l'intérêt composé, une sorte de fermentation produite par le capital vendangé.

– Combien me verserez-vous ? s'enquit le père d'Édouard.

– La première année, 12 francs. La seconde, votre capital s'étant élevé de 400, vous recevrez 36. La troisième, 72, *et cætera*.

– Qu'est-ce que ça veut dire « *et cætera* » ?

– Ça veut dire que vous toucherez de plus en plus.

Hugues comprit qu'il pouvait se placer parmi les bons serviteurs.


En novembre 1869, Édouard reçut avis de se présenter le 6 janvier suivant au Carré Curial de Chambéry, ancienne caserne évacuée par les carabiniers piémontais. Il fit ses au revoir à toute la population de La Rochette. Chaque famille le salua, disant en patois savoyard :

– Tournez bien[1].

Il se rendit chez les Rabot qui lui offrirent du vin bénit.

– Ainsi donc tu t'en vas ? dit le père, horloger de profession.

– À Chambéry, comme remplaçant.

– Tu reviendras riche, avec tout cet argent qu'on te paye.

– Je chercherai un honorable métier.

Il demanda que la jeune Agathe fût autorisée à l'accompagner jusqu'à la chapelle. Ils partirent tous deux sous un beau clair de lune, se tenant par la main.

– Quand je reviendrai, dit-il, je te demanderai en mariage, si tu veux bien de moi.

– Je voudrai sûrement.

– Tu devras m'attendre sept ans. Quel âge as-tu ?

– Quatorze. J'attendrai.

– Jure-le en regardant le visage de Notre-Dame-de-Pitié.

– Je le jure.

– À ce moment, tu en auras vingt et un. Et moi vingt-huit. Je te propose de faire le simulacre, pour que nous ne puissions pas nous délier, en regardant le nom de la Vierge Marie.

Ils s'avancèrent à petits pas jusqu'à la porte de la chapeloune. Là, les yeux dans les yeux, ils prononcèrent la demande consacrée :

---

1. Revenez bien.

34

– Agathe Rabot, acceptez-vous de prendre pour époux Édouard Féraz ici présent ?

Et elle :

– Oui, je l'accepte.

– Édouard Féraz, acceptez-vous de prendre pour épouse Agathe Rabot, ici présente ?

– Oui, je l'accepte.

Et ensemble :

– Je vous déclare unis par les liens sacrés du mariage, pour le meilleur et pour le pire.

Il l'embrassa sur les deux joues. Et aussi au milieu. Elle en perdit le souffle. Ce n'était qu'un simulacre, sans sacrement, sans dragées, sans carillon, sans autre témoin que le *M* bleu de la façade. Mais ils l'enfoncèrent dans leurs deux cœurs, où il devait rester jusqu'à leurs derniers instants.

Le lendemain, son sac sur l'épaule, il grimpa jusqu'à Montvalezan, où il arriva essoufflé. Il descendit à Bourg-Saint-Maurice, prit la diligence, mit pied à terre à Chambéry au Carré Curial, le 5 janvier 1870, à 3 heures de relevée.

Alors commença l'existence militaire. Lever à 5 heures au son du clairon : « Soldat lève-toi, soldat, lève-toi, soldat, lève-toi bien vite… » Le buste nu à la fontaine, on se flanque un peu d'eau froide à la figure. On enfile la chemise et le treillis de chanvre. Lever des couleurs. Au réfectoire, café noir et pain gris, qui porte une grande excitation dans les puissances cérébrales selon Brillat-Savarin. Corvées : on balaie les escaliers, les couloirs, la cour, on vide les ordures dans un tombereau baptisé « La Flèche d'Or ». Repas de midi à la gamelle : cailloux aux lentilles, pommes de terre bouillies, lard ou saucisse, quart de petite bière couleur d'urine. Elle fait boire, mais elle ne désaltère pas. Exercice, on tire au fusil chassepot. Muni d'une baïonnette longue de soixante-quinze centimètres, il a fait merveille à Mentana contre les garibaldiens qui voulaient s'emparer de Rome.

– La balle est stupide parce qu'on ne sait pas exactement où elle va, professe le sergent instructeur. La baïonnette est intelligente parce qu'elle ne manque jamais sa cible.

Il enseigne comment l'enfoncer dans une paillasse de forme vaguement humaine. Autres exercices : sauts de fossés, grimpée de cordes, lutte gréco-romaine. Si l'on veut bien se désaltérer, il faut acheter le vin et le boire à la cantine.

Certains jours, on part en escalade autour de Chambéry. Pour ce, on doit revêtir l'uniforme du chasseur : guêtres blanches, pantalons rouges, vareuse bleue, képi écarlate avec plumet. Les populations montagnardes applaudissent ces soldats qui ont vaincu Abd el-Kader en Algérie, les Russes à Malakoff, les Autrichiens à Magenta et Solferino, les garibaldiens à Mentana, les Chinois à Pékin.

Elles ignorent qu'à l'Élysée Napoléon III – affublé du surnom de Badinguet –, vaincu au Mexique, et l'impératrice Eugénie sentent leur régime ébranlé par une opposition croissante. Le plébiscite du 8 mai 1870 leur a donné une large approbation dans les campagnes, mais toutes les grandes villes ont voté non. Ils en viennent à se persuader que seule une guerre victorieuse peut sauver leur trône. Encouragés en cela par des ministres incompétents et des généraux d'opérette. Ainsi, le maréchal Lebœuf, dont les moustaches sont si longues qu'elles traînent par terre, affirme que si un conflit éclatait, dût-il durer deux ans, il ne manquerait pas un bouton de guêtre à nos soldats.

Le 16 juillet, le ministre d'État Eugène Rouher prononce ces paroles devant le Corps législatif :

– Depuis quatre années, l'Empereur a porté à sa plus haute perfection l'armement de nos hommes, élevé à sa toute-puissance l'organisation de nos forces militaires. Si l'heure des périls est venue, l'heure de la victoire sera proche.

Mais contre qui mener cette guerre ? Ni l'Espagne, ni l'Angleterre, ni la Russie, ni l'Autriche, ni la Suisse n'y sont enclines. Seule la Prusse est disponible, bien que son roi, Guillaume I$^{er}$, ne manifeste que des sentiments pacifiques. Son Premier ministre, en revanche, Otto Édouard Léopold, prince de Bismarck, désireux d'unir contre un ennemi commun et détesté les divers États allemands qui entourent la Prusse, leur rappelant sans cesse les horreurs commises par les troupes françaises sous Louis XIV et sous Napoléon Bonaparte, obtient par ses manigances que Napoléon III leur déclare la guerre. Bismarck est aidé par un organisateur exceptionnel, le comte Helmutt von Moltke, illustré par ses récentes victoires sur le Danemark et sur l'Autriche[1].

En dépit des vantardises de Rouher, la France ne disposait que d'une armée de métier faible en nombre, en armes et en préparation. Le chassepot tirait une balle quand le fusil prussien en tirait cinq. Nos canons en bronze se chargeaient encore par la gueule ; les

---

1. Son neveu perdit la bataille de la Marne en 1914.

canons de Bismarck, en acier, se chargeaient par la culasse. En 1868, le maître des forges prussien Alfred Krupp nous avait proposé ses canons d'acier à tir rapide. Le maréchal Lebœuf, parent des Schneider du Creusot, s'y était opposé. En remerciement de sa proposition, Krupp avait reçu la Légion d'honneur. Nos généraux n'avaient concocté aucun plan d'envergure. Les cartes dont ils se servaient décrivaient toutes le territoire allemand, aucune le territoire français. La plupart d'entre eux méprisaient l'artillerie et ne se fiaient qu'à l'infanterie, reine des batailles. Nos troupes manquaient d'infirmiers, d'armuriers, d'ambulances, de cuisines mobiles. Personne ne se souciait du cri d'alarme que notre attaché militaire à Berlin, le colonel Stoffel, avait courageusement jeté : « Il faut le proclamer haut et fort comme une vérité éclatante. L'état-major allemand est le premier de l'Europe. Le nôtre ne saurait lui être comparé. Je n'ai pas cessé d'insister sur ce sujet dans mes rapports précédents et d'émettre l'avis qu'il est urgent d'élever le nôtre à la hauteur du prussien. »

L'opposition républicaine, quant à elle, redoutait les conséquences d'une victoire rapide qui eût sauvé le régime impérial. Crainte qui bien vite s'évapora.

Badinguet décida qu'il devait prendre personnellement la tête de l'offensive. Quatre jours après avoir déclaré la guerre – le 23 juillet 1870 – il se promenait encore dans le parc de Saint-Cloud en compagnie de sa femme et de sa cousine Mathilde. Marchant péniblement, il n'arrivait pas à suivre leurs pas.

– C'est cet homme-là que vous envoyez à la guerre ? demanda Mathilde à Eugénie. Non seulement il ne peut plus se tenir à cheval, mais il arrive à peine à marcher !

– Ma foi, le vin est tiré. Il faut le boire.

Et Mathilde, à son cousin :

– Comment feras-tu un jour de bataille ? Regarde-toi dans une glace !

– C'est vrai, je ne suis pas fringant… C'est la fatalité !

Huit jours plus tard, toute la famille assiste à une messe. Eugénie offre en holocauste à Dieu la vie de son fils Charles Louis, âgé de quatorze ans. Le teint blafard, le dos voûté, Napoléon prend le train qui doit l'emmener à la victoire, accompagné du petit prince dans son uniforme d'officier.

Les chasseurs de Chambéry sortirent de leur caserne le 20 juillet, en grande tenue avec tambours et trompettes. Il ne leur manquait pas un bouton de guêtre. Ils voyagèrent tantôt à pied, tantôt par le train sans savoir vers où on les dirigeait. Le colonel leur recommanda d'enlever le plumet de leur képi, de le mettre dans leur musette, de le réserver pour le défilé de la victoire. Le 21, ils se trouvèrent à Lyon. Il faisait une chaleur à mourir. Ils auraient bu toute l'eau du Rhône. On leur distribua des boules de pain, une pour six, et rien d'autre. Ensuite, on les fit monter dans des wagons à bestiaux. Ils purent s'asseoir sur des bottes de paille ou regarder le défilé de la campagne par la porte ouverte. Par cette même porte, ce fut ensuite un jeu divertissant de pisser à qui pisserait le plus loin, malgré la vitesse qui rabattait le jet et le renvoyait à l'expéditeur. C'était à crever de rire. Plus personne ne pensait « on va bientôt se faire crever la panse ». On s'arrêtait souvent dans les gares, sans connaître les motifs de ces arrêts.

Une nuit sur la paille. Le lendemain, après six heures de trajet, on débarqua au camp de Châlons, au nord de Châlons-en-Champagne, où l'on trouva des milliers d'autres pioupious : chasseurs, fantassins, cavaliers, artilleurs, sapeurs, mitrailleurs. Pendant huit jours, ces troupes évoluèrent à cheval ou à pied, de Mourmelon à Suippes, de Jonchery à Livry-Louvercy, présentant les armes aux généraux, sans comprendre à quoi ils étaient bons. Ils apprirent tout de même qu'ils formaient à présent le 6$^e$ corps, sous les ordres du maréchal Mac-Mahon, qui s'était distingué en Crimée, et en prononçant devant une inondation de la Garonne : « Que d'eau ! Que d'eau ! »

Moi, Léone, parlant de mon arrière-grand-père Édouard Féraz, je dois simplifier. Je ne l'ai pas connu et ne peut rapporter que ce que l'on m'a raconté. Je sais seulement que Doudou vit Napoléon III, le visage défait, tenant difficilement sur son cheval, incapable d'en descendre seul.

À la mi-août, le 6$^e$ corps quitta Châlons, se dirigeant à pied vers Beaumont-Montmédy à travers les bois de l'Argonne, afin de se joindre aux troupes venues de Metz sous les ordres du généralissime Bazaine. Celles-ci avaient rencontré les Prussiens à Gravelotte, sur le plateau qui domine la Woëvre. Les cavaliers français et les allemands s'étaient affrontés avec une furie dont on parle encore dans les chaumières. Vingt mille hommes de chaque côté y avaient répandu leur sang. Comme Hannibal, Bazaine savait vaincre, mais non profiter de la victoire. Il ordonna le repli de ses troupes vers la place de Metz.

Pendant ce temps, l'armée de Mac-Mahon, confiant dans la résistance de la citadelle, se dirigea vers la forteresse de Sedan. Elle fut interceptée à Bazeilles le 1er septembre au matin par les Bavarois. Au plus fort de la bataille, on vit un cavalier français auquel un obus venait d'enlever sa tête rester sur son cheval. Emporté par l'élan, balancé par la mort, ce fantôme chargeait encore, le sabre en main. J'ai appris son nom, il s'appelait le capitaine Anglade.

Mac-Mahon, blessé au cours du combat, céda sa place à Auguste Ducrot, un général aussi incompétent que les autres ; il lança devant ses hommes cette proclamation :

– J'en fais le serment devant vous, devant la France entière. Je ne rentrerai à Paris que mort ou victorieux. Vous pourrez me voir tomber, vous ne me verrez pas reculer.

En fait, battu, prisonnier, il mourut à Versailles dans son lit en 1882.

Et Badinguet ? Il sortit de la forteresse de Sedan, où il s'était enfermé, afin d'encourager ses hommes, coiffé comme eux d'un képi rouge. C'était un cadavre ambulant dont on avait vermillonné le visage pour que sa vue n'entamât point davantage le moral des soldats. Il essaya de se faire tuer, sans y parvenir. Suivant les recommandations de sa mère, le prince Charles Louis avait été éloigné des combats. Tout Sedan était cerné par les ennemis. Le 2 septembre, Napoléon fit hisser le drapeau blanc. À l'exception de quelques hommes qui purent gagner la Belgique, quatre-vingt-deux mille troupiers, le maréchal Mac-

Mahon et l'empereur se livraient prisonniers. Édouard Féraz mon arrière-grand-père fut du nombre. L'impératrice, informée de ce désastre, prit la fuite dans la calèche de son dentiste et gagna l'Angleterre où le petit prince la rejoignit.

On attribue à cette dame très catholique un mot douteux : « Plutôt les Prussiens à Paris que les Italiens à Rome. » Les zouaves français qui gardaient le pape avaient été rappelés. Après leur départ, les Piémontais ouvrirent au canon une brèche symbolique dans l'enceinte du Vatican et pénétrèrent dans Rome. Pie IX s'enferma dans son palais et se considéra lui aussi comme prisonnier. Ses successeurs firent de même. Ils n'acceptèrent d'en sortir que cinquante-huit ans plus tard, après les accords du Latran avec Mussolini en 1928.

Lorsque Badinguet vint se livrer à lui, le roi de Prusse le reçut avec beaucoup d'égards. Il le salua en soulevant respectueusement son casque à pointe. Craignant qu'en traversant la zone française occupée il ne fût l'objet de manifestations hostiles, il le fit passer en calèche par la Belgique pour atteindre en Allemagne le château de Wilhemshöhe, près de Kassel. Il y resta sept mois très confortables.

Pendant ce temps, la guerre continuait derrière lui. Le 27 octobre 1870, Bazaine capitula dans Metz, livrant cent cinquante mille hommes, leurs armes et leurs drapeaux. Les généraux et les officiers supérieurs furent presque aussi bien traités que leur empereur. Ils pouvaient recevoir leurs familles. Le général de Failly – le vainqueur de Mentana contre Garibaldi grâce à ses chassepots qui « avaient fait merveille » –, retenu à Mayence, réclama et obtint sa calèche, ses chevaux, ses bagages abandonnés. En dehors des bombardements, des civils fusillés, des femmes violées, des maisons incendiées, la guerre avait conservé quelques-unes de ses dentelles. Plus tard, beaucoup plus tard, le maréchal Lyautey, « protecteur du Maroc » en témoignera : « Je me sens plus proche d'un hobereau allemand que d'un ouvrier français. »

À Paris, le gouvernement désormais républicain reprit les combats. Ses armées remportèrent quelques succès. Giuseppe Garibaldi, oubliant Mentana, accourut au secours de la jeune république. À Dijon, ses hommes firent reculer le 61e prussien et lui prirent son drapeau. Mais les envahisseurs étaient déjà autour de notre capitale. Pendant cent trente jours, elle supporta les horreurs du siège, mangea ses éléphants et ses rats. Les républicains signèrent un armistice général le 15 février 1871.

Les deux cent cinquante mille soldats prisonniers, eux, ne jouissaient d'aucun égard. Après avoir brisé leurs fusils, ils furent enfermés dans des forteresses très éloignées, comme Ulm ou Burghausen. Ils y arrivèrent dans un état lamentable, affamés, déguenillés, blessés, malades du scorbut. Beaucoup moururent dès les premiers jours et furent ensevelis en terre allemande. La Croix-Rouge fit de son mieux pour soigner les survivants. Ils purent écrire à leur famille. Quelques-uns acceptèrent des travaux hors de la forteresse. Plusieurs apprirent à parler allemand : *mein Vater, meine Mutter, mein Bruder.* On raconte que, au contraire, un soldat originaire du Cantal eut un double emploi : travailler le jardin et enseigner le français à deux enfants. Ce qu'il fit avec conscience, leur parlant comme à ses neveux. Bien traité, il prolongea sa captivité le temps nécessaire. Beaucoup plus tard, les maîtres reçurent la visite d'un Français de Paris. Ils mirent leurs garçons à l'épreuve. Le Parisien s'aperçut alors qu'ils s'exprimaient dans le patois d'Aurillac.

Mon arrière-grand-père pensait à s'évader. Il n'en eut pas le temps, fut libéré avec tous ceux de Burghausen fin mars 1871. Le gouvernement de la République, sous la présidence d'Adolphe Thiers, installé à Versailles, avait obtenu de Bismarck le retour de ces hommes pour défendre le nouveau régime contre une insurrection anarchiste. Faisant un détour par Créteil pour éviter Paris, ils atteignirent le camp de Satory installé sur un plateau entre Versailles et les sources de la Bièvre. Ils furent bientôt une armée de cent trente mille hommes, sous les ordres de Mac-Mahon guéri de sa blessure.

# Troisième journée

On leur remit des uniformes acceptables, quoique un peu disparates. De nouveaux képis ramassés sur les champs de bataille. On les arma de nouveaux chassepots. Ils firent de nouveaux exercices de tir et de duels à la baïonnette. Édouard pensait que la guerre allait reprendre contre les Prussiens envahisseurs. En fait, il s'agissait de tout autre chose. Les commandants, les colonels expliquèrent que Paris était tombé aux mains de forcenés qui avaient remplacé le drapeau tricolore par le drapeau rouge et brûlé en place publique la guillotine. Cela n'avait pas empêché les gardes nationaux, ralliés à cette maudite cause, de mettre la crosse en l'air et de fusiller leurs généraux. Ces enragés voulaient également faire disparaître les prêtres et les évêques, ou du moins ne plus leur verser un centime de traitement, supprimer dans les campagnes la possession des terres et les partager entre ceux qui les cultivaient. Mettre la main sur l'or en dépôt dans les caves de la Banque de France et le distribuer.

– Notre devoir, prêchaient les officiers supérieurs, est d'arrêter, d'emprisonner et de juger ces partageux. L'un deux, nommé Proudhon, prétend que « la

45

propriété, c'est le vol ». Un autre prétend que notre âme n'a pas de vie éternelle comme l'enseigne notre vieille religion ; qu'elle est simplement sécrétée par les organes de notre corps – le cerveau, le cœur, le foie – de même que l'urine est sécrétée par les reins. Quand les organes cessent de fonctionner, les reins ne produisent plus d'urine, le cerveau et le cœur ne sécrètent plus d'âme. Comment accepter ces doctrines qui veulent nous enlever l'espérance de l'au-delà ?

Ces discours troublaient profondément les idées que Doudou s'était forgées d'après l'enseignement des vicaires de La Rochette. Lorsqu'il lui arrivait de faire pipi, il observait le jet doré de son urine et il n'avait pas l'impression qu'en le pissant il pissait aussi un peu de son âme.

– Savez-vous ce qu'ils sont capables de faire ? vociféraient les colonels. De prendre vos femmes, vos fiancées, vos sœurs, de vous les enlever comme du bétail.

Édouard se mit donc à détester de tout son cœur ces partageux qui prenaient d'étranges titres : fédérés, communards, communeux. Début avril 1871, les prisonniers libérés par les Prussiens sortirent de Satory et marchèrent sur la capitale. Ils rencontrèrent les partageux, en capturèrent plusieurs douzaines, hommes et femmes (elles aussi coiffées d'un képi rouge), désordonnés, hurlant :

– Mort aux bourgeois ! Mort aux curés ! Mort au Foutriquet !

Ils désignaient par cette injure Adolphe Thiers, chef du pouvoir exécutif. Amenés à Versailles, ils furent enfermés dans la caserne des Chantiers. Édouard vit errer dans la cour ces anarchistes barbus, chevelus et ces mégères glapissantes vêtues en hommes. Parmi eux, quelques chapeaux hauts de forme qui coiffaient sans doute des penseurs. On ne leur fournit ni paille pour se coucher, ni pain pour se nourrir. Le lendemain, on les obligea à se lever, on les aligna contre un mur. En face, les soldats de Mac-Mahon, munis de leurs chassepots qui n'avaient pas tué beaucoup de Prussiens.

– Feu à volonté ! cria un colonel.

Édouard obéit, il tira dans le troupeau sans fermer les yeux. Plusieurs fois. Les corps furent jetés dans une fosse commune. Peut-être mon arrière-grand-père éprouvait-il, comme ses compagnons d'armes, un sentiment de revanche sur la défaite face aux Prussiens, à tuer ces guenilleux qui assassinaient leurs généraux.

Les communeux apprirent ces exécutions. En représailles, ils votèrent le « décret des otages ». Les personnes soupçonnées de complicité avec le gouvernement d'Adolphe Thiers seraient arrêtées, jugées et deviendraient « les otages du peuple de Paris ». Toute exécution d'un fédéré serait suivie de celle de trois otages.

Les Versaillais retournèrent libérer Paris. Ils furent reçus par des centaines de barricades. Après la prise de chacune, ils opéraient des perquisitions dans les maisons voisines et fusillaient sans cérémonie les personnes dont les mains sentaient la poudre. Non moins expéditifs, ils aspergèrent de pétrole et incendièrent les maisons de la rue Royale, et celle de Prosper Mérimée rue de Lille. De leur côté les fédérés brûlèrent le palais des Tuileries, l'Hôtel de Ville, le Conseil d'État, la Cour des comptes, les docks de la Villette et le grenier d'abondance. Le musée du Louvre fut épargné grâce au courage de ses gardiens. La colonne Vendôme, au sommet de laquelle se dressait une statue de Napoléon I$^{er}$ vêtu d'une toge romaine, fut abattue et brisée en quatre morceaux à l'initiative du peintre Gustave Courbet, devenu très populaire parce qu'il avait refusé la Légion d'honneur dont Badinguet voulait l'honorer. En même temps, une centaine d'otages furent arrêtés et mis à mort. Notamment l'archevêque de Paris, Georges Darboy, l'abbé Gaspard Deguerry, curé de la Madeleine, le journaliste Gustave Chaudey, les dominicains d'Arcueil. S'adressant aux Versaillais, les communards essayèrent de les retourner en affichant cette proclamation :

*Soldats de l'armée de Versailles, nous sommes des pères de famille. Nous combattons pour empêcher nos enfants d'être un jour comme vous sous le despotisme militaire. Vous serez un jour pères de famille. Si vous tirez sur le peuple aujourd'hui, vos fils vous maudiront comme nous maudissons les soldats qui ont déchiré les entrailles du peuple en juin 1848 et en décembre 1851. Il y a deux mois, vos frères de l'armée de Paris ont fraternisé avec le peuple. Imitez-les. Soldats, nos enfants et nos frères, écoutez bien ceci et que votre conscience décide. Lorsque la consigne est infâme, la désobéissance est un devoir.*

La plupart des soldats versaillais ne savaient pas lire.

Les cadavres s'amoncelaient dans les rues. On vit des Parisiennes jusque-là étrangères à la lutte, exaspérées par cette boucherie, descendre dans la rue, souffleter des officiers, puis se coller au mur. Les combats s'enfoncèrent dans les catacombes où les baïonnettes versaillaises firent merveille.

Refoulés vers l'est de Paris, les fédérés brûlèrent leurs dernières cartouches au cimetière du Père-Lachaise le 28 mai. Murs encore criblés d'impacts pieusement conservés et honorés par les communistes, anarchistes actuels, fils spirituels des communards. La presse bourgeoise de cette époque exultait. Ainsi, le *Journal des Débats* : « Quel honneur ! Notre armée a vengé ses désastres par une victoire inestimable. » Je sais que mon arrière-grand-père Édouard fut parmi les exécuteurs.

La répression voulue par Thiers fut démesurée : 38 000 arrestations ; 251 condamnations à mort, dont 23 seulement furent exécutées, la plupart des autres condamnés ayant pris la fuite ; 13 000 condamnations à la déportation en Algérie ou en Nouvelle-Calédonie, parmi lesquelles celle de l'institutrice Louise Michel. Une amnistie en 1880 permit aux déportés survivants de revenir.

Le cas de Gustave Courbet fut spécial. Accusé de destruction d'un monument public, on le condamna à rembourser les frais de réédification de la colonne abattue, s'élevant à plus de 300 000 francs. Réduit de ce fait à travailler pour l'État jusqu'à la fin de ses jours, il se déporta lui-même en Suisse où il mourut en 1877 insolvable.

Autre cas singulier : celui de Jean-Baptiste Clément. Monteur en bronze, puis auteur de la chanson *Le Temps des cerises* composée en 1866, et membre de la Commune. Le 28 mai 1871, il se tenait à une

barricade quand une jeune fille énergique et coura-
geuse prit place à ses côtés. Nul ne sait ce que la
demoiselle devint après l'assaut. Lui réussit à
s'échapper. Il vécut dix ans en Angleterre. Lorsqu'il
en revint, il découvrit avec émotion que sa chansonnette avait gagné le cœur du peuple de Paris et
qu'elle était devenue l'hymne des communards. Il fut
encore arrêté lors de la manifestation du 1er mai 1891,
et mourut douze ans plus tard. Le dessinateur
Adolphe Willette modifia le dernier couplet :

> Mais il reviendra, le temps des cerises.
> Pandore idiot, magistrats menteurs
> Seront tous en fête.
> Gendarmes auront la folie en tête,
> À l'ombre seront poëtes chanteurs.
> Quand il reviendra, le temps des cerises,
> Sonneront bien haut les chassepots vengeurs.

Il laissait ainsi espérer une revanche obtenue au
bout du fusil. La chanson gagna la France entière. Je
me rappelle que mon institutrice en Algérie la faisait
chanter dans sa version originale par ses élèves sans
aucune pensée politique.

Les communards avaient-ils réellement une pensée
politique ? Si oui, elle ne m'apparaît pas très claire.
Quelle pensée pouvait animer les incendiaires de
l'Hôtel de Ville où, le 4 septembre, Gambetta et ses
suivistes avaient proclamé la République ? Sept mois
plus tard, la Commune insurrectionnelle y était aussi
proclamée. Pour quelle pensée politique songèrent-
ils à brûler le musée du Louvre ? S'ils voulaient se
justifier en invoquant la misère des ouvriers parisiens,

force est de constater que beaucoup de meneurs n'étaient point misérables : Gustave Courbet vendait bien ses toiles ; Gustave Cluseret avait été général en Amérique ; Arthur Arnoult était littérateur ; Charles Amouroux chapelier ; Gustave Flourens grand voyageur ; François Jourde employé de banque ; Édouard Vaillant docteur ès sciences ; Jules Vallès chroniqueur de la Bourse au *Figaro*. Jean-Paul Sartre nous a appris que l'on peut être à la fois riche et révolutionnaire.

Quoi qu'il en soit, la Commune a inspiré la plupart des mouvements violents qui ont par la suite ensanglanté le monde : socialistes, soviétiques, trotskistes, castristes, guévaristes, auxquels ont répondu des mouvements opposés non moins sanglants, fascistes, nazis, franquistes, antifranquistes, bokassistes, colonialistes, indépendantistes. Je ne sais pas si mon arrière-grand-père a tué beaucoup de partageux, si son âme à présent est au paradis ou en enfer. Mais ayant considéré toute ma vie ces mouvements inspirés par de bonnes ou de mauvaises causes, je me suis persuadée que les hommes de notre siècle ne sont ni meilleurs ni pires que les hommes des cavernes. Parmi ces derniers, il dut y avoir, peu nombreux, de bons fils, de bons pères, de bons compagnons, comme on peut en trouver chez nous en cherchant bien. Mais pour beaucoup de Caïn, la vie de leur frère Abel ne valait, ne vaut pas plus qu'un pet de lapin. Si cependant la criminalité s'est réduite depuis ces âges lointains, si notre époque est un peu moins barbare, cela ne tient pas à l'élévation des cœurs, mais à la multiplication des entraves, des lois, des polices, des tribunaux, des prisons, des bagnes. Les religions y ont aussi concouru : « Tu ne tueras point. »

La France vaincue dut signer avec l'Allemagne le traité de Francfort qui lui enlevait l'Alsace, une partie de la Lorraine et lui imposait de verser une indemnité de 5 milliards de francs en monnaie sonnante et trébuchante, sans employer de billets. Afin d'obtenir cette somme métallique d'environ mille six cents tonnes, l'Assemblée nationale proposa d'établir un impôt sur le revenu qui eût frappé les possédants. Thiers repoussa cette mesure qu'il qualifia de « socialiste et digne des communards ». Elle fut remplacée par un emprunt auquel consentirent les banquiers en échange d'un taux d'intérêt proche de l'usure. Ledit emprunt fut couvert en deux ans. Thiers reçut le titre de « Libérateur du territoire ». Les conscrits alsaciens reçurent la faculté jusqu'au 1er octobre 1872 de choisir leur incorporation dans l'armée française battue ou dans l'armée allemande victorieuse. En 1873, ce qui restait de la nôtre défila dans Reims avec autant d'acclamations que si elle avait écrasé les Prussiens.

Cette même année, le petit Foutriquet eut à choisir entre un régime monarchiste et un régime républicain. Les caricaturistes le représentèrent le cul entre deux chaises. Finalement, il donna sa démission et fut remplacé par l'ineffable Mac-Mahon.

Voilà tout ce que m'a appris le képi rouge de mon arrière-grand-père. Le reste, ce que j'ai pu y ajouter, me vient de conversations nocturnes que j'ai eues avec lui, dans mes rêves.

# Quatrième journée

Ses sept ans de service accomplis, il fut convoqué par son capitaine qui lui tint un discours surprenant :

– Je sais que tu appartiens à une famille savoyarde assez misérable. Je t'offre le moyen de sortir de cette condition. Te plairait-il de t'installer en Algérie, toi et ta femme ?

– Je ne suis pas marié. Mais je compte épouser ma future sitôt rentré chez moi.

– Vous conviendrait-il, à elle et à toi, de vivre sous un climat agréable, qui ne connaît pas l'hiver, la neige, les glaçons, qui produit des oranges, des figues, des dattes, du vin plus fort que le champagne ?

– Je lui en parlerai.

– Si vous allez là-bas, si vous acceptez les terres qu'on vous propose gratuitement, si vous les cultivez avec l'aide d'un personnel qu'on nourrit avec deux raves par jour, vous deviendrez des propriétaires importants, des « colons », respectés, puissants, riches à ne pas se moucher du coude. Qu'en penses-tu ?

– Faut que je réfléchisse un peu.

– Réfléchis vite. C'est une faveur qu'accorde le gouvernement à ceux qui ont bien combattu les partageux. Combien en as-tu fusillés ?

– Je ne sais pas. Je ne les ai pas comptés.

Pour achever de le convaincre, le capitaine prit dans un tiroir une médaille qui avait l'air d'une médaille de mirliton, avec un ruban bleu-blanc-rouge supportant un cercle de cuivre *À ses défenseurs la Patrie reconnaissante*. Il la lui épingla sur le cœur, le gratifia d'une accolade, termina :

– Voici ma carte. Écris-moi ta réponse au plus tard dans un mois.

Édouard se mit en route pour regagner La Rochette de Montvalezan en costume civil, mais coiffé du képi que lui accordait le règlement militaire. De sorte que, le voyant passer avec sa médaille de mirliton, les gamins supposaient qu'il avait remporté de grandes victoires sur la Prusse et se mettaient à chanter :

> *As-tu vu Bismarck*
> *À cheval sur un canon ?*
> *Le canon éclate,*
> *Bismarck est foutu.*
> *L'a reçu une balle*
> *Dans le trou du cul.*

Il atteignit enfin La Rochette, ce village de ramoneurs, où il fut reçu avec enthousiasme :

– C'est Édouard ! C'est Doudou !… On le croyait mort. Il est vivant !

Il fut saisi, porté en triomphe, sous une pluie de roses et de feuilles.

– D'où viens-tu ? lui criait-on.

– De Satory. Près de Versailles.

Peu de gens à La Rochette connaissaient Versailles, les Savoyards n'étaient français que de fraîche date. En parlant, ils estropiaient encore la langue de Paris, ils appelaient la fontaine un *bourneau*, la poêle une *caffe*, la serpillière une *panosse*. Ils avaient donc tout à apprendre sur Versailles et les Versaillais.

Édouard entra chez les Féraz. Une maison toute en bois, qu'ils appelaient la « grange ». Un rez-de-chaussée pour les gens et pour les chèvres. Un étage où ils entreposaient le foin que le père fauchait sur les pentes, attaché à un piquet. La couverture était faite de bardeaux de bois, soigneusement cloués. Une galerie parcourait toute la façade.

Le meuble principal de la cuisine était une immense table autour de laquelle étaient disposées une douzaine de chaises, conformément à un principe : « Chez les pauvres, il y a plus de chaises que chez les riches. » Le dicton veut faire croire que les démunis sont plus accueillants que les bourgeois. Mais il se justifie autrement : les pauvres engendrent une ribambelle de moutards, les riches savent s'en préserver. Neuf chez les Féraz, plus les parents Hugues et Blandine, plus la grand-mère, cela faisait beaucoup de derrières à recevoir. Ces douze personnes y prenaient place au moment des repas. En franchissant la porte, un visiteur était accueilli par le parfum des soupes. Dans la marmite de fonte, cuisaient de compagnie le lard, le chou, les raves, le poireau, une branche de laurier-sauce. Au plafond, dans des clayettes, séchaient et mûrissaient les fromages de chèvre, les saucissons, les boudins et les ravioles. Y pendait aussi une bouteille remplie de vin de Montmélian depuis 1869, destinée à arroser le retour du remplaçant après ses sept années de service. Au-dessus de la table, étaient cloués au mur un bénitier et un portrait du pape Pie IX.

– Me voici ! dit Édouard en poussant la porte, aussi simplement que s'il descendait de la Rosière.

En guise de salut, il fit à sa famille un signe de croix, de la main qui peut-être avait fusillé cent communeux. Il embrassa tout le monde ; puis son père descendit la bouteille et l'on invita à la boire tous les ramoneurs du village. Chacun reçut sa goutte ou sa lampée, en proportion de son âge. Tous les verres furent levés, entrechoqués, et l'on chanta en chœur :

> Salut au conscrit revenu !
> N'a point oublié son pays.
> Les filles l'ont bien attendu
> Car y en a plus des comme lui !

La mère prépara une assiettée de *bougnettes* haute comme le mont Blanc. C'est ce que les Lyonnais appellent des bugnes, les Auvergnats des guenilles, les Catalans des merveilles, les Flamands des craquelins, ailleurs autrement. On fait une pâte un peu ferme avec de la farine mouillée de lait et d'un œuf. Sur la table enfarinée, on l'étend au moyen d'un rouleau ou d'une simple bouteille vide. Avec la pointe d'une lame, on y découpe des formes diverses, carrés, losanges, trèfles, cœurs. On laisse tomber délicatement ces figures dans de l'huile bouillante. Elles s'y raffermissent, se rebiquent, se reblochent, se tire-bouchonnent. On les sort de l'huile à la fourchette, on les empile, on les saupoudre de sucre semoule. Les invités les saisissent en se brûlant les doigts. S'il en reste, il faut les garder bien à l'abri. Sinon, des fantômes arrivent la nuit ; ils les découvrent dans le placard à l'odeur, ils s'en régalent et n'en laissent pas une seule. Les fantômes savoyards sont de grands amateurs de bougnettes. On les prépare en principe au temps du carnaval, et pareillement en n'importe quelle autre circonstance.

Le jour suivant, Doudou alla frapper à la porte des Rabot. Il savait y être attendu. Dans ce village de ramoneurs, Félicien Rabot exerçait une profession minutieuse : il réparait les montres, les pendules, les réveils, les horloges. Il en faisait aussi commerce. Sa minuscule échoppe était tapissée de pendulettes rondes ou carrées, dont les tic-tac produisaient un grignotis compliqué qui vous donnait l'impression d'entrer dans un moulin. Une certaine horloge comtoise signée *Bérard Vermondans 1805* avait battu les heures, les minutes, les secondes du grand Napoléon.

Le métier d'horloger est des plus anciens, des plus honorables, des plus utiles qui soient. Les anciens Égyptiens ou les Chinois inventèrent la clepsydre, une horloge à eau, pratiquement intransportable à cause de son poids. Vinrent ensuite les cadrans solaires ou gnomons dont les Péruviens se servaient pour marquer le moment des solstices et des équinoxes. Ce furent enfin les horloges à pendule dont les balancements avaient l'air de couper chaque seconde par le milieu comme une noisette. Mon grand-père Régis dont j'essaie ici de reconstituer la longue existence a toujours eu dans son gousset une montre d'argent, qu'il remonte chaque soir avec une petite clé avant de s'endormir et à laquelle il parle :

– Peut-être que demain matin j'oublierai d'ouvrir les yeux. Tu continueras de battre sans moi. Le temps ne te manquera point, parce que Dieu, lorsqu'il eut l'idée de le créer, en fit une très grande quantité.

Un de mes cousins, prisonnier de guerre, transforma sa montre en boussole, ce qui lui permit de s'évader d'Allemagne.

À La Rochette, Félicien Rabot n'avait pas grande clientèle. Il ne craignait pas d'en chercher dans les environs et de se faire colporteur. Dans une hotte d'osier, il plaçait des pendules, bonnes ou à réparer, et s'en allait chanter devant les granges, les fermes ou les chalets sa chanson :

– Horloger ! Horloger ! Répare tout ce qui sonne, tout ce qui tique, tout ce qui pend, tout ce qui branle !

Il marchait des heures et des heures, couchait dans des fenils, revenait la semaine suivante de l'ouvrage plein sa hotte.

Coiffé de son képi rouge, Édouard frappa et entra dans l'échoppe de Rabot. Il le trouva penché sur son établi, une loupe enfoncée dans l'orbite droite, pareille à un furoncle.

– Salut bien, père Rabot !

– Salut à toi, mon garçon. Tu as forci. T'es devenu un sacré gaillard.

– Pendant sept ans, on m'a fait faire beaucoup d'exercice. On m'a donné une médaille.

– C'est ce que je vois.

– Toute la famille va bien ?

– Aussi bien que possible.

Édouard se racla la gorge. Il fit hum-hum, réussit à demander :

– Quel âge a votre Agathe ?

– Vingt et un ans, sauf erreur.

– Toujours demoiselle ?

– Elle ne semble pas pressée de convoler. Nous n'avons qu'elle. Nous nous gardons bien de la bousculer.

Soudain, il laissa tomber sa loupe, découvrant un œil cerclé de noir, et se mit à chantonner dans son parler de La Rochette :

> *Ben ireu ke ten fenna,*
> *Ben ireu ke ten po...*
>
> *Bienheureux qui a une femme*
> *Bienheureux qui n'en a pas.*
> *Qui n'en a pas en veut une,*
> *Qui en a une n'en veut plus.*

Édouard resta songeur un moment, avant de révéler :

– Agathe et moi, nous nous sommes fait promesse de mariage.

Rabot en perdit le souffle. Puis il le retrouva :

– Alors, comme ça, tu t'imagines que je vais donner ma fille unique à un ramoneur ?

– Il y a longtemps que je ne pratique plus ce métier. Je ne suis pas sans le sou, j'ai ma prime de remplaçant, 2 800 francs clairs et nets. Mais j'envisage autre chose. Mon capitaine m'a proposé d'aller en Algérie. On m'y donnera gratuitement des hectares de bonne terre. J'y ferai pousser de la vigne, des figuiers, des orangers. J'aurai du personnel pour pas cher. Suffit de les nourrir avec une rave par jour.

– Pourquoi donc qu'on veut te donner ces terres ?

– Pour me remercier d'avoir bien défendu la République.

– Mais ces hectares, avant qu'on te les donne, faut bien qu'ils aient appartenu à quelqu'un. Qui donc les a payés ?

– La République, sans doute.

– La République est en France. L'Algérie est en Algérie.

– La France est riche. Elle a donné cinq milliards à la Prusse.

– De force. En Algérie, elle a pris de force des terres pour les distribuer aux Alsaciens, aux Lorrains, aux Savoyards qui acceptent de s'y installer. Je ne donnerai pas ma fille à un pillard.

– Mais puisque…

– Y a pas de « puisque ». Si tu veux ma fille, cherche un autre métier. Reviens me voir quand tu l'auras trouvé…

Édouard sortit de la maison le cœur bien triste, sans avoir revu Agathe. Il s'en fut loger chez ses parents. Les Féraz, comme j'ai dit, avaient eu neuf enfants. Pendant les sept années d'absence de Doudou, trois étaient montés au paradis, ce qui faisait un peu de place pour les autres. Lorsqu'il était rentré chez lui, il avait été quasiment pris pour un étranger par les derniers-nés de la famille. La grand-mère Marianne l'avait aussi un peu oublié, ils avaient dû lui répéter plusieurs fois son nom : « Édouard, Édouard, Édouard ». Revenu de chez Rabot, il mangea avec les autres la soupe aux choux et au fromage. Après la traite des chèvres, vint l'heure de monter se coucher. Doudou devait partager son lit avec Alban, son frère cadet. Toute la nuit, il réfléchit à l'ultimatum de l'horloger, ne put dormir, fit dans le lit tant de cabrioles qu'au matin le cadet le menaça :

– Si tu te tortilles comme ça toutes les nuits, il te faudra aller dormir avec les chèvres.

Après trois nuits insomniaques, Doudou alla frapper de nouveau à la porte de Rabot :

– Je viens vous apporter ma réponse.

– Entre. On va en causer. Assieds-toi.

Il prit place sur un tabouret, regardant autour de lui d'un œil intéressé. Sur l'établi de Rabot, il observa plusieurs montres étripées, leurs entrailles – rouages, ressorts, barillets – répandues autour d'elles.

– Elles sont en panne ? s'informa-t-il.

– Je me contente de les nettoyer en trempant chaque pièce dans un peu d'eau-de-vie. Je laisse sécher. Je remonte. On m'a apporté la montre d'un soldat tué par les Prussiens. Elle était morte, pleine de sang. Après nettoyage, elle s'est remise à vivre.

– Pourquoi vos horloges ne disent pas toutes la même heure ?

– Au socle de chacun, il y a une petite étiquette. Regarde : *Tokyo. Pékin. Moscou. Paris. New York.* Quand il est midi à Paris, il est 14 heures à Moscou, 19 heures à Pékin, 21 h 30 à Tokyo. Les Américains, eux, sont en retard : il est 7 h 30 à New York.

– Ça vous fait voyager.

– Oui, je voyage beaucoup, avec ma hotte sur mon dos.

– Vous avez un beau métier.

On perçut le grignotis multiple des horloges et des pendules.

– Tu m'apportes, dis-tu, une réponse ?

– Je suis venu vous informer que je renonce à l'Algérie et que j'ai choisi un métier honorable. Je veux devenir horloger comme vous. Où avez-vous appris l'horlogerie ?

– Je la tiens de mon père, qui l'avait étudiée à Cluses, à l'École royale d'horlogerie.

– Si vous acceptez ma proposition, je serai votre apprenti.

– Tiens, tiens, tiens ! Tu veux te faire mon concurrent ? La région n'a pas assez d'horloges pour nourrir deux horlogers.

– Pas du tout. Lorsque j'aurai appris le métier, ma femme et moi irons nous établir ailleurs. Je ne sais pas encore où, dans une commune sans horloger.

Rabot se frotta les mains, une manière d'applaudissement, comme il avait coutume de faire chaque fois qu'il lui tombait quelque aubaine. Il dit pour conclure :

– Allons saluer ma femme Mariette et ma fille Agathe. Elles sont en train de préparer des *matafans*[1].

Les choses furent arrangées ainsi. Le mariage ne s'accomplirait que lorsque Édouard Féraz, après deux ans d'apprentissage, serait promu officiellement horloger. Les fiancés pourraient se voir en tout bien tout honneur, étroitement surveillés, mais chacun continuerait d'habiter dans sa famille. Avant de don-

---

1. Sortes de crêpes épaisses que chantaient les conscrits les jours de vogue : « J'aime les matafans / Et les femmes qu'ont les seins blancs… »

ner son accord définitif, Rabot exigea de voir et de compter les 2 800 francs que le remplacement lui avait rapportés. Édouard se rendit à Montvalezan pour les demander à l'abbé Miraz auquel ils étaient confiés. Sur sa porte, une étiquette disait *Caisse d'Épargne*. Une invention de Napoléon III, à peine promu empereur. Chaque client disposait d'un livret sur lequel figuraient les crédits et les débits. Les crédits produisaient un intérêt immuable de 3 %. Les sommes ainsi récoltées étaient garanties par la Caisse des dépôts et consignations. L'abbé avait scrupuleusement versé les intérêts à Hugues Féraz chaque veille de Noël.

Il remit à Doudou le capital en billets imprimés par la Banque de France. Celui-ci le remercia, redescendit à La Rochette, les montra à l'horloger. Rabot les examina, les compta, les palpa, les observa par transparence, s'assura du filigrane qui représentait le visage de la République.

– Je suis tranquille, dit-il. Quand tu seras à ton compte, ma fille ne mourra pas de faim, du moins pendant quelque temps.

Deux années de suite, il vécut donc avec une lentille dans l'orbite droite, penché sur les mécanismes des montres, des réveils, des horloges. Il découvrit que chacun comprend trois organes essentiels : le moteur qui donne le mouvement aux rouages ; le régulateur qui rend ce mouvement uniforme ; l'échappement, intermédiaire entre les deux précédents. Il existe deux espèces de moteurs : un poids attaché à une corde dans les horloges comtoises qui descend en sept jours et qu'il faut donc remonter chaque semaine ; un ressort enroulé dans les montres et les pendules, formé d'une lame d'acier, longue et mince, que le remontage entortille et qui se détortille ensuite tout seul. Le régulateur se balance de droite à gauche, puis de gauche à droite dans les grandes horloges ; dans les montres, c'est un autre ressort, tout petit, qui produit le tic-tac. Je simplifie. Je ne sais pas si je me fais bien comprendre, n'étant pas horlogère moi-même. Édouard Féraz apprit tous ces détails et bien d'autres que je ne saurais exposer. Étant le seul élève d'un professeur unique, il devint presque aussi savant que son maître. Rabot l'emmenait parfois dans ses voyages en Savoie, en Dauphiné, en Suisse, en Italie. Côte à côte, ils dormaient dans les étables, derrière le cul des vaches rouge et blanc, pareil au drapeau helvète. Ils raccommodèrent les horloges de plusieurs clochers. Ils revinrent à leur point de départ pleins d'usage et raison.

Le mariage eut lieu le 20 juillet 1880. Édouard avait trente ans accomplis, Agathe vingt-trois. Les maisons furent parées en façade de branches de sapin, à l'intérieur de draps blancs qui cachaient les murs et leurs misères. Agathe se présenta en robe noire, couronnée de seringas d'où pendaient de longs rubans. Édouard était aussi en habit noir, cravaté de blanc, sa médaille sur le cœur. À la chapelle, le vicaire Miraz prononça une belle homélie dans laquelle il exprimait son plaisir d'unir un horloger et une fille d'horloger :

– Nul mieux que vous n'aura conscience du temps qui passe. On sait que la terre tourne, mais on ne s'en aperçoit guère. Le sol sur lequel on marche semble ne pas bouger et l'on vit tranquille. Il en est ainsi du temps dans la vie. Il passe, on ne s'en rend pas compte, et soudain il n'en reste plus. C'est pourquoi je vous engage, Édouard et Agathe, à bien employer le vôtre en faveur de vous-mêmes et en faveur du prochain, comme Dieu nous le recommande. Faisant au terme de vos jours l'addition de vos temps, faites en sorte que vous vous rendiez compte que vous n'en avez point perdu.

Nul n'était mieux placé pour mesurer le prix du temps que l'abbé Miraz qui tenait la Caisse d'épargne où le temps est essentiel, puisqu'il vaut 3 % dans l'année.

Puis il donna sa bénédiction aux jeunes époux. Édouard enfila un anneau d'argent à l'annulaire d'Agathe. Elle ne fit pas de même, car les horlogers, les forgerons, les charpentiers et tous les artisans y renoncent. Un anneau embarrasserait leurs besognes.

La cérémonie terminée, Édouard changea de domicile. Devenu gendre et successeur de Félicien Rabot, il prit dès lors chez lui domicile et pension complète. Il ne ménageait pas sa peine. Non seulement il réparait les montres et les pendules, mais il fabriquait de toutes pièces des horloges qu'il allait vendre aux foires de Beaufort, d'Albertville, d'Aiguebelle. Pour les transporter, il acheta un âne appelé Capulet et une charrette.

# Cinquième journée

Le beau-père lui répétait souvent :
– La Rochette, c'est trop petit. Et même Montvalezan. Tu devrais dénicher un endroit aussi grand que Bourg-Saint-Maurice. Et même davantage.

Il en accepta l'idée. Cherchant des maisons à vendre ou à louer, il se fit Christophe Colomb découvreur d'un monde nouveau. Monté sur un âne. Il écuma les deux Savoies sans rien trouver à sa convenance. Il aurait pu employer les diligences, le train par endroits, mais préférait économiser le prix des transports en voyageant sur son âne. Capulet se nourrissait en broutant les plantes sauvages. Édouard franchit des cols, des barres, des chaînes, des torrents. Traversa le Briançonnais. Se hissa dans le Queyras jusqu'à Saint-Véran. La plus haute commune d'Europe, à 2 040 mètres d'altitude. Elle doit son nom à Véran, l'archevêque de Cavaillon, qui, se promenant par là, eut à combattre un dragon dévoreur de brebis. L'évêque lui asséna de sa crosse épiscopale des coups si énergiques que le monstre s'envola, saignant du mufle. Il laissa tomber douze gouttes de sang. Chacune marque les douze étapes des troupeaux transhumants qui, du Lubéron, montent vers le Queyras où l'herbe est toujours fraîche. Saint Véran est devenu le patron des bergers.

Dominé par le clocher carré de son église, Saint-Véran est construit en étages sur la pente adret de la chaîne de Beauregard. Deux torrents l'entourent à peu de distance, l'Aigue Blanche et l'Aigue Agnelle. Leurs eaux ensuite se marient et vont se déverser dans la Durance. Au chevet de l'église, un cadran solaire avec cette inscription : *La plus haute commune où l'on mange le pain de Dieu*. À la vérité, si l'on mange ici du pain, il faut le faire venir d'ailleurs, car les pentes hautes ne produisent que des conifères, de l'herbe et des fleurs alpines, chardon bleu, edelweiss, gentiane acaulis, lis martagon. Mais les versants bas, sur les rives de l'Aigue Blanche, acceptent les semis de seigle et d'orge. Les trois cents habitants les moissonnaient en novembre, exposaient leurs gerbes sur leurs galeries, devant leurs greniers à fourrage. Le pain de seigle et le pain d'orge nourrissent autant que le pain de froment.

Le bourg était partagé en cinq quartiers : Pierre Belle, Le Villard, La Ville, Le Châtelet, Les Forannes. Chacun possédait un four à pain, une fontaine en bois, une croix de la Passion, un cadran solaire orné d'une devise : *Toutes nous blessent, la dernière nous tue. Sans le soleil, je ne suis rien. Et toi sans Dieu tu ne peux rien...* Les chalets aussi étaient tout en bois de mélèze, dit *fustes* ; les toits couverts de lauzes ou de bardeaux. Certaines portes très joliment sculptées. En hiver, bloqués chez eux par le froid, les Saint-Véranais tuaient le temps à fabriquer de petits meubles, des lits clos, des rouets, des berceaux, des coffrets de mariage, tout cela constellé d'étoiles, de rosaces, taillées au couteau. Les femmes pratiquaient la broderie au tambour.

Édouard fut d'abord mal accueilli.

– Nous possédons quinze cadrans solaires. Nous n'avons pas besoin d'horloges.

– Et la nuit ? répondait-il. Et par temps de brouillard ? Et les jours de maladie quand vous devez prendre une potion toutes les quinze minutes ? Et quand vous sortez de chez vous pour aller loin de Saint-Véran vendre vos meubles ? Et si vous voulez apprendre à vos enfants l'heure de Tokyo, de Berlin ou de New York ? Je suis sûr que vous avez chez vous une montre, un réveil ou une pendule qui sont en panne.

On loua tout de même à cet indésirable un chalet et une grange où il logea son âne Capulet. Celui-ci devint une curiosité dans le bourg où les ânes manquaient. Les enfants demandaient à le chevaucher, d'autres lui tiraient la queue. Grâce à Capulet, Édouard se fit une certaine clientèle. Son adresse mécanique lui permettait aussi de réparer les machines à coudre, les girouettes, les barattes à manivelle, les bicyclettes, les moulins à café.

Le drame de l'affaire vint d'Agathe qui ne voulait pas quitter La Rochette.

– Qu'irai-je faire dans cette commune où je ne connais personne ? Ici, j'ai mes parents et mes amis.

– C'est ton père qui nous pousse à partir.

– Je crois bien que je vais divorcer.

Et elle fondait en larmes.

68

Agathe ne divorça point, car elle se trouva dans une situation intéressante, comme on dit à la campagne ; mais elle refusa tout net d'aller accoucher à Saint-Véran. Édouard dut y retourner avec la seule compagnie de Capulet.

Vint le mauvais moment. Dans La Rochette, assez souvent, jaillissaient des cris de personnes assassinées. En fait, il s'agissait de femmes qui donnaient la vie à un enfant. Un peu honteuse de ce manque de retenue, Agathe se promit de ne pas crier quand ce serait son tour. Édouard avait jugé honnête de se trouver près d'elle et de participer pour ainsi dire à l'épreuve. Souvent, elle lui disait :

– Pose ta main sur mon ventre... Sens-tu quelque chose ?

– Oui... On dirait qu'il te donne des coups de pied... Oh ! Le canaillou !

– Il veut nous montrer seulement qu'il est vivant. Comment l'appellerons-nous ?

– Je propose Jean, comme mon cousin cordonnier, qui sera son parrain.

– Un beau prénom, approuva la mère Pignol, la *coucheuse*, qui jouait le rôle de sage-femme. Jean était l'apôtre préféré de Jésus.

L'enfant se décida à mettre le nez à la fenêtre. Malgré l'engagement qu'elle avait pris, Agathe poussa des hurlements épouvantables.

– N'y a pas de mal à ça, le Seigneur l'a voulu, la consola la mère Pignol. « Tu gagneras ton pain à la sueur de ton front et tu accoucheras dans la douleur. »

Édouard se tenait hors de la chambre, se bouchant les oreilles. Les cris enfin s'arrêtèrent. On lui permit d'entrer.

– C'est une fille, dit la parturiente. Tu l'aimeras quand même ?

– Peux-tu en douter ?... On l'appellera Jeanne.

Il y eut un repas de relevailles auquel participa toute la parenté. Lorsque Doudou parla d'emmener ses deux femmes à Saint-Véran, Agathe répondit :

– Plus tard. Laisse-moi me reprendre un peu.

Il attendit un mois. Puis il repartit seul avec son âne. Ils vécurent dans cette étrange situation : la petite et sa maman chez les ramoneurs, le père et Capulet loin d'elles dans la plus haute commune où l'on mange le pain de Dieu.

– Vous êtes célibataire ? s'étonnaient les Saint-Véranais.

– Non point. J'ai quelque part une épouse et une petiote qui viendront bientôt me rejoindre.

Elles ne venaient pas. C'est lui qui devait emprunter de temps en temps les diligences et retourner à La Rochette. Au cours de ces permissions, il prenait la petite dans ses bras et la promenait dans les chemins en faisant broum-broum avec ses sabots, ce qui la faisait crever de rire. Bientôt elle eut deux dents, puis trois, puis quatre, sa bouche ne se trouva plus vide. Ses yeux étaient d'un noir de charbon. Par leurs mouvements de droite et de gauche, elle découvrait le monde. Mon arrière-grand-père lui répétait des histoires abracadabrantes que lui avait contées jadis une tante du Chatelard, instruite – elle avait failli se faire religieuse. Jeanne avait l'air de tout comprendre malgré son jeune âge.

Cette enfant était un amour. Les parents déjà lui prédisaient un brillant avenir : maîtresse d'école, doctoresse, gouvernante de curé...

Aussi longtemps que sa mère put l'allaiter, on la vit croître, s'épaissir, s'épanouir. Soudain, pour on ne sait quel motif, le lait se tarit. On la nourrit au lait de vache. Elle dépérit. Au lait de chèvre. Elle ne s'en trouva pas mieux. Au lait d'ânesse. Ce fut un désastre : la diarrhée verte. On fit venir le médecin de Montvalezan. Il ordonna des lavements successifs. Elle mourut le 18 juin 1883, plongeant toute la famille dans la douleur. Rassemblée autour du berceau, elle mangeait des yeux cet ange blanc, ces paupières closes, les mains jointes comme si elle jouait à cache-gobilles. Édouard se donnait des coups de poing dans le front pour se punir de ce décès, car il s'en croyait un peu responsable.

– J'aurais dû... Je n'aurais pas dû...

Les bambins ne se nourrissent pas seulement du lait qu'on leur donne, mais aussi de la présence auprès d'eux de leur père et de leur mère. Ils respirent leurs odeurs comme ils respirent le parfum du berceau, de la chambre, de la maison. Afin de conserver une image de l'infortunée, Doudou fit venir un photographe nommé Brunel. Il habitait Villard-Dessus, à quelque distance de Bourg. Sa spécialité était de photographier les montagnes, les foires, les ponts, d'en faire des cartes postales qu'il vendait aux gens de passage, Suisses, Français, Italiens. Mais il aimait bien aussi photographier les morts parce qu'ils ne bougent point. Il vint avec son appareil qui s'allongeait et se raccourcissait comme un accordéon. Jeanne fut disposée sur un lit, ses cheveux répandus autour d'elle, ses menottes réunies sur une poupée de chiffon. Brunel installa sa chambre noire, son trépied, l'éclairage comme il convenait. Il n'eut pas besoin de compter jusqu'à cinq ni de parler du petit oiseau.

– Vous recevrez les clichés dans une semaine, promit-il. Comment les voulez-vous : format carte postale ou agrandissement vingt sur quinze ?

– Deux agrandissements, l'un pour La Rochette, l'autre pour Saint-Véran.

Le menuisier vint ensuite prendre les dimensions ; il se contenta de son chapeau et s'en servit comme décimètre. Jeanne mesurait un chapeau et demi. Le cercueil fut en bois d'aulne, celui dont on fait les sabots et les toupies, qui rosit un peu à l'air. Tapissé de soie et de velours. Jeanne y fut couchée sur un lit de copeaux. On lui enroula un chapelet autour des mains, précaution bien inutile puisque les angelots ont leur place réservée au paradis.

Tout le village vint aux obsèques, derrière le prêtre et l'enfant de chœur, après avoir gravi l'escarpement de un kilomètre qui monte à Montvalezan. Édouard ne voulut laisser à personne le soin de porter le cercueil dans ses bras. Il arriva en haut hors d'haleine, s'assit sur un muret pour reprendre son souffle. La messe fut d'un triste inouï, chaque femme pleurait, chaque homme se cachait la figure derrière son chapeau. Tout le monde chanta le *De profundis* sans y rien comprendre, mais avec une ferveur qui enflammait les voix. Le petit cercueil fut emporté au cimetière, derrière l'église. La tombe fut couverte d'un arceau blanc. Sur une planche carrée, cette inscription gravée au fer rouge : *Ici repose Jeanne Féraz âgée de 182 jours. Elle est au ciel. Elle nous regarde. Elle nous protège.*

Lorsque toute la famille Féraz fut réunie, Hugues dit simplement à sa fille :

– Demain, tu accompagnes ton mari à Saint-Véran.

Elle entassa dans des sacs de jute ses cliques et ses claques, les attacha sur l'échine de Capulet. Puis, ayant embrassé en pleurant ses père et mère, sa grand-mère, elle saisit la queue de l'âne et, l'un tirant l'autre, ils entamèrent la montée vers Montvalezan. Derrière eux, la vallée de l'Isère s'enfonçait dans la brume. En face, le mont Pourri dressait vers le ciel ses blancs sommets en dents de scie.

Ils marchèrent huit jours. Peut-être neuf. Peut-être dix. Couchant dans les granges, se nourrissant d'abord de leurs provisions, puis des soupes qu'on voulait bien leur offrir par commisération. Comme les éléphants d'Hannibal, ils franchirent une série de cols. La saison était favorable, Capulet ne manquait point de fourrage. Ils étaient souvent salués par les habitants des forêts, tous fournis d'un pelage ou d'un plumage épais, dans l'attente de l'hiver. Le lièvre et la perdrix des neiges se camouflaient de blanc. Les marmottes vivaient en communauté comme les Franciscains. Elles observaient les parages, debout sur leur arrière-train, mais disparaissaient dans leurs terriers à la moindre alerte. Elles y trouvaient des réserves faites à la saison chaude, comme les Dominicains. Le froid venu, elles s'enfonçaient dans de profondes galeries, vivant jusqu'au retour du printemps de silence et de sommeil, comme les Chartreux.

Édouard et Agathe observaient les gracieuses silhouettes des chamois sur les cimes escarpées, près des glaciers éternels. Vêtues d'un pelage roussâtre marqué le long du dos par une ligne sombre, ces bestioles bondissaient de rocher en rocher avec une agilité d'acrobate. Ils n'en rencontrèrent cependant aucune dans un cabaret en train de boire du vin chaud comme vit le Tartarin d'Alphonse Daudet.

Le mouflon est un mouton sauvage. S'il est mâle, il porte des cornes épaisses, recourbées, qui lui encadrent le visage comme deux parenthèses. Mais l'habitant le plus remarquable de ces Alpes reste le bouquetin. Reconnaissable à sa figure trapue, dominée par des cornes annelées qui dépassent quelquefois un mètre de hauteur. Il aime comme les ermites de Saint-Paul-Tricastin faire la sieste au soleil, ne fermant qu'un œil, par prudence monastique. On les rencontre en hardes parfois de cinquante individus. Ils se battent cornes contre cornes pour conquérir leurs compagnes, avec un bruit de castagnettes.

Chez les animaux à plumage, nos trois voyageurs observaient les coqs de bruyère, les perdrix, les faucons à bec court, les crécerelles ou émouchets qui se nourrissaient de taupes et de souris. Ils distinguaient même les aigles au plus haut des cieux.

À l'Iseran, la neige subsistait en plein mois d'août, mais l'eau de fonte ruisselait en cascade. À l'hospice du Mont-Cenis, ils furent reçus chaleureusement par les religieux. À Briançon, ils admirèrent les fortifications imprenables construites par Vauban. Sortis de cette grande ville, ils franchirent le col de l'Izoard qui les fit passer dans le Queyras où les montagnards disaient « Je vais gouverner mes purcs » pour « Je vais nourrir mes cochons ». Ils entrèrent dans Saint-Véran le 1ᵉʳ septembre, acclamés par toute la population. Ils autorisèrent les mouflets à prélever sur l'échine de leur âne des touffes de poil gris dont ils voulaient faire des pinceaux. Depuis longtemps, Agathe avait séché ses larmes.

Édouard présenta le bourg à sa femme. Les rues étaient si étroites que les charrettes peinaient à y passer. Aussi se promenaient-ils à pied le plus souvent. Ils firent la connaissance du boulanger Hurtig qui fabriquait seul le pain de Dieu. Ses miches devaient peser une livre exactement. Pour vérifier, il posait chacune sur sa balance Roberval. S'il lui manquait quelques grammes, il lui ajoutait une tranche. Ou une tranchette. Ou une tranchounette. Ils rencontrèrent le cordonnier-savetier Berlucci, venu du Piémont, et l'épicière, Mme Juffin, qui vendait du café à moudre et du sucre à casser au marteau, parce qu'il se présentait sous la forme de cônes de toutes dimensions dont il fallait ensuite peser les éclats. Bientôt, ils connurent tout le monde. Les voisins les invitaient :

– Si vous passez devant notre porte, entrez donc nous dire bonjour. Vous serez toujours les bienvenus.

Il arriva une aventure singulière à mon arrière-grand-père : un certain Marrou de Molines lui avait donné à réparer sa comtoise dont le balancier de cuivre, pareil à un soleil, ne se balançait plus. Féraz ouvrit la porte de l'horloge, décrocha le poids, dévissa puis revissa plusieurs organes, la comtoise retrouva son train habituel et se remit à sonner les heures et les demies. Tout le monde en fut content.

Il se trouvait que la demoiselle Marrou, Rosette, comptant treize printemps, avait un galant âgé de quatorze. Leurs familles étaient ennemies pour une ancienne querelle dont le motif était oublié de tous. Une histoire de coq qui avait volé par-dessus la haie pour importuner les poulettes du voisin. Ou de chèvre qui avait brouté une touffe interdite. Ou d'argent mal emprunté et mal rendu. Nos deux innocents, bravant toutes les interdictions, se rencontraient en cachette. À peine sortis de l'âge des tartines, ils se contentaient d'échanger un sourire ou un soupir, un chuchotement, deux cerises, deux caramels. Dès que les parents de Rosette étaient partis pour les bois, elle ouvrait la porte à son Lucien. Et ils restaient des heures ensemble à se regarder dans le blanc des yeux et à se tenir les mains. Ensuite, quand l'horloge sonnait onze coups, la fillette recommandait :

– Sauve-toi vite, si tu ne veux pas te faire piper.

Or un jour, ils étaient si occupés l'un de l'autre qu'ils n'entendirent pas sonner la onzième heure.

– Sainte Vierge ! s'écria la petite. Voilà mon père qui revient !

Comment fuir ? La porte interdite, il restait bien le fenestron, mais c'est à peine si le chat y aurait passé.

– Cache-toi ! Cache-toi donc !

– Où ça ?

– Dans le coffre de l'horloge.

Lucien réussit à s'y introduire, à se dissimuler derrière le balancier, à refermer la porte du coffre. Le père arrive en effet. Rosette se tient dans un coin, toute tremblante, faisant mine d'être absorbée par son tricot. Tout d'abord, le père ne s'aperçoit de rien.

Puis il remarque un grand silence : le balancier ne balance plus.

– Cette garce d'horloge s'est encore arrêtée !

Il en tire la porte, découvre le pauvre amoureux tout plat au fond de la cage. Et le père furibard :

– Qu'est-ce que tu fiches dans mon horloge, toi ?

– Ben… ben… monsieur Marrou… je passais devant votre porte. Je suis entré vous dire bonjour.

Marrou en rit tellement qu'il lui fallut regarder ce petit d'un œil moins sévère qu'auparavant. Il l'aida à sortir de son aplatissement. La visite de Lucien finit même par des embrassades. Les deux familles se réconcilièrent et, quelques années plus tard, tout finit par un mariage auquel l'horloger et l'horlogère furent invités.

## Sixième journée

La France vivait ce que les historiens ont appelé la Belle Époque. Elle se guérissait du second Empire, de sa défaite de 1870 et de la rage des communards. Pour faire oublier les débuts de leur insurrection, une basilique, dite du Sacré-Cœur, fut édifiée sur la butte Montmartre avec un clocher haut de cent mètres, dans lequel sonnait la Savoyarde, une cloche de vingt-sept tonnes, offerte par le diocèse de Chambéry.

L'agriculture connaissait une certaine prospérité en remplaçant la pratique de la jachère par des prairies artificielles et en employant les engrais chimiques. Les viticulteurs, menacés par le phylloxera, réussirent à sauver leurs vignobles en plantant des souches américaines réfractaires à la maladie et en greffant sur elles des plants français. Si dans trop de régions l'on n'observait guère d'amélioration dans les demeures rurales, on vit cependant les agriculteurs s'habiller mieux, se nourrir mieux, vivre mieux, chanter même en travaillant :

*J'ai deux grands bœufs dans mon étable,*
*Deux grands bœufs blancs marqués de roux.*
*La charrue est en bois d'érable,*

*L'aiguillon en branche de houx.*
*S'il me fallait les vendre,*
*J'aimerais mieux me pendre[1]...*

L'industrie suivait le même mouvement, favorisée par le réseau de chemins de fer qu'avait voulu Napoléon III. La « fée électricité » se fourrait partout, dans l'éclairage, dans le chauffage, dans les communications, dans la chimie et même dans la médecine. Ce qui n'empêchait pas l'extraction de la houille dans le Nord et le Massif central. Des expositions universelles montrèrent au monde ce que la France savait faire. Notamment, celle de 1889, centenaire de la Révolution, où fut inaugurée la tour Eiffel.

La bourgeoisie portait des costumes ébouriffants. Les dames s'enfermaient dans des tournures, des robes à poufs, qui leur donnaient des faux-culs monumentaux. Les messieurs se coiffaient de chapeaux hauts de forme inventés par M. Gibus et illustrés par Edgar Degas.

Les sciences, les arts, la médecine allaient du même pas. Pierre et Marie Curie allaient découvrir les propriétés radioactives du radium. Claude Bernard réduisait les manifestations de la vie à des phénomènes physico-chimiques : l'amour est à base de sucre et de vinaigre ; la colère est provoquée par une ascension nasale de la moutarde ; les larmes ne sont rien que de la saumure pareille à celle où l'on conserve les olives. L'Anglais Charles Darwin nous apprit que nous descendions tous d'un poisson long de quinze

---

1. Pierre DUPONT, *Muse populaire, chants et poésies*, « Les Bœufs », Paris, Garnier Frères, 1851.

centimètres, le cœlacanthe crossoptérygien, dont les nageoires évoquent des commencements de bras et de jambes ; il s'est perfectionné dans l'eau marine. Louis Pasteur inventa le vaccin contre la rage et guérit le choléra des poules. Grâce aux lois scolaires de Jules Ferry, tous les enfants apprirent à lire, à écrire et à compter. Sauf les crétins. Chaque jour, la Belle Époque justifiait son nom.

Malheureusement, elle n'était pas belle pour tout le monde. Pas pour les mineurs que décrivit Émile Zola dans *Germinal*. Pas pour les valets de charrue comme il les présenta dans *La Terre*. Les hommes de Saint-Véran vivaient sous le même toit que leurs vaches ou leurs moutons. L'électricité n'arrivait pas chez eux. Ils s'éclairaient toujours avec des lampes à huile dont la forme et la fonction remontaient à l'Antiquité. Accrochées à une poutre, elles comportaient deux tasses superposées ; la supérieure contenait de l'huile de chanvre dans laquelle trempait une mèche ; l'inférieure recueillait les gouttes extradées. Beaucoup d'hommes émigraient, vers Grenoble, vers Lyon, vers Marseille, vers l'Algérie. D'autres se faisaient gardiens de prison, gendarmes, gabelous.


Édouard et Agathe espéraient un autre enfant. Ce dernier ne se décidait pas à venir, à croire que le ciel voulait les punir de n'avoir pas assez pris soin du premier. Ils passèrent ainsi trois années dans l'angoisse. Elle achetait, filait, tissait de la laine. Il lui arrivait de se mêler aux bergères de Saint-Véran et de broder en leur compagnie. Fin août et début septembre, elle cueillait dans les bois des cynorhodons, fruit qui veut dire en grec « roses de chien », plus couramment appelé gratte-cul. Lorsqu'il est pourpre, on l'ouvre, on enlève les pépins qu'il renferme, on passe ce qui reste à la moulinette. Cela donne une purée que l'on fait cuire avec du sucre. On en obtient une délicieuse confiture. Agathe cueillait aussi des mûres, des airelles, des pissenlits dont elle faisait le même usage.

Elle et lui visitaient les hameaux environnants : les Agnelets, Molines, la Chalp, Le Raux, Fontgillarde. Ils étaient partout bien accueillis. Ensuite venait l'hiver, il fallait chausser des raquettes.

Ils firent la connaissance de Sylvestre. Un coutelier qui vivait seul avec sa mère. Ils burent avec lui du vin chaud et mangèrent de la croquette queyrassine. Sylvestre fabriquait des couteaux de poche tout simples à une seule lame d'acier et manche de bois. Il en vérifiait le coupant en la promenant sur son avant-bras. Elle devait en trancher les poils aussi bien qu'un rasoir. Sylvestre leur posa une question surprenante :

– Quelle est selon vous le plus vieux métier du monde ?

Édouard sourit, regarda sa femme, qui ne sourit pas. Et il répondit pour deux :

– Celui de la prostitution. C'est ce que tout le monde dit.

Agathe ouvrit grand les yeux et la bouche, manifestant visiblement qu'elle ne connaissait pas ce métier. Il fallut le lui expliquer.

– On n'apprend pas ça à l'école. D'ailleurs, je n'y suis guère allée, à l'école.

– Je prétends, poursuivit Sylvestre, que le plus vieux métier du monde est celui de coutelier. On ne peut se passer de couteau, on s'en sert chaque jour. Alors qu'on se passe bien de prostitution, ce qui est mon cas. Les premiers couteliers, naturellement, habitaient les cavernes. Leurs couteaux étaient faits de silex aiguisés, avec quoi ils découpaient des branches, des peaux, des os pour se faire d'autres objets. À cette époque lointaine, d'ailleurs, je pense que la prostitution n'existait pas. Hommes et femmes vivaient en commun, sans mariage, gratuitement. La monnaie non plus n'avait pas été inventée. Les enfants appartenaient au troupeau. C'est plus tard, beaucoup plus tard, que les femmes eurent l'idée de faire commerce de leurs charmes. La prostitution est un fait de civilisation assez récent.

Et Agathe de s'étonner :

– Où avez-vous appris toutes ces choses ?

– Dans mes livres.

Il désigna du pouce en arrière une étagère couverte de bouquins.

– Je ne sais pas lire, s'excusa-t-elle.

– Moi j'ai appris à l'armée, dans mes sept ans, ajouta mon arrière-grand-père.

– Si ça vous chante, je vous donnerai des leçons de lecture et d'écriture. Et maintenant, trinquons.

Il sortit trois verres où il versa un peu de rosé anonyme, qu'Édouard complimenta, disant qu'il était plus buvable que celui des chasseurs de Satory.


Quelques jours plus tard, Agathe révéla à son mari qu'elle s'ennuyait.

– Si je travaillais, si je gagnais un peu d'argent, cela m'occuperait et améliorerait notre ordinaire.

– Que voudrais-tu faire ?

– Garder des moutons.

– Mais nous n'en avons pas.

– On achèterait d'abord deux ou trois brebis et un bélier. Elles nous feraient des agneaux. Nous en mangerions un de temps en temps, pour nous changer des pommes de terre.

Il trouva d'abord l'idée étrange, proche de la divagation. Mais elle plaida sa cause avec un doux entêtement, si bien qu'elle finit par l'y gagner. Ils achetèrent quatre agnelettes, disant que le bélier viendrait plus tard, on pourrait d'ailleurs emprunter contre paiement celui d'un voisin.

– Ce sera, dit Sylvestre, une sorte de prostitution animale.

Agathe les menait dans les prés communaux en compagnie de Capulet. À chacune, elle donna un prénom chrétien : Josette, Vincente, Victorine, Capucine. Elle les surveillait dans le pré comme une maîtresse d'école aurait gardé un œil sur ses élèves. Capulet ne se plaignait en rien de ce voisinage. En même temps, elle brodait ou ravaudait. Les choses durèrent ainsi des mois et des mois. Le destin d'Agathe paraissait réglé. Pendant que Doudou battait la campagne parfois toute une journée, elle gardait ses moutons comme Jeanne d'Arc au Bois Chenu. À midi, elle les abandonnait, rentrait chez elle, mangeait une soupe, faisait une petite sieste, puis retournait au pré communal.

L'oviculture est le plus simple des élevages. Les bêtes trouvent elles-mêmes leur pâture, méprisant les varaires, les chardons, les plantes épineuses dont les ânes se régalent. De temps en temps, il faut leur rogner les onglons avec des cisailles, un travail d'homme dont Édouard s'acquittait. Il faut les tondre enfin, une fois l'an, en avril ou mai, pour les débarrasser de leur toison. Il utilisait des forces, grands ciseaux à deux tranchants dont les lames, en se rapprochant, coupent le poil. Encore une invention de l'Antiquité. Si Édouard était en route, Agathe appelait le coutelier, car il y fallait de la poigne. Il liait deux par deux les quatre pattes de Victorine ou de Vincente, la couchait sur le dos. Elle se plaignait un peu de cette posture indécente :

– Qu'est-ce que tu me fais, coutelier ?

– Je t'enlève toute cette laine qui te tient chaud. Tu passeras un été plus confortable.

– Tu as l'habitude des lames, coutelier. Prends garde de ne point me blesser.

– Sois tranquille. La tonte est aussi un fait de civilisation dont j'ai l'habitude.

Les paysannes de Saint-Véran ou des hameaux voisins dépourvues de brebis achetaient cette laine, la lavaient, la faisaient sécher au soleil ; puis elles la filaient sur leurs rouets ou leurs quenouilles.

Ces rapports entre Agathe et Sylvestre firent naître des commérages. Il y a partout, depuis la nuit des temps, des personnes qui s'occupent de ce qui ne les regarde pas. Pendant la grande Révolution, on a baptisé « tricoteuses » les femmes qui venaient avec leur ouvrage au pied de la guillotine en attendant les exécutions du jour. Beaucoup de Saint-Véranaises fourraient partout leurs nez, leurs yeux, leurs oreilles. Elles trouvèrent qu'Agathe Féraz descendait un peu trop souvent de chez elle, laissant paître son âne et ses brebis, pour se rendre chez le

84

coutelier en l'absence de son mari. L'une d'elles écrivit même une lettre à l'horloger pour l'informer de ces visites : *Si vous acceptez ces habitudes, vous méritez des félicitations.*

Il en perdit le sommeil durant trois nuits, au bout desquelles il montra cette bafouille félicitatoire à son épouse. Elle ne rougit pas mais devint toute pâle.

– Sylvestre m'apprend la lecture, expliqua-t-elle. La preuve : je viens de déchiffrer et de comprendre ce chiffon de papier.

Elle le déchira et le jeta au feu. Il y produisit une courte flamme jaune, couleur de la trahison. La maison parisienne du connétable de Bourbon, traître à son roi, avait été barbouillée de jaune sur les ordres de François I$^{er}$. Peu après, Agathe fondit en vraies larmes saumurées, toute secouée de sanglots, le visage couvert de ses mains. Édouard éprouva pour elle une grande pitié, il lui posa une main sur la tête. Elle se jeta dans ses bras.

– Comment peux-tu croire… comment peux-tu croire ? gémissait-elle.

– Il y a des personnes qui nous jalousent… Elles inventent…

– Demain, je te fournirai une preuve plus forte.

– Je ne sais pas si j'ai besoin de preuves.

– Tu verras. Tu entendras.

Ils regagnèrent leur couche, cherchant le sommeil, lui sur la gauche, elle sur la droite. Dans cette position que les moqueurs appellent « l'auberge des culs tournés ». Les moutons dormaient dans leur pré, sous la surveillance de Capulet. L'horloge du clocher sonna onze coups. Puis douze. Ils réussirent à s'assoupir.

En se réveillant, Édouard s'aperçut qu'il était seul. Une odeur agréable provenait de la cuisine, celle de l'orge grillée, puis moulue, qui permettait de produire une boisson qu'ils appelaient café. Pour en accentuer la noirceur, Agathe y ajoutait toujours un charbon pris dans la cendre de la cheminée. Il se leva, s'habilla, descendit l'escalier, arriva dans la salle.

– Le café est prêt, confirma son épouse.

Il le but en croquant des bugnettes préparées l'avant-veille. Si l'un ou l'autre, pendant la journée, se sentait un petit creux, il savait que toujours il pouvait trouver des bugnettes quelque part. Agathe le regardait, immobile, telle une statue de sel. Elle se coiffa de son fichu, chaussa ses sabots.

– Je reviens dans un moment. Prends patience.

Elle sortit. Il entra dans la pièce qui lui servait d'atelier, se pencha sur une de ces montres de cuivre qu'on appelait des oignons, enfonça la loupe dans son orbite. Quelques minutes plus tard, elle revint, comme promis. Elle ôta son fichu, rectifia son chignon, prit place sur une chaise. Elle ouvrit devant elle un livre de grandes dimensions dont la couverture montrait un âne, un autre Capulet, tenu en bride par une fillette. Un livre que Sylvestre lui avait prêté. Et elle se mit à lire :

– *Mémoires d'un âne*, d'après la comtesse de Ségur, née Rostopchine. « Je ne me souviens pas de mon enfance ; je fus probablement malheureux comme tous les ânons, joli, gracieux comme nous le sommes tous. [...] Les hommes n'étant pas tenus de savoir tout ce que savent les ânes mes amis : c'est que tous les mardis il y a dans la ville de Laigle un marché où l'on vend des légumes, du beurre, des œufs, du

fromage, des fruits et autres choses excellentes. [...]
J'appartenais à une fermière exigeante et méchante ;
[...] quand j'étais si chargé que je pouvais à peine
avancer, cette méchante femme s'asseyait encore au-
dessus des paniers et m'obligeait à trotter ainsi écrasé,
accablé, jusqu'au marché de Laigle... »

Agathe lisait ces lignes d'une voix aussi claire, aussi
nette que si elle eût été institutrice. Parfois, cependant, elle se reprenait, se raclait la gorge, répétait les
mots qu'elle avait mutilés et s'en allait plus loin.
Pétrifié de surprise et de joie, Édouard écoutait, béait
telle une carpe hors de l'eau. Après la première page,
elle s'arrêta, demanda :

– Est-ce que ma preuve est suffisante ?

Il se laissa tomber à genoux devant elle, baisant ses
mains, baisant les pages, se frappant la poitrine, mur-
murant :

– Je suis indigne de toi. Je te demande pardon
d'avoir cru...

À son tour, elle lui caressa la tête, lui fournissant
quelques détails sur l'auteur de ce livre : Sophie Rostopchine était la fille du gouverneur de Moscou lors
de l'incendie de cette ville ; elle épousa le comte
Eugène de Ségur et vécut à Paris le reste de son existence.

– Est-ce que je lis encore ?

– Tu me feras le plus grand plaisir.

Pendant une semaine, à la lueur de leur lampe à
huile, ils passèrent les veillées à entendre le récit de
Cadichon. Non pas seuls, mais en compagnie de Sylvestre appelé en renfort et reçu comme un frère aîné.
La vie de l'âne les passionna. Las des mauvais traite-
ments, il finit par prendre la poudre d'escampette.

Recueilli par une brave fermière, il connut chez elle quatre années de bonheur. Il tomba ensuite entre les mains de galopins. Si vous voulez connaître la suite, achetez le livre chez un bon libraire.

## Septième journée

Les brebis d'Agathe prospéraient de belle façon. Elle s'aperçut tout à coup que la dénommée Josette avait d'étranges manières : elle s'approchait d'une de ses compagnes et soudain la montait par-derrière, comme font certaines vaches que l'on qualifie de « bordéliques ». Au cours de ses sept ans de service, Édouard avait eu l'occasion de rencontrer des soldats qui couchaient ensemble. Certains même lui avaient fait des propositions qu'il avait repoussées avec dégoût. Personne chez les Féraz n'avait jamais parlé de ces anomalies. Il en avait retenu deux vocables. Les Marseillais disaient : « C'est une bagasse. » Les Parisiens : « C'est une tante. »

Il examina mieux la brebis Josette, s'aperçut qu'elle n'était ni bagasse ni tante ; tout simplement, c'était un mâle tardif. Bonne affaire ! On n'eut plus besoin d'emprunter le bélier d'un voisin. Il fallut le débaptiser ; on l'appela Josué. Habitué à Josette, il comprenait mal ce nouveau prénom pourtant très honorable : Josué, successeur de Moïse, conduisit le peuple élu à la conquête de la Palestine. Édouard le lui cria dans l'oreille des dizaines de fois. Il finit par l'accepter. Enfin, il lui

poussa des cornes, signes indubitables de sa mas-
culinité.

Effectivement, après ses activités amoureuses,
plusieurs brebis donnèrent naissance à des agnelets.
Ils tétèrent leurs mères, puis se nourrirent d'herbe
fraîche.

L'hiver s'annonçait. Les bouleaux, les peupliers
perdirent leurs feuilles. Les chênes gardèrent les
leurs, mais toutes roussies. La mésange charbonnière,
immobile sur les rameaux défeuillés, roulée en boule,
les plumes du cou hérissées en fraise noire, ne jetait
plus son chant au lever d'un soleil sans chaleur. Les
nuages gris plombé fermaient le ciel. Le jour n'était
qu'un demi-crépuscule. Il finit par lâcher des mouches
blanches : il neigeait.

– C'est le moment, dit Édouard, de sacrifier un
agneau.

– Je ne veux pas voir ça ! cria sa femme.

Elle avait pourtant vu saigner des porcs à La
Rochette. L'affaire avait un côté divertissant. Ces
bêtes poussaient des cris si déchirants qu'elles se rendaient ridicules. Tout le village assistait à la tuerie. Le
bourreau était souvent un farceur qui demandait tout
à coup :

– J'aurais besoin d'un sifflet. Y a-t-il quelqu'un qui
puisse m'en prêter un ?

Un sifflet ? Pour quoi faire ? Les adultes se mor-
daient les lèvres pour retenir leur hilarité. Généralement, un moutard non averti proposait le sien qu'il
avait confectionné lui-même en bois de coudrier. Le
tueur le prenait, l'enfonçait dans le trou que les
cochons ont sous la queue. Dans les efforts de son
agonie, la bête soufflait de toutes parts, très fort, par

le groin, par les oreilles, par le trou en question, produisant une note aussi forte que celle d'une locomotive. La foule se bidonnait. Après avoir ouvert au hachoir le cochon sans vie, le tueur rendait à l'enfant son flûteau en recommandant :

– Va le laver à la fontaine. Merci beaucoup, il m'a bien servi.

Le porc lui-même participait à la rigolade. Mais sacrifier un agneau était une autre affaire. Son image figurait dans les chapelles et les églises. *Agnus Dei*, il portait en lui quelque chose de divin, il enlevait les péchés du monde.

– Tu le tueras sans moi, dit Agathe.

– Je pense pouvoir y arriver.

Il prit l'agneau, lui ficela ensemble les quatre pattes. L'autre se laissa faire sans protester, couché de flanc sur la paille, croyant qu'on allait seulement le tondre. Édouard le considéra avec une grande pitié. Celle qu'ont souvent les bourreaux pour leurs victimes. Samson, qui coupa le cou à Louis XVI et à Marie-Antoinette, confia ensuite une somme importante à l'archevêque de Paris pour qu'une messe fût dite en leur souvenir, éternellement.

Édouard prit le long couteau dont il avait affilé la lame et, saisissant l'agneau par le mufle afin de lui interdire toute protestation, il lui trancha les carotides d'un coup fort et précis. Le sang fut recueilli et jeté aux immondices.

Pour conserver longtemps cette viande, il fallait la garder dans une pièce de la maison tournée au nord, le *charnier*, dans des caisses en bois de mélèze, sous une couche de glace. La glace ne manquait pas autour de Saint-Véran à la saison des sacrifices. Il suffisait d'aller la chercher en direction du Pain de Sucre, un sommet de trois mille deux cents mètres. Édouard prit une hotte, se chaussa de souliers cloutés, s'arma d'une canne ferrée et se mit en route. Il marcha deux heures pour atteindre le Pain de Sucre, remplit de glace sa hotte, redescendit un peu sur les jambes, un peu sur le derrière.

– Je t'ai apporté autre chose, dit-il à sa femme.

– À moi, spécialement ?

– Oui, à toi toute seule. Une fleur. On l'appelle « l'immortelle des montagnes » parce qu'elle pousse sur les rochers, et qu'elle résiste au froid et à la chaleur. Certains l'appellent aussi edelweiss.

Il tira de sa tabatière – car il pétunait – une sorte d'étoile veloutée. Agathe voulut la humer, mais elle sentait la prise.

– Mets-la dans un petit flacon rempli de ouate humide. Elle reprendra son parfum naturel. Chaque fleur signifie quelque chose. L'edelweiss signifie « tendresse ».

Agathe l'embrassa tendrement.


L'immortelle des montagnes dura deux années. Au bout desquelles, elle perdit sa fraîcheur. Édouard remonta alors au Pain de Sucre pour cueillir une remplaçante. Il répéta ainsi l'ascension aussi souvent que nécessaire.

L'année 1889 transforma leur existence. Âgée de trente-trois ans, Agathe n'espérait plus connaître une seconde fois les délices et les tourments de la maternité. Elle se contentait de regarder chaque jour le portrait accroché au mur de Jeanne endormie et de s'essuyer les yeux. Sylvestre l'encourageait :

– Vous êtes encore très jeune, affirmait-il. La Bible nous apprend qu'une princesse nommée Sarah donna le jour à un fils, quoique âgée de quatre-vingt-dix-neuf ans. Ce fut Isaac, et il eut un grand destin.

– Je ne suis pas princesse, seulement Mme Féraz.

Un jour, elle s'aperçut qu'elle grossissait du ventre. Elle consulta un médecin. Il promena l'entonnoir de son stéthoscope sur son bide, lui demanda si elle avait toujours ses règles.

– Oui, mais pas très abondantes.

– Eh bien, j'ai le plaisir de vous annoncer que vous êtes, comme on dit, en situation intéressante. Au deuxième mois. Si vous voulez, comme je pense, conserver votre grossesse, ayez-en grand soin. Pas d'exercice exagéré. Ne restez pas cependant immobile. Gardez vos brebis. Nourriture légère, légumes, fruits. Évitez le lard. Je reviendrai vous voir dans trois mois. Avant, s'il se produit quelque chose d'inquiétant.

Elle suivit son conseil. Le printemps revenu, elle ressortit ses moutons avec l'aide d'un chien berger prénommé Riquet parce qu'il avait une mèche noire qui lui tombait sur le front et qu'il fallait de loin en loin raccourcir aux ciseaux. Précaution utile, car les chiens distinguent avec les yeux, le nez et les oreilles. Il connaissait chaque brebis par son état civil. Si l'une d'elles s'écartait, il suffisait qu'Agathe criât son nom dans le vent :

– Brunette ! La Brunette !

Riquet se lançait à ses trousses sans autre explication et la ramenait dans le pâturage communal. S'il entendait au loin, mêlée à d'autres, la voix d'Édouard Féraz, il répondait en se tournant du côté d'où elle venait. Ses abois étaient, comme le langage humain, d'une variété extrême. Ils exprimaient le respect, la docilité, l'amour, la fureur, la haine, le désir. Et même l'hilarité : la gueule demi-ouverte, il riait de toutes ses dents, de sa luette, de sa langue qui pendait.

Un jour, Agathe rappela son médecin.

– Que vous arrive-t-il ?

Elle répondit, toute haletante :

– Hier, au sortir de la poste, j'ai été poursuivie par un cochon. Une frayeur ! Un cochon noir, le seul qui existe dans Saint-Véran. Il s'était échappé de sa porcherie. Il s'est jeté sur moi.

– Jeté sur vous de quelle façon ?

– Sur mes jambes, en grognant, les dents découvertes.

– Vous a-t-il mordue ?

– Non, j'ai pu lui échapper.

– Et alors, où est le problème ?

– Plusieurs femmes d'ici m'ont dit que, si une femme enceinte est poursuivie par un cochon, son enfant aura le nez d'un cochon. Si elle est poursuivie par un bouc, il aura la figure d'un bouc.

Le docteur en eut le souffle coupé. Puis il éclata de rire à se décrocher la mâchoire.

– Merci, merci, réussit-il à dire. Merci de m'avoir donné une si belle occasion de me fendre la pipe. Le rire est excellent pour la santé, pour le foie, pour la rate et pour les poumons. Un nez de cochon ! Une figure de bouc ! Comment pouvez-vous croire à de pareilles balivernes ? Laissez dire ces bonnes femmes qui sortent tout droit du Moyen Âge, bourrées de superstitions. Quand je serai parti, préparez-vous une infusion de camomille bien sucrée et reposez-vous derrière la fenêtre en regardant passer les nuages.

L'enfant naquit le 16 juin 1889, jour de saint François-Régis. On l'appela plus simplement Régis.

– Je vais te prouver qu'il est bien ton fils, monsieur Féraz, et non point celui d'un autre. Quitte tes chaussettes.

Édouard quitta ses chaussettes.

– Regarde ton pied droit. Qu'a-t-il de particulier ?

Il regarda son pied droit, répondit :

– Tu veux parler du pouce, du gros doigt de ce pied, anormalement volumineux ?

– Exact. Maintenant, regarde le pied droit du petit Régis… Constate… Il a hérité du volume exagéré du tien. Tu lui as transmis ce signe particulier.

– Ça crève les yeux. Un jour, je demanderai à Sylvestre de nous montrer son pied.

Il le fit. Le gros orteil du coutelier ne présentait aucune exagération.

Régis Féraz est devenu ce grand-père que vous avez devant vous, monsieur Florentin le Lyonnais, et que je vous raconte parce qu'il ne veut pas parler.

## Huitième journée

À peine né, le petit Régis manifesta une disposition singulière : il sut chanter avant de savoir parler. Tout en épluchant des pommes de terre, le balançant du pied, sa mère l'endormait au chant de la berceuse que connaissent tous les bambins de France :

> *Nono, Ninette, Catherinette,*
> *Endormez-moi cet enfant*
> *Jusqu'à l'âge de quinze ans.*
> *Quand quinze ans seront passés,*
> *Il faudra le marier,*
> *Dans une chambre pleine d'amandes,*
> *Un marteau pour les casser,*
> *Ce petit pour les manger...*

Âgé d'à peine six mois, marchant encore à quatre pattes, il apprit cet air sans en comprendre les paroles. Résultat :

> *Piapia, piapia, piapiapia,*
> *Piapiapiapiapia,*
> *Piapiapia piapia pia pia...*

Il n'y manquait pas un seul pia. « On en fera un chanteur, se dirent les parents, comme le grand Rubini. » Le vocabulaire lui entra dans la tête par les yeux, sans sortir par la bouche. On lui présentait des articles de ménage rassemblés. On lui demandait : « Où est la bouteille ? » Il la désignait de son index minuscule en faisant « Ah ! ». Même chose pour le couteau, pour la marmite, pour la cuillère, pour le tire-bouchon.

Pour faciliter la sortie des dents de lait, elle lui frictionnait les gencives avec une racine de gentiane qu'elle avait au préalable mâchouillée. Ça ne l'empêchait pas de pleurer la nuit. Elle devait se lever, lui donner le bout du sein qu'elle avait enduit de miel. Un peu la berceuse, un peu le miel, il retombait dans ses rêves.

À quoi rêvent les bambins ? Je me le suis toujours demandé, moi, Léone, demeurée célibataire. Aux amandes ? Au marteau ? À la bouteille ? Que voient-ils ? Qu'imaginent-ils ? Qu'étaient-ils avant de naître ? Y a-t-il quelque part une réserve d'âmes enfantines où chaque mère va se servir à l'aveuglette, car elle n'a point de choix ? Qui me donnera une idée de ces choses incompréhensibles ?

Régis fut baptisé à l'église de Saint-Véran. Il eut pour parrain Sylvestre le coutelier qui, au moment de la cérémonie, éleva vers le plafond, à l'insu du prêtre, quatre offrandes : un morceau du pain de Dieu, un dé rempli de sel marin, un œuf tombé le matin même du derrière d'une poule et une allumette phosphorée, en prononçant dans sa tête ce quadruple vœu : « Qu'il soit bon comme le pain, sage comme le sel, plein comme un œuf et droit comme une allumette. »

On jeta aux enfants qui attendaient devant la porte des dragées, des noix, des figues, afin d'obéir à la recommandation *Asperges me Domine*, qu'il ne faut pas traduire « vos asperges me dominent ».

Lorsqu'il sut marcher, Régis vécut au milieu des brebis en compagnie de Capulet et de Riquet. Petit animal lui-même, il s'accrochait à leurs poils et montait sur leur dos. Ils lui enseignaient la fraternité des créatures de Dieu. Lorsqu'on devait sacrifier un agneau, on le faisait hors de sa présence, car Dieu a condamné ses créatures à se manger les unes les autres, les plus fortes consommant les plus faibles. Un jour, Capulet disparut. C'était en juin 1893, l'herbe avait besoin d'être fauchée. On l'appela aux quatre vents :

– Capulet ! Capulet ! Capulet ! Capulet, où es-tu ?

Pas de réponse. Après bien des recherches, on le trouva enfin, très haut, couché au milieu de la prairie, la bouche béante, les yeux ouverts. Édouard abaissa ses paupières et dit :

– Il est monté au ciel. Il y a sûrement là-haut une place pour les ânes.

Les ânes s'éloignent pour mourir, comme les éléphants. Capulet n'avait averti personne du départ de son âme, laissant à la terre son corps et ses longues oreilles. On creusa un trou, on le mit dedans.

– Pourquoi qu'il ne bouge pas ? demanda Régis.

– Faut que je te dise la vérité, répondit son père. Parce qu'il est mort.

C'était la première fois qu'il entendait ce vocable. Il y a un temps pour tout, nous dit la Bible. Un temps pour acquérir et un temps pour perdre. Un temps pour lancer des pierres et un temps pour les ramasser. Un temps pour naître et un temps pour mourir. Édouard jugea bon d'informer son fils de ce qu'est la mort.

– C'est quand on ne bouge plus. Le cœur ne bat plus. On ne respire plus. On n'a plus rien à faire au milieu des hommes, c'est pourquoi ils nous enterrent.

– Et qui c'est qui « moure » ?

– Tout le monde meurt, tôt ou tard. En général quand on a un grand âge. On est usé. Alors on s'en va.

– Et vous, papa, maman, vous devrez mourir aussi un jour ?

– Comme tout le monde.

– Et moi aussi je « mourirai » ?

– Seulement quand tu auras un grand âge. Un très grand âge.

– C'est l'âge qui fait mourir ?

– On peut dire la chose comme ça.

– Alors, si quelqu'un vous demande « Quel âge a ce petit ? », vous répondrez « Il a pas d'âge ».

– Personne ne le croira : tout a un âge. Même les arbres. Même les pierres. On peut mourir jeune aussi. De maladie. D'accident. C'est pourquoi, quand tu marches, tu dois bien regarder où tu mets les pieds.

Dans la maison, il découvrit le portrait agrandi de Jeanne accroché au mur. Il demanda :

– Qui que c'est ?

– Ta sœur Jeanne, répondit le père.

– J'ai une sœur ?

– Oui, mais elle est partie. Elle est maintenant dans le ciel. Elle nous regarde. Elle nous protège.

– Je veux la voir.

– Je te la montrerai la nuit prochaine.

Lorsque toutes les étoiles se furent levées, il lui en désigna une, la Polaire, qui ne change jamais de place, les autres naviguant autour d'elle.

– La voici. C'est ta petite sœur Jeanne.

Pendant des semaines, pendant des mois, quand le ciel le permettait, Régis se mit à sa recherche. On voyait ses lèvres bouger. Il conversait avec Jeanne. Nul ne sut jamais ce qu'il lui disait. Il avait aussi l'habitude de parler aux choses. Dire que maintenant il ne parle presque plus !

Voilà quelques propos qui m'ont été rapportés par mon grand-père lorsqu'il ne s'était pas encore enfermé dans son mutisme. À l'âge de six ans, il découvrit ainsi à peu près ce que c'est que le mourir. Le catéchisme nous enseigne que les animaux n'ont point d'âme, que par conséquent ils ne peuvent nous accompagner parmi les étoiles. Pour nourrir une telle opinion, il faut n'avoir jamais tenu un chat sur ses genoux, n'avoir jamais regardé un chien dans les yeux. Lorsque je me présenterai devant saint Pierre – car je n'ai jamais commis un péché mortel de ma vie, sauf erreur de mémoire – tenant mon chat Gligli dans mes bras, si saint Pierre me dit : « Entrez donc ! Mais laissez votre chat devant la porte. Ici, les animaux n'entrent pas », je répondrai : « Envoyez-moi ailleurs, saint Pierre qui n'avez qu'une pierre à la place du cœur. Votre paradis ne m'intéresse point. »

Le petit Régis apprit donc quelques-unes des différentes façons de mourir dans son jeune âge, en tombant d'un rocher, en se noyant dans une rivière, en recevant une brique sur la tête, en attrapant la scarlatine, en avalant un morceau de viande trop gros, en recevant un coup de pied de cheval, en prenant feu comme une allumette. Et quelques dizaines d'autres. Un jour qu'il vit son père se raser, il s'écria :

– Attention ! Tu vas te trancher la gorge !

Tout le monde en rit. Édouard lui fit même cette démonstration : de son blaireau, il lui savonna les joues jusqu'aux pommettes. Après quoi, tenant la lame du rasoir à l'envers, il lui enleva toute cette crème sans le blesser.


Il fallut remplacer Capulet, Édouard en avait besoin pour ses transports. Il alla en chercher un à Molines et revint à califourchon sur un baudet gris souris, avec d'épaisses babines et des genoux cagneux comme ceux du grand-père Hugues de La Rochette.

– Comment s'appelle-t-il ?

– J'ai oublié de le demander au vendeur. Nous l'appellerons Capulet.

Ainsi, dans certaines familles bourgeoises, la bonne à tout faire était appelée Célestine quel que fût son prénom véritable. Chaque fois qu'on s'adressait à l'âne de Molines, on lui disait :

– Capulet, avance un peu… Capulet, tiens-toi tranquille… Capulet, mange ton picotin.

On dut constater une chose : chaque fois qu'il entendait ce nom, il devenait sourd. Ou bien il secouait les oreilles, non, non, je ne suis pas Capulet.

– Faut pourtant qu'il s'en persuade, fit Édouard.

Il entreprit le second baptême. Le sacrement consistait à lui brailler dans une oreille « CAPULET ! », cri accompagné d'un coup de bâton sur l'échine. Même pratique dans l'autre oreille : « CAPULET ! » Chaque fois, il refusait ce patronyme. Quand le bâton lui tombait sur le mufle, il sortait la langue et se léchait comme si on lui avait donné une friandise.

La cérémonie dura une semaine. Sans résultat. Doudou pensa même à recourir au curé ; mais il s'en abstint, craignant que le prêtre ne refusât de baptiser une bourrique. « Faut, se dit-il, que j'aille demander le nom à celui qui me l'a vendu. » Il n'avait pas le téléphone. Le facteur servit d'intermédiaire et rapporta :

– Il s'appelle Roméo.

Effectivement, entendant prononcer ces trois syllabes, l'âne gris devint obéissant.

– Roméo, recule un peu.

Et Roméo, reculait. Sylvestre, le coutelier qui savait tout, fournit l'explication :

– Le vrai Roméo, celui de Shakespeare, ne s'appelait pas Capulet. Il s'appelait Montaigu. C'est Juliette qui s'appelait Capulet.


À six ans, le petit Régis mit les pieds à l'école sous l'autorité de M. Cottier. À cette époque, le Queyras était connu pour ses maîtres d'école si nombreux et si instruits que le niveau culturel était plus élevé dans ces régions montagneuses que dans les plaines. Ils se recrutaient aux foires. On les reconnaissait à des plumes d'oie fichées dans leur chapeau. Ceux qui enseignaient seulement à lire et à écrire n'en avaient qu'une. Ceux qui apprenaient aussi le calcul en montraient deux. Ceux qui enseignaient le latin en portaient trois. Ils étaient payés par les communes, de façon très inégalitaires. Depuis les lois de Jules Ferry, les régents recevaient leur traitement de l'État ; leur logement et leur chauffage étaient fournis par les municipalités ; les maîtres étaient formés dans les Écoles normales. M. Cottier n'avait donc pas besoin de plumes à son chapeau. Il coiffait un chapeau Gibus comme le sous-préfet.

À Saint-Véran, deux écoles existaient, dans le même bâtiment que la mairie, l'une pour les filles, l'autre pour les garçons. Chez ces derniers, l'ameublement des classes était tout simple. Les tables étaient assez longues pour recevoir six occupants. Chacun disposait d'un encrier de porcelaine fiché dans un trou du bois, près d'une rainure pour déposer le porte-plume. Le banc sans dossier recevait donc six derrières. Les moutards s'adossaient à la table suivante. Ceux qui occupaient la table du fond devenaient bossus. Les pupitres avaient été construits par un menuisier local, avec des planches à peine dégrossies dans lesquelles apparaissaient les veines du bois, aussi visibles que les bleues qui parcourent le dos de mes mains quinquagénaires. Autre meuble : un placard au fond de la classe contenait des provisions de bouche que le régent se réservait. Devant, un tableau noir surmonté de deux drapeaux tricolores. Quand un élève devait y écrire, il montait sur l'estrade qui le haussait suffisamment. Il prenait un bâton de craie dure qui crissait en traçant des lignes.

Le maître se tenait debout, ou bien assis à son bureau. Derrière lui, un panneau dont le texte n'était lisible que si l'on savait déjà lire et n'avait d'utilité que si l'on savait écrire. Il disait : *Tenue du porte-plume. Le porte-plume est tenu entre les trois premiers*

*doigts, sans raideur. Le prendre d'abord entre le des-
sous du pouce et le côté gauche du majeur, l'index levé.
Cela fait, abattre sur lui l'index. La main s'appuie sur
les deux derniers doigts légèrement relevés. Le porte-
plume doit être tenu, autant que possible, en direction
de l'épaule.* La moindre démonstration manuelle était
plus parlante que ce discours. Le panneau, d'ailleurs,
servait surtout à dissimuler un défaut du mur.

Plus loin, étaient accrochés une carte de France et
un portrait de Jules Ferry. L'Alsace et la Lorraine y
étaient représentées, mais teintes de violet pour indi-
quer qu'elles ne nous appartenaient plus. Avec les
énormes favoris qui lui tombaient des joues, Jules
Ferry ressemblait, trait pour trait, à un orang-outan.

Au milieu de la classe, un poêle sans protection
grillagée. Les écoliers qui venaient de loin apportaient dans une gamelle couverte une soupe qu'il fallait réchauffer au repas de midi. Ils n'étaient que cinq
ou six, réunis autour du calorifère. Le régent, qui
n'avait pas le droit de les laisser sans surveillance,
restait à son bureau et consommait avec eux ce que
Mme Cottier lui descendait de son étage. Au terme
de cette collation, il se levait et secouait sa barbe qui
avait recueilli de nombreuses miettes. Après quoi, il
se rasseyait, penchait la tête en arrière, l'appuyait au
mur et plongeait dans une sieste accompagnée de
ronflements. Les moutards se gardaient bien de le
réveiller ; une main sur la bouche, ils s'empêchaient
de rire.

Le petit Régis ne participait point à ces agapes
communautaires, il n'habitait qu'à quelques pas de
son domicile. Il lui arriva une aventure qui mérite
d'être racontée. Un certain hiver, malgré un rhume,

il vint quand même en classe, enveloppé dans la vareuse de chasseur un peu mangée aux mites mais encore chaude que son père avait rapportée de ses sept ans de conscription. (Les Saint-Véranais doivent accepter le temps qu'il fait, le trop chaud et le trop froid, le sec et le mouillé, car c'est le temps de Dieu, comme le pain qu'ils mangent.) Venu le moment de la récréation, le régent l'autorisa à rester près du poêle au lieu d'aller dans la cour. Quelques instants plus tard, M. Cottier entendit des gémissements. Il revint dans la classe, constata que le jeune Féraz était en train de se consumer. Le poêle tout rouge avait mis le feu à sa capote. Le gamin regardait la flamme s'élever, ne sachant que faire pour l'arrêter. L'instituteur le prit entre ses mains et étouffa la combustion. Toute sa vie, Régis lui fut reconnaissant de l'avoir sauvé de l'incendie. M. Cottier était un maître admirable.

Il terrorisait quand même un peu ses élèves à cause de sa grande taille, de sa voix puissante et de sa barbe. Dans ses mauvais jours, on aurait pu le prendre pour un ogre. Lorsque, le premier matin, Régis se trouva devant lui, il se fit cette réflexion personnelle : « Je suis foutu ! » Il fallait voir ce géant lorsqu'il s'en prenait à un élève indiscipliné : d'une seule claque, il l'envoyait rouler par terre. Jamais aucun ne se plaignait à ses parents. Tous les élèves qu'il présentait au certificat d'études primaires élémentaires – créé en 1882 – étaient reçus. Souvent avec mention. Pourvus de ce titre, les jeunes certifiés pouvaient aspirer à des fonctions glorieuses et rémunératrices : celles de gendarme, garde champêtre, tambour de ville, cantonnier, employé de l'octroi, plus communément appelé gabelou. Ce dernier travail consistait simplement à encaisser les quelques sous que devait payer, en arrivant à la barrière, toute marchandise produite hors de la commune. Le gabelou vérifiait le poids des fromages, la capacité des tonneaux, le contenu des paniers, faisait le calcul proportionnel, délivrait un reçu. Les droits d'octroi étaient souvent la ressource principale des municipalités. Un de ces gabelous était en train de se faire connaître : Henri Rousseau, retraité, il se faisait appeler le douanier Rousseau. Il peignait des paysages, des animaux qu'il n'avait jamais vus, d'après des cartes postales, n'ayant jamais étudié la peinture des autres. Il donnait aussi des leçons de violon dont il jouait un peu, afin de compléter sa misérable pension. Les gabelous de Saint-Véran ne se plaignaient jamais de rien, sauf pour dire « Cré nom ! ». Sauf pour dire « Macacho ! ».

Sans pratiquer le violon ni la peinture, M. Cottier, comme j'ai dit, était estimé de tous, grands ou petits. S'il proportionnait les châtiments corporels aux capacités d'encaissement de ses élèves, il distribuait aussi des récompenses : des bons points et des nougats. Les premiers représentaient des fleurs, des feuilles et enseignaient la botanique. Les seconds, venus de Montélimar, enseignaient la géographie. Il lui arrivait parfois de quitter brusquement son estrade, de laisser en plan l'addition ou la soustraction, et de se diriger à grands pas vers le placard du fond. On comprenait qu'il avait soif, ce qui est permis à tout le monde et parfaitement honorable. Se dissimulant un peu derrière le battant, il saisissait une bouteille remplie d'un liquide bleu, en portait le goulot à sa bouche, en avalait une lampée. Les moutards savaient que ce liquide bleu était du vin rouge. Le régent s'essuyait les moustaches avec le revers de sa main, retournait à l'estrade.

– Félicitations ! s'écriait-il. 1 231 moins 343 donne bien 888.

Il souriait de ce triple 8. C'était un pédagogue remarquable.

L'effectif de vingt-cinq élèves comprenait trois divisions : les petits, les moyens et les grands. Régis prit place parmi les petits. Le régent l'interrogea sur sa famille :

– Quel métier fait ton père ? Ta mère travaille-t-elle à autre chose qu'à son ménage ? As-tu un frère ou une sœur ?

– J'ai une sœur. Pas de frère.

– Comment s'appelle-t-elle ?

– Jeanne. Jeannette.

– Quel âge a-t-elle ?

– Six mois.

Elle aurait dû avoir dix ans, mais elle ne grandissait pas, elle ne grandirait jamais. Régis jugea bon de lui ajouter un signe particulier :

– Elle est accrochée au mur.

– Répète un peu.

– Elle est accrochée au mur. Dans un cadre.

Suivit un silence consterné. Les autres élèves avaient les yeux tournés vers le petit nouveau. Mais le régent comprit le sens de cette révélation.

– C'est bon, n'en parlons plus. Au suivant.

Pendant toutes les années que Régis passa sous l'autorité de M. Cottier, il ne reçut jamais aucune fessée, aucune gifle. Quelques remontrances, sans doute.

Rien d'autre. Il attribua ce privilège à la protection de sa petite sœur. Ce fut d'ailleurs toujours un bon élève.

Le régent était aussi un homme de commerce : c'est lui qui vendait à ses écoliers les ardoises et leurs crayons, les livres, les cahiers, les porte-plumes. Aux frais des familles non nécessiteuses. Sinon, il les prenait à sa charge. C'est ainsi qu'il vendit à Régis une ardoise et son crayon pour septante-cinq centimes. (Il employait septante, huitante, nonante, ces nombres cardinaux à présent disparus sauf en Suisse et en Belgique.) Sa mère Agathe donna une pièce de dix sous en argent, une de vingt et une de cinq en bronze. Toutes trois montraient encore le profil de Napoléon III bien qu'on fût depuis longtemps en République. L'ardoise était en carton dur incassable, noire sur ses deux faces ; le crayon pointu était en schiste gris parfaitement cassable, il ne fallait pas le laisser tomber par terre.

Afin d'occuper pour la première fois les mains de Régis, le maître traça en blanc sur fond noir une ligne d'écriture composée uniquement de lettres O. Avec ces explications :

– Fais comme moi. Remplis ton ardoise de O. C'est la lettre la plus importante de notre alphabet et de notre langage parce que c'est la plus facile à prononcer, la plus facile à dessiner. Elle existe dans toutes les langues du monde. Tous les peintres ont couvert leurs toiles de O visibles. Tous les écrivains ont appris le commencement de l'écriture en traçant des O. Alors, mon garçon, au travail : remplis cette ardoise de O. D'un côté, une ligne de O tout simples ; de l'autre, une ligne de O avec une queue, comme les cerises. Je viendrai voir le résultat.

Régis appliqua ces conseils. Il remplit l'ardoise de *O* minuscules, de moyens, de gros, avec ou sans queue, les uns parfaitement ronds, d'autres quelque peu ovales, ou aplatis comme les potirons, ou effilés comme la poire.

– C'est parfait, l'encouragea le régent.

Cette première journée scolaire fut un succès incontestable. Le lendemain, on attaqua le *I*.


M. Cottier ne jouait pas du violon comme Henri Rousseau, mais il touchait du piston, ce qui lui permettait d'accompagner les chants de ses élèves. Exclusivement des chansons françaises, aucune savoyarde :

*Mon âne, mon âne a bien mal à ses yeux.*
*Madame, lui a fait faire une paire de lunettes bleues*
*Et des souliers lilas, lala…*

Et aussi des airs qui préparaient la Revanche :

*Nous sommes les enfants*
*De la vieille mère Patrie.*
*Nous lui donnerons dans dix ans…*

Une armée aguerrie…

M. Cottier reprenait *Le Clairon* de Paul Déroulède :

*L'air est pur la route est large,*
*Le clairon sonne la charge,*
*Les zouaves vont chantant.*
*Mais là-haut sur la colline,*

> Dans la forêt qui domine,
> Le Prussien les attend...

Naturellement, ils apprenaient aussi *La Marseillaise* sans y rien comprendre :

> Contre nous de la tirelire
> L'épinard sans gant est lavé...

Ne pouvant battre la mesure de ses mains retenues par le piston, M. Cottier la battait de sa barbe dont la noirceur scintillait.

Quoique élèves d'une école laïque, la plupart des grands fréquentaient aussi le caté et apprenaient des chants non moins revanchards :

> Ô Marie, ô Mère chérie,
> Garde au cœur des Français la foi des anciens jours.
> Entends du haut du ciel le cri de la patrie :
> Catholique et français toujours...

Dans la cour de l'école, le régent les faisait marcher au pas cadencé :

– En avant... Arche !... Une, deux, une, deux, une, deux...

Des fusils en bois participaient à leurs exercices :

– Armes sur l'épaule... droite !... Présentez... armes !... Baïonnette au canon... on !

Ils se couchaient sur le ventre, épaulaient leurs escopettes, fermaient un œil, visaient un ennemi virtuel en faisant pan-pan ! Grands et petits se passionnaient pour ces simulacres. Ils se relevaient tout boueux, les genoux écorchés, prêts pour délivrer l'Alsace et la Lorraine.

En attendant la Revanche, le jeune Régis entra dans une autre passion : celle de la glisse. Aucune région n'y convenait mieux que le Queyras. Avec des planches de mélèze, les menuisiers fabriquaient grossièrement des patins relevés par-devant sur lesquels les chaussures étaient fixées au moyen de lanières de cuir. Quelles chaussures ? La plupart des gamins n'avaient que des sabots ou des galoches. Ils se contentaient de tracer, en plein milieu du village, une patinoire à force de tasser la neige. Les ménagères les maudissaient, car il leur arrivait de tomber sur le cul. Ce qui n'était jamais grave, la prévoyante nature ayant pensé à capitonner cet endroit pour amortir les chutes. C'était plus grave si les dames étaient porteuses d'un seau d'eau ou de lait. On vit même un jour un facteur des Postes aussi barbu que M. Cottier s'étaler sur la glace avec sa sacoche. Il se releva à quatre pattes. Après avoir ri un peu, les Saint-Véranais l'aidèrent à récupérer ses enveloppes et son képi.

Peu à peu, les planches rudimentaires furent plus longues, plus courbes, plus glissantes et prirent le nom de « skis ». Des Suédois vinrent apprendre à s'en servir, à tourner, à se relever, à s'arrêter, à remonter une pente en disposant des skis en angles droits, à les farter pour les empêcher d'adhérer à la neige. D'autres construisirent des traîneaux rapides munis d'un volant appelés bobsleighs qui, dans des

111

descentes aménagées, pouvaient atteindre des vitesses vertigineuses.

L'hiver queyrassin était plus long qu'ailleurs. Régis grandissait, se perfectionnait à l'école et aux activités de glisse, entrait dans l'adolescence. Peu d'étrangers venaient à l'époque des patins ; ils se multiplièrent avec les premiers skis. Il vint aussi un corps nouveau de chasseurs, les chasseurs alpins, créé en 1888, appelés à défendre nos montagnes contre toute attaque éventuelle de la Suisse ou de l'Italie. Cette dernière venait justement de signer un accord, la Triplice, avec l'Allemagne et l'Autriche. Les chasseurs alpins ne portaient plus le képi rouge de mon arrière-grand-père, mais un large béret bleu qu'ils appelaient leur « tarte ». Ayant hésité entre le béret du Béarn et celui du Pays basque, ils avaient choisi le second, plus vaste, plus profond, afin de pouvoir y réchauffer leurs pieds la nuit, au bivouac. Ils pratiquaient aussi le ski et l'alpinisme et se hissaient jusqu'aux plus hauts sommets, qu'avant eux seuls les aigles et les marmottes avaient fréquentés.

Il venait aussi des Piémontais très en avance sur les Dauphinois en matière de sports d'hiver. Ils traduisaient dans leur langue le verbe skier par *sciare*, qui se prononce « chiare ». Comme ils ne connaissaient pas bien le français, on les entendait dire parfois pour *abbiamo sciato tutta la giornata* : « Nous avons chié toute la journée. »


Un métier nouveau apparut : celui de guide de montagne. Afin d'accompagner les étrangers amateurs d'escalades, mais dépourvus d'expérience, certains

Queyrassins proposaient leurs services. L'alpinisme avait été inventé par des Anglais[1] dont j'ai oublié les noms au milieu du XVIIIᵉ siècle. Ils découvrirent chez nous une immense étendue pareille à une mer houleuse subitement gelée. Les montagnards l'appelaient la « Mer de Glace » et la croyaient hantée par les morts. Opinion pas entièrement fausse puisque, trois siècles plus tard du côté italien, on exhuma le corps d'un voyageur qui y dormait depuis cinq mille ans, victime d'un assassinat. En 1786, deux Français, Jacques Balmat et Michel Paccard, atteignirent le sommet du mont Blanc. Des guides professionnels s'associèrent. Mais des guides indépendants les concurrençaient pendant l'hiver. Leur matériel était limité à l'alpenstock, un long bâton ferré, une petite hache pour tailler des marches dans la glace, des souliers fortement cloutés et une corde de chanvre pour relier leurs clients en cordée. En été, ils devenaient bûcherons, bergers ou cultivateurs. Cinquantenaire débutant, mon arrière-grand-père Édouard, horloger sans vocation, se fit guide de montagne sans diplôme.

---

1. William Windham et Richard Pococke.

## Neuvième journée

Le retour de l'Alsace-Lorraine était l'idée fixe de la Ligue des Patriotes. Elle avait choisi pour diriger la Revanche le général Boulanger, ministre de la Guerre. Elle publiait même les détails de sa carrière suivant la méthode Cagliostro :

> *Né à Rennes le 29 avril 1837*
> *Nativité nocturne sous le 10ᵉ jour du Taureau*
> *et le 29ᵉ de la Lune en une année de Jupiter*
> *Général de division le 18 février 1884*
> *Ministre de la Guerre le 8 janvier 1886*
> *Vainqueur de l'Allemagne le 7 novembre 1890*
> *Président de la République le 17 mai 1891*

Sa prestance, sa barbe blonde, son revanchisme, les réformes introduites dans la vie des bidasses l'avaient rendu immensément populaire. Il avait inventé les « permissions agricoles » ; peint les guérites des sentinelles en bleu-blanc-rouge ; remplacé la gamelle de fer par une assiette de faïence ; ajouté une fourchette à la cuillère qui précédemment servait seule ; introduit la morue dans l'ordinaire ; adopté le bourgeron de toile ; autorisé les sorties de théâtre et de bordel. Il était même à l'origine d'une révolution dans la barbe : les officiers et sous-officiers pouvaient à leur gré porter la moustache et la mouche ou bien la barbe entière, celle-ci assez courte cependant pour ne pas dissimuler les écussons. Seuls étaient prohibés les favoris. En cas de maladie, les médecins pouvaient ordonner que la barbe fût rasée.

Cet engouement parut dangereux au président du Conseil Rouvier. Redoutant un coup d'État, il ne le limogea point, mais le « clermontisa » en l'envoyant à la tête du 13ᵉ corps d'armée à Clermont-Ferrand. *Le ministère a pris un parti énergique*, écrivit *L'Intransigeant, il vient de déporter le général Boulanger. On lui a désigné comme lieu de sa détention les montagnes d'Auvergne !* C'était pire que la Nouvelle-Calédonie !

Son départ de Paris fut difficile. La foule se coucha sur les rails devant la locomotive. Il fallut l'installer dans une locomotive seule et le faire partir par une voie détournée, cependant que la foule chantait :

« C'est Boulange, c'est Boulange ! C'est Boulange qu'il nous faut, oh oh oh oh ! »

Si le général s'était résigné à cet exil, c'est qu'il lui permettait de rejoindre sa maîtresse, Marguerite de Bonnemains, vicomtesse et tuberculeuse. Où l'installer ? Ses officiers d'ordonnance se mirent en quête d'un nid discret et choisirent l'Hôtel des Marronniers de Royat, tenu par Marie Quinton, surnommée la « Belle Meunière ». Celle-ci a raconté les rencontres frénétiques du général et de sa dame : « Il s'est jeté dans ses bras, il l'a serrée à la broyer, il l'a couverte de baisers avec une impétuosité sans nom. Elle veut parler, il lui ferme la bouche de ses lèvres. Il l'embrasse avec furie, sur les cheveux, le front, le cou, les épaules, les bras, les mains. C'est une scène indescriptible de félicité, de délire, de bonheur surhumain. Je me retire, complètement étourdie de ce que je viens de voir… »

Un soir, Boulange ne trouve pas Marguerite. Elle avait dû s'absenter et lui avait envoyé un télégramme pour préciser son retour. «Je montai la dépêche. J'eus pendant plus d'une heure le spectacle d'un homme en proie à une crise si violente que je pus un instant me croire dans l'obligation d'appeler à l'aide pour l'empêcher de se broyer le crâne contre un mur. Il poussait des cris rauques, des râles, se roulait par terre dans ses vêtements à elle arrachés à la penderie, les embrassait, les mordait… »

L'amour lui fit oublier la politique, Royat lui fit oublier l'Élysée. Le gouvernement lança contre lui un mandat d'arrêt. À Ixelles, près de Bruxelles, Marguerite mourut de son mal. Boulanger se suicida sur sa tombe d'un coup de revolver. Ce qui lui valut de Clemenceau cette oraison funèbre : « Le général Boulanger est mort comme il a vécu, en sous-lieutenant. » Tel fut le destin de l'homme qui prétendait libérer l'Alsace-Lorraine.

Un autre drame aux conséquences bien plus graves s'acheva aussi par un suicide : l'affaire Dreyfus, née de l'antisémitisme. À Saint-Véran, depuis que la terre tourne, personne n'avait jamais prononcé le nom de *Juif*. Ailleurs, il n'en était pas de même. Il s'infiltra chez certains faibles d'esprit, en même temps que ses dérivés : antisémite, antisémitisme. La haine des Juifs, fort ancienne, prospère en Russie, en Autriche, en Hongrie, en Allemagne, s'intensifiait en France, ins-

116

pirée par un pamphlétaire, Édouard Drumond, dont un ouvrage, *La France juive*, avait trouvé beaucoup de lecteurs dans les milieux nationalistes. Il reprochait aux Juifs de ne pas se fondre dans les peuples qui les avaient reçus. « Juifs d'abord, Russes ensuite. » D'où les pogroms. Drumond les accusait d'accaparer les fonctions les plus lucratives ; d'exploiter les petites gens ; d'acquérir par la politique une influence excessive. Leurs défenseurs rappelaient qu'au Moyen Âge toute activité agricole ou industrielle leur était interdite, qu'il leur restait le commerce et la finance ; soutenaient que leurs succès étaient dus à leur solidarité et à leur finesse d'esprit. Leur richesse les faisait détester par les moins riches qu'eux, par les pauvres, au cours de cette Belle Époque pleine de misères, de crimes et d'attentats. L'un des plus effroyables toucha Sadi Carnot, président de la République, assassiné à Lyon par un anarchiste italien, Caserio. Celui-ci lui reprochait de n'avoir pas gracié Vaillant qui avait jeté une bombe dans la Chambre des députés. Sans bien comprendre ce que cela signifiait, les grands-mères de Saint-Véran traitaient de « casériaux » leurs moutards indisciplinés, de « casériaudes » leurs moutardes. C'est dans cette atmosphère empoisonnée qu'éclata l'affaire Dreyfus.

En 1894, une femme de ménage employée à l'ambassade d'Allemagne à Paris – en réalité, une espionne française – découvrit dans une corbeille à papier un document manuscrit révélant des dispositions de notre défense nationale. Ayant examiné ce bordereau, comparé des écritures, entendu des témoignages, l'état-major en vint très vite à identifier le traître : Alfred Dreyfus, un capitaine d'artillerie né à Mulhouse, de religion israélite. Accusé de trahison par un conseil de guerre, le capitaine fut condamné à la dégradation et à la déportation sur l'île du Diable. La presse répandit la scène où on le voyait privé de ses galons et de son épée. Tandis qu'il purgeait sa peine, une campagne de révision conduite par le colonel Picquart et par Mathieu Dreyfus, frère du condamné, accusa un officier d'origine hongroise, le commandant Esterházy, d'être l'auteur du bordereau. Ce dernier fut néanmoins acquitté par un tribunal militaire.

C'est alors que l'écrivain le plus connu, le plus populaire de l'époque, Émile Zola, publia dans *L'Aurore*, un journal littéraire, artistique et social, à 5 centimes le numéro, un long article où il défendait la cause de Dreyfus, dont le titre *J'Accuse… !* lui avait été suggéré par Clemenceau et par Ernest Vaughan, directeur de la feuille. Qu'on remarque les trois points de suspension et le point d'exclamation. Adressée à M. Félix Faure, président de la République, cette lettre commençait sur un ton respectueux :

*Me permettez-vous, dans ma gratitude pour le bienveillant accueil que vous m'avez fait un jour, d'avoir le souci de votre juste gloire, et de vous dire que votre étoile, si heureuse jusqu'ici, est menacée de la plus honteuse, de la plus ineffaçable des taches ? Vous êtes sorti sain et sauf des basses calomnies, vous avez conquis les cœurs. […] Vous vous préparez à présider un solennel triomphe de notre Exposition universelle qui couronnera notre grand siècle de travail, de vérité et de liberté. Mais quelle tache de boue sur votre nom – j'allais dire sur votre règne – que cette abominable affaire Dreyfus ! Un conseil de guerre vient par ordre d'oser acquitter un Esterházy, soufflet suprême à toute vérité, à toute justice. Et c'est fini, la France a sur la joue cette souillure. L'histoire écrira que c'est sous votre présidence qu'un tel crime social a pu être commis. [...]*

*Et c'est à vous, monsieur le Président, que je crierai cette vérité, de toute la force de ma révolte d'honnête homme. Pour votre honneur, je suis convaincu que vous l'ignorez. Et à qui donc dénoncerai-je la tourbe malfaisante des vrais coupables, si ce n'est à vous, le premier magistrat du pays ?*

Commence alors le récit de l'affaire dans ses tenants et ses aboutissants :

*Un homme néfaste a tout mené, a tout fait, c'est le colonel du Paty de Clam, alors simple commandant. Il est l'affaire Dreyfus tout entière. On ne la connaîtra que lorsqu'une enquête loyale aura établi nettement ses actes et ses responsabilités. Il apparaît comme l'esprit le plus fumeux, le plus compliqué, hanté d'intrigues romanesques, se complaisant aux moyens des romans-feuilletons, les papiers volés, les lettres anonymes, les rendez-vous dans les endroits déserts, les femmes mystérieuses qui colportent, de nuit, des preuves accablantes.*

Suivent 189 lignes de 105 signes où Zola raconte l'inextricable affaire. Il en arrive à sa conclusion :

*J'accuse le lieutenant-colonel du Paty du Clam d'avoir été l'ouvrier diabolique de l'erreur judiciaire, en inconscient, je veux le croire, et d'avoir ensuite défendu son œuvre néfaste, depuis trois ans, par les machinations les plus saugrenues et les plus coupables.*

*J'accuse le général Mercier de s'être rendu complice, tout au moins par faiblesse d'esprit, d'une des plus grandes iniquités du siècle.*

*J'accuse le général Billot d'avoir eu entre les mains les preuves certaines de l'innocence de Dreyfus et de les avoir étouffées, de s'être rendu coupable de ce crime de lèse-humanité et de lèse-justice, dans un but politique et pour sauver l'état-major compromis.*

*J'accuse le général de Boisdeffre et le général Gonse de s'être rendus complices du même crime, l'un sans doute par passion cléricale, l'autre peut-être par cet esprit de corps qui fait des bureaux de la guerre l'arche sainte, inattaquable.*

*J'accuse le général de Pellieux et le commandant Ravary d'avoir fait une enquête scélérate, j'entends par là une enquête de la plus monstrueuse partialité, dont nous avons, dans le rapport du second, un impérissable monument de naïve audace.*

*J'accuse les trois experts en écritures, les sieurs Belhomme, Varinard et Couard, d'avoir fait des rapports mensongers et frauduleux, à moins qu'un examen médical ne les déclare atteints d'une maladie de la vue et du jugement.*

*J'accuse les bureaux de la guerre d'avoir mené dans la presse, particulièrement dans* L'Éclair *et* L'Écho de Paris, *une campagne abominable pour égarer l'opinion et couvrir leur faute.*

*J'accuse enfin le premier conseil de guerre d'avoir violé le droit en condamnant un accusé sur une pièce restée secrète et j'accuse le second conseil de guerre d'avoir couvert cette illégalité, par ordre, en commettant à son tour le crime juridique d'acquitter sciemment un coupable.*

*En portant ces accusations, je n'ignore pas que je me mets sous le coup des articles 30 et 31 de la loi sur la*

120

*presse du 29 juillet 1881, qui punit les délits de diffama-*
*tion. Et c'est volontairement que je m'expose.*

*Quant aux gens que j'accuse, je ne les connais pas, je*
*ne les ai jamais vus, je n'ai contre eux ni rancune ni*
*haine. Ils ne sont pour moi que des entités, des esprits de*
*malfaisance sociale. Et l'acte que j'accomplis ici n'est*
*qu'un moyen révolutionnaire pour hâter l'explosion de la*
*vérité et de la justice. […] Qu'on ose donc me traduire*
*en cours d'assises et que l'enquête ait lieu au grand jour !*
*J'attends !*

*Veuillez agréer, monsieur le Président, l'assurance de*
*mon profond respect.*

*Émile Zola.*

Il avait prévu juste. Après un procès retentissant, il fut condamné à un an de prison et 3 000 francs d'amende. Il s'exila en Angleterre, refuge des persécutés. Il revint en 1899 quand la révision du procès Dreyfus fut résolue. L'opinion française était partagée entre dreyfusards et antidreyfusards qui s'injuriaient et se maudissaient. Finalement, Dreyfus fut réhabilité, promu chef d'escadron, décoré de la Légion d'honneur. Un de ses accusateurs, le colonel Henry, avoua qu'il avait fabriqué une pièce mensongère. Arrêté et enfermé au Mont-Valérien, il se trancha la gorge avec son rasoir.

Quelle Belle Époque !

La haine ne produit que des cendres. L'amour est plus fort que la mort.

La presse parisienne du 28 novembre 1899 annonça le décès de Virginia Oldoïni, comtesse de Castiglione, longtemps appelée par ses compatriotes *la divina contessa*. Celle qui, par son charme, amena Napoléon III à déclarer la guerre à l'Autriche afin de libérer les provinces italiennes « non rachetées ». C'est à elle que nous devons Nice et la Savoie redevenues françaises. Par testament, Virginia avait exigé que pour son ultime toilette on la revêtît de la chemise de nuit de Compiègne, batiste et dentelle. C'est au château de Compiègne, en 1857, que Napoléon III avait accepté son sacrifice patriotique. Après avoir essayé de jouer ensuite un certain rôle politique, elle avait vécu ses vingt-cinq dernières années à Paris, recluse avec ses souvenirs. Il y avait très peu de monde à ses obsèques.

## Dixième journée

À Saint-Véran, l'affaire Dreyfus ne fit pas grand bruit. Les élèves de M. Cottier avaient d'autres pensées. Garçons et filles ne se mélangeaient point dans les écoles ; mais en dehors, rien ne les empêchait de se rencontrer s'ils le désiraient. Et la plupart le désiraient de tout cœur. Au lieu de rentrer chez eux après la classe, ils prenaient le temps de jouer ensemble. C'est ainsi que Régis tomba en amour pour Rose Darbois. Elle avait trois sœurs plus âgées, jolies à ravir, et comme elle portant des noms de fleurs : Anémone, Églantine et Marguerite. Elles avaient aussi un frère, Gabin, qui n'était pas fleuri. En tout, donc, cinq moutards Darbois. Ils n'étaient pas juifs, mais protestants, ce qui est aussi une singularité en pays catholique. Autrefois, dans les siècles barbares, protestants et catholiques se sont entre-tués, avant de s'apercevoir qu'ils étaient de la même famille humaine. À quelques semaines près, Rose avait l'âge de Régis. Voici ce qui entre eux se passa.

Dans le village, existait un hangar abandonné où moisissaient quatre voitures, carrosses ou calèches, hors d'emploi depuis cent ans. Elles avaient dû jadis promener des comtes et des comtesses, des marquis et des marquises dont le parfum léger persistait dans les soufflets et sur les sièges. La marmaille saint-véranaise aimait à s'y cacher, à fouetter des chevaux imaginaires, criant :

– Hue, Caporal !… Hue, Griselle !…

Cette agitation soulevait une poussière subtile qui montait aux narines et faisait éternuer. Blaise Pascal nous l'a révélé, l'éternuement absorbe toutes les fonctions de l'âme, au même titre que le labeur. Il permettait aux joueurs de pratiquer des concours d'éternuements qui pouvaient atteindre des sommets pharamineux. Pour monter plus haut, les garçons n'hésitaient pas à se fourrer des pailles dans les narines. Un jury de filles désignait le vainqueur et lui décernait un bouton-d'or.

Un autre jeu procurait des émotions intenses. Il exigeait six garçons et six filles. Celles-ci s'enfermaient dans divers carrosses, se pelotonnaient sous des châles et des rideaux. Puis elles criaient :

– Entrez donc nous dire bonjour !

Les six mecs entraient ensemble, fermant derrière eux les portes du hangar pour obtenir une parfaite obscurité. Au hasard, à tâtons, ramant d'une voiture à l'autre, ils devaient identifier une fille dissimulée, au milieu des pouffements. Pour ce faire, ils n'avaient que leurs mains et leurs narines. Car chaque demoiselle avait un parfum, l'une sentait l'eau de Cologne, l'autre la vanille, l'autre la menthe, l'autre la chèvre. Les mains des garçons palpaient de la tête aux pieds, les cheveux, les oreilles, le nez, le menton, le cou. La poitrine n'offrait pas grand-chose à tâter. Quelques-uns, plus audacieux, descendaient aux jupes, aux chaussures. Lorsqu'il croyait avoir reconnu son gibier, chacun criait « Stéphanie ! » ou « Antoinette ! ». S'il s'était trompé, il devait la porter sur son dos jusqu'à la lumière. S'il avait gagné, elle l'embrassait sur le nez. Le nez est le siège des plus douces sensations. C'est par lui qu'on reconnaît le parfum des fleurs et des femmes qu'on embrasse. Les Esquimaux se saluent en se frottant le nez l'un contre l'autre. Siège aussi des larmes dans le chagrin, de la colère s'il s'accompagne de moutarde. Celui de Cléopâtre détermina la face du monde. Un grand nez, bien accroché, comme une belle enseigne, est prometteur d'une riche boutique.

Régis s'intéressait à celui de Rose Darbois. Quand il croyait l'avoir reconnu, il le léchait comme un berlingot. Il n'avait guère de peine à l'identifier dans les colin-maillards, car elle trichait :

– Je suis Rose, soufflait-elle, lorsqu'il la frôlait.

Certaines gamines délurées autorisaient les mains à farfouiller sous leurs jupes ; mais le farfouilleur devait au préalable leur verser une pièce de dix sous, avec quoi elles achetaient des caramels à la pâtisserie Bolotte. La négociation dans les ténèbres était rapide :

– T'as dix sous ?

– Je les ai.

– Donne-les… Je t'autorise.

On entendait parfois :

– Menteur ! C'est un bouton ! Va au diable !

Angèle, une prétentieuse, demandait vingt sous parce qu'elle ne portait pas de culotte dans ces occasions. Rose ne permit jamais cette sorte de commerce auquel, d'ailleurs, jamais Régis ne pensa. La petite protestante disposait de deux charmes. Le premier : lorsqu'elle rencontrait Régis dans la rue chaque matin, elle rougissait jusqu'aux oreilles. Si ses yeux se posaient sur un autre garçon, elle conservait sa couleur naturelle. Il ne comprit que beaucoup plus tard la signification de cette rougeur. D'ailleurs, il s'en souciait peu. Secondement : elle jouait de la mandoline. Le jeudi, si l'on passait sous sa fenêtre ouverte, on recevait sur la tête une averse de notes cristallines. Cet instrument de musique a la forme d'un jambon salé. Le manche est garni de huit cordes métalliques jumelées ; on règle leur longueur et par conséquent leur voix au moyen de clés. On les gratte avec une petite lame de corne ou d'écaille appelée plectre. C'est l'instrument préféré des Italiens. Ils s'en servent pour accompagner *O sole mio* qu'ils chantent sous la fenêtre de leur belle. Plus modestement, Rose jouait *Au clair de la lune, Il pleut bergère* ou *Fanfan la tulipe*. Tous les passants en bénéficiaient.

Régis demanda la faveur à Rose d'entrer chez elle pour la voir gratter ses cordes. Il fut accepté. Le père exerçait la profession de dentiste. Peut-être priait-il Rose de jouer très fort derrière la fenêtre ouverte lorsqu'il arrachait une dent.

Régis fut reçu par Mme Darbois. Elle lui offrit des pâtes de fruits qu'elle confectionnait elle-même.

– Nous sommes suisses, précisa-t-elle, originaires de Neuchâtel ; mais nous nous trouvons bien ici.

Rose accueillit son petit copain en devenant pivoine comme d'habitude. L'appartement des Darbois était sans doute le plus orné de Saint-Véran, rempli de superbes meubles, riche de tableaux, de bibelots, de livres, de vases, de fleurs. Elle prit sa mandoline et joua un air qu'il ne connaissait pas.

– C'est le *Carnaval de Venise*, révéla-t-elle. Veux-tu que je t'apprenne ?

– J'aimerais bien.

Elle lui expliqua le fonctionnement des cordes.

– Pour changer leur son, il faut modifier leur longueur avec les doigts, comme sur un violon. L'emplacement des doigts est réglé par la présence de petites lames appelées sillets, enfoncées dans l'épaisseur du manche. Le violon n'a pas de sillets. Le plus difficile est le tremolo.

Il s'essaya à tout et réussit à produire des sons assez agréables. Mme Darbois lui fit des compliments :

– Tu es doué. Il faudra revenir.

Il comprit qu'elle le mettait poliment à la porte.


Régis grandissait en taille et en savoir. À l'école, les participes passés conjugués avec *avoir* n'avaient plus pour lui aucun secret. Il connaissait tous les départements français avec leurs chefs-lieux et leurs sous-préfectures. M. Cottier les avait mis en poésie et c'était un plaisir que de les réciter :

> *Sans Lons-le-Saunier et Dole*
> *Et les pipes de Saint-Claude,*
> *Le Jura ne vaut pas un rat.*
> *Dijon avec sa moutarde*
> *Fait l'honneur de Côte-d'Or.*
> *Si Beaune n'y prend point garde,*
> *Montbard sera en dehors.*
> *Grenoble mène l'Isère,*
> *La Tour-du-Pin n'en peut mais.*
> *Plus haut, Vienne lui permet*
> *D'échapper à la misère…*

Il pouvait réciter tous les fleuves avec leurs affluents de chaque rive aussi bien que s'il y avait pêché. Inutile de dire que les tables d'addition et de multiplication lui étaient aussi familières que les doigts de ses mains. Il savait par cœur quatre fables de La Fontaine et deux chants patriotiques, *La Marseillaise* et le *Chant du Départ*. Tout ce bagage lui permit d'affronter en 1902 les épreuves du certificat d'études primaires élémentaires que certaines paysannes incultes appelaient le *Saint-Tificat*. Pendant leurs sept années d'études obligatoires, les élèves avaient aussi reçu un enseignement moral et civique : droits et devoirs des enfants, des parents, des citoyens. Mme Cottier réunissait filles et garçons, puis leur détaillait les règles du savoir-vivre. Art de s'asseoir : ni tout au bord, ni au fond de la chaise, on ne croise pas les genoux. Art de saluer : lorsque deux personnes de connaissance se rencontrent, doit saluer la première celle qui se trouve en état d'infériorité, par l'âge, par la profession, par la fortune ; l'homme salue avant la dame. Art de présenter une personne à une autre ; de se tenir à table, de manger, de boire. Art de participer à un anniversaire, à un mariage, à un deuil…

En juillet, arrivaient les épreuves du certif. Elles auraient dû avoir lieu à Guillestre, chef-lieu de canton, distant de trente kilomètres. La diligence y employait quatre heures et demie. Par autorisation spéciale des inspecteurs, elles se tinrent en juillet 1901 à Saint-Véran.

– Avant d'entrer dans la salle, recommanda le régent, n'oubliez pas d'aller vider vos vessies et vos intestins.

Les résultats furent mirifiques : les six candidats présentés furent reçus, dont quatre avec mention. Régis s'en tira sans mention, mais certifié quand même. Chez les filles, Rose décrocha un *très bien*. Ces enfants gravirent et descendirent les rues du bourg en chantant *La Marseillaise* et brandissant un drapeau. Applaudis de toute la population.

– Maintenant, lui dit son père Édouard, il te faut choisir un métier.

L'ayant laissé réfléchir, il posa une autre question :

– Est-ce que tu aimerais l'horlogerie comme moi ?

– Non. Ça ne fait pas assez bouger.

– On en reparlera. Fais l'examen des métiers qui existent.

Régis se promena dans Saint-Véran, observant les personnes qui travaillaient. Il vit un agriculteur en train de labourer, non point avec une charrue, mais avec un araire, machine toute de bois connue des Latins et des Allobroges, *aratrum*. Le paysan l'avait construite lui-même, sans avant-train, sans roue, sans soc, sans versoir. Elle comportait un timon auquel était attelée une seule bête, âne ou mule ; un mancheron que tenait le laboureur d'une main ferme ; dessous, une lame fendait la terre et deux sortes d'ailes en écartaient les bords. Cette terre, à vrai dire, n'était point labourée, ameublie seulement en surface, elle ne devait être ni trop sèche, ni trop humide. La bête obéissait à la voix de l'homme plus qu'à son aiguillon. Il arrivait que le meneur d'araire, content de son travail, de sa mule, du temps qu'il faisait, se mît à chanter. Un chant sans paroles, tout fait de

« ha-ha-ha », de « ho-ho-ho ». Il arrivait même que deux laboureurs, pas très éloignés l'un de l'autre, se répondissent comme font les coqs au lever du jour.

Une chose curieuse se produisait. L'homme conduisait bien son attelage, mais, arrivé au bout du sillon, au lieu de commander verbalement à la mule de faire demi-tour, d'entamer en sens inverse un sillon parallèle, il prenait la peine de lâcher le mancheron, de passer devant la bête, de la saisir par le chanfrein, de l'obliger à tourner, sans dire un mot. Régis qui, maintenant, pourvu du Saint-Tificat, avait de la comprenette, osa poser une question :

– S'il vous plaît, grand-père, dites-moi pourquoi vous ne parlez point à votre mule, pourquoi vous prenez la peine d'aller la saisir par la figure ?

– C'est tout simple, mon garçon. Il y a sept ans, cette garce m'a envoyé un coup de sabot dans un genou. Et depuis, nous ne nous parlons plus.

Pour clore ce sujet, je dois vous poser, monsieur le journaliste du *Progrès*, une devinette : vivant devant, mort au milieu, vivant derrière ; qu'est ce que c'est ?... Vous ne trouvez pas ? La mule devant, l'araire au milieu, le laboureur derrière.


Régis étudia le métier du forgeron. Dans son atelier enfumé, il fabriquait des haches, des faux, des faucilles, des pioches, des bêches. En compagnie de son apprenti qui tirait la corde du soufflet. Entre la bigorne – l'enclume à deux cornes – et le marteau, le métal rougi au feu prenait forme en postillonnant des étincelles. S'il s'agissait d'acier, il fallait ensuite lui infliger la trempe. Pour cela, on le chauffait de nouveau, jusqu'à la teinte rouge cerise, puis cou de pigeon. Alors, brusquement, on le plongeait dans un récipient plein d'huile pour l'acier doux, plein d'eau pour l'acier dur, plein d'urine de vache pour le durissime. On ressortait de la forge les yeux larmoyants.

Régis préférait l'ouvrage en plein air lorsque son homme ferrait une bête de somme, âne, mule, cheval ou bœuf. Entouré d'admirateurs, il emprisonnait l'animal dans une sorte de cage ouverte faite de poutres, appelée *travail*. Ce mot qui a des sens multiples dérive d'un vocable latin qui signifie « torture ». Le travail n'est donc pas toujours la santé, comme le veut une chansonnette. Surtout pas celui d'une femme en couches. Le *travail* du forgeron-ferrant contenait trois sangles larges de deux mains, tirées par un treuil à cliquet. Passées sous le ventre du cheval, elles le soulevaient largement au-dessus du sol. Aveuglé par des œillères, il se démenait, hennissait ; on eût dit qu'il voulait s'envoler comme un papillon. Son maître le calmait en lui présentant une poignée d'avoine. L'apprenti du ferrant saisissait alors une de ses pattes, tandis que Pierrot, le fils du forgeron, promenant un chasse-mouches, caressait la peau mobile où perlait une écume blanche. Le père arrachait le fer usé, le jetait au loin, il se trouvait toujours quelqu'un pour le ramasser et le garder en guise de porte-bonheur. Changeant d'outil, le ferrant rectifiait au tranchet la surface du sabot. Venait enfin le vrai ferrage. De la main gauche et d'une longue pince, il saisissait le nouveau fer en attente dans un brasero, l'appliquait sur la semelle qui fumait, grésillait, répandait un parfum de corne brûlée. L'un après l'autre, il enfonçait les clous à tête carrée.

131

Il n'y avait plus qu'à recommencer avec les trois autres pattes. Celles de derrière demandaient des précautions plus grandes, les hommes risquaient des ruades. Il fallait enchaîner les chevaux aux genoux.

En cette fin du XIXᵉ siècle, surnommée la Belle Époque, qu'illustraient les expositions universelles, celle de 1889, de la tour Eiffel et des fontaines lumineuses de Bechmann, celle de 1900 et de l'éternelle alliance franco-russe, de l'emprunt de quatre milliards jamais remboursé, nonobstant toutes ces merveilles, la plupart des paysans de France, beaucoup d'ouvriers et de commerçants, les mineurs et les cantonniers, les instituteurs et les pompiers marchaient en sabots. Une chaussure bon marché, confortable, dont personne n'avait honte, pas même Jeanne la Lorraine. Le sabotier utilisait tous les bois savoyards et dauphinois : le frêne, le hêtre, le tilleul, le sapin. Le plus léger était le bouleau, le plus précieux le noyer, réservé aux sabots de luxe, de mariage ou de baptême. Dans tout rondin de bois, il y avait un sabot, de même que dans tout bloc de marbre dormait une nymphe. Il suffisait de l'en tirer. Le rondin était d'abord équarri à la hache. Puis le sabotier saisissait son herminette, une cognée emmanchée très court, dont la lame courbe, pareille à trois doigts repliés, dégrossissait le rondin, enlevait la matière excessive. De ses mains sortait une chose en forme de sabot plein. Il la coinçait entre les deux mâchoires de son établi. À une extrémité de ce banc, une longue lame, le paroir, était retenue, mais tournait en tous sens. L'homme pouvait ainsi faire naviguer le paroir sur l'ébauche du sabot, dégager le talon, former la semelle et le nez pointu, le galbe du cou-de-pied. Les copeaux, encore humides de sève, embaumaient l'atelier de senteurs forestières.

Restait l'opération la plus délicate : creuser le sabot, l'évider avec la cuillère. Son manche ressemblait à celui d'un tire-bouchon, mais de ses lèvres coupantes elle mordait dans le bois et le recrachait. Le sabot était fini, sauf si dessus l'on ajoutait une bride de cuir, sauf si on l'ornait de lignes rosacées, sauf si on lui perçait la paroi mince du talon à la hauteur de la cheville, pour pouvoir lier le gauche au droit et les suspendre.

Quand le client ou la cliente arrivait, il ou elle faisait son choix à la planche d'exposition. Il ou elle en respirait la senteur. Il ou elle y enfonçait son pied.

– Il me gêne un peu, au fond, à droite.

Le sabotier reprenait la cuillère, procédait à des rectifications. Il ou elle trouvait enfin chaussure à son pied.

Il arrivait parfois qu'une grand-mère invalide, du haut du Queyras, commandât une paire de sabots alors qu'elle n'avait pas assez de jambes pour descendre de sa montagne. Au moyen d'une baguette, elle prenait la mesure de son pied, l'envoyait au sabotier par l'intermédiaire du facteur. Elle pouvait ainsi acheter une paire de sabots par correspondance.


Se promenant d'un métier à l'autre et observant chaque détail, Régis s'arrangeait souvent pour passer sous la fenêtre de Rose Darbois. S'il entendait les trémolos de la mandoline, il en avait le cœur tout remué. Parfois, Mme Darbois chantait, accompagnée par sa fille. En bonne Suissesse, elle parlait le français, l'italien et l'allemand. Régis se demandait si l'amour qu'il portait à la fillette n'allait pas à la mandoline plutôt qu'à Rose elle-même. Il fit part de sa perplexité à Romain, un de ses condisciples, à qui il se confiait volontiers :

– Je connais une fille qui me plaît bien. Je me demande si je l'aime assez pour en faire ma femme, quand nous serons plus grands.

– Quel effet ressens-tu quand tu la regardes ?

– De la chaleur.

– En quelle partie du corps ?

– Un peu partout.

– Je crois pouvoir te renseigner. J'ai chez moi un livre *Le véritable oracle d'amour adressé au beau sexe et au sexe fort*. On y trouve trois cents questions et trois cents réponses. Veux-tu que je te l'apporte ?

– D'accord. Nous le consulterons.

J'ai eu, moi, Léone, ce bouquin sous les yeux. Sur les trois cents questions, je m'en rappelle dix :

*1 – Y a-t-il sympathie entre moi et la personne à qui je pense ?*

*2 – Puis-je espérer d'inspirer un véritable amour ?*

*3 – Le mariage nous est-il recommandé ?*

*4 – Quelle est celle de mes qualités qui plaît le plus ?*

*5 – Comment se manifeste un fort sentiment ?*

*6 – Cette personne est-elle aimée par un autre garçon ?*

*7 – Acceptera-t-elle le mariage si je le lui demande ?*

*8 – Comment dois-je me comporter si elle me refuse ?*

*9 – Suis-je destiné à beaucoup souffrir ?*

*10 – Quel est l'événement que je dois le plus redouter ?*

Un peu plus loin défilaient des centaines de réponses dont j'ai retenu les suivantes :

1 – *Au mois d'avril quand la sève montera.*
2 – *Ne crois que la moitié de ce qu'elle te chante.*
3 – *Tes chagrins et tes plaisirs passeront vite.*
4 – *La fortune te comblera de toutes ses faveurs.*
5 – *Hier, tu pouvais dire non. Aujourd'hui, il faut dire oui.*
6 – *Il en résultera pour toi de longues contrariétés.*
7 – *Une découverte que tu feras trop tard.*
8 – *La nuit, tous les chats sont gris.*
9 – *Parole donnée vaut papier timbré.*
10 – *Ce serait l'action la plus sage de ta vie.*

Ces dix réponses ne correspondaient qu'approximativement aux questions du même chiffre. Le jeu consistait à choisir une des trois cents premières ; ensuite à fermer les yeux, à poser le doigt sur une des trois cents suivantes. Si la réponse ne convenait point, on avait droit à deux autres tentatives. Régis prononça dans son cœur la question n° 7 : « Cette personne acceptera-t-elle le mariage si je le lui demande ? » Il eut à choisir entre trois réponses : « Oui, pour la Saint-Blaise. – Oui, si tu prends des gants blancs. – Oui, si tu as une bonne profession. » Il s'en contenta et ne poussa pas plus loin le jeu oraculaire.

Il examina donc d'autres professions. Celle du barbier l'intéressa tout de suite. Un barbier de qualité opérait à Saint-Véran en hiver dans sa boutique, en été devant sa porte, sur le trottoir. Ses clients ne se rasaient en moyenne que toutes les deux semaines. Ils apportaient une barbe longue et dure. Une vieille croyance attribue à la barbe des vertus appréciables. Longue, elle confère la sagesse. Demi-longue, elle protège contre les affections des dents et de la gorge. Courte, elle empêche de se tromper de route, elle remplace une boussole. Toujours est-il que Régis s'arrêta souvent afin d'observer les opérations du père Pouderoux, le barbier des Forannes. Celui-ci se servait d'un plat en laiton largement échancré, qu'il plaçait sous le menton du client. L'homme participait à la besogne puisqu'il retenait le plat à deux mains. Pouderoux y versait de l'eau assez chaude, ajoutait une grosse pincée de savon en poudre. De son blaireau, il faisait mousser ce mélange jusqu'à ce qu'il devînt tout pareil à la crème Chantilly. Il enduisait alors la gorge, les joues du patient jusqu'aux yeux. Il attendait quelques minutes, laissant à la mousse le temps de ramollir le poil. Pendant cette attente, il passait et repassait son rasoir sur le cuir, d'un côté, de l'autre, sans ménager sa peine. Il se décidait enfin à barbifier, essuyant le savon imprégné de poils sur un bol en caoutchouc. Lorsque toute la mousse était enlevée, il savonnait de nouveau pour une seconde coupe et repassait le rasoir en sens inverse, non plus de haut en bas, mais de bas en haut. Au terme de ces épreuves, le patient se rinçait à l'eau claire, recevait une giclée d'eau de Cologne, payait quarante sous et s'en allait embrasser sa femme ou sa bonne amie.

Certains clients âgés, maigres, ridés offraient des joues creuses ou sillonnées. Le travail de la lame devenait délicat. Pouderoux enfonçait un pouce dans la bouche du vieillard et corrigeait les profondeurs.

Cela posait problème si l'individu avait coutume de chiquer.

Le barbier des Forannes employait quelquefois un apprenti. Celui-ci avait pour première charge de savonner pendant que le patron allait se désaltérer au bistrot le plus proche. Après avoir longtemps besogné du blaireau, alors que le client commençait à s'impatienter, le jeune garçon appelait de loin :

– Ça y est ! J'ai fini !

– Savonne, savonne ! Barbe bien savonnée est à demi rasée.

– Le client s'impatiente.

– S'il est pressé, laisse-le partir. Qu'il aille chez mon concurrent.

De concurrent, il n'y en avait point aux Forannes. Pouderoux coiffait aussi les hommes et les enfants. Il terrorisait les moutards :

– Si tu bouges, si peu que ce soit, je te taille les oreilles en pointes.

Les gamins serraient les fesses et ne bougeaient plus d'un cil. En ce temps-là, les femmes gardaient leurs cheveux toute leur vie, noués en chignons derrière l'occiput. Excepté celles qui les vendaient. Pouderoux se faisait alors acheteur de cheveux. Mais c'était pour elles une honte, elles devaient s'encapuchonner jusqu'à leur repousse.

Régis rendit visite à bien d'autres artisans. Au boulanger qui faisait cuire le pain de Dieu. Au serrurier capable d'ouvrir toutes les portes. Au tailleur d'habits et de chemises. On racontait qu'un Italien était venu de son pays pour trouver du travail en France, avec son chapeau pointu et ses gros souliers. En entrant dans Briançon, il était tombé sur cette enseigne : *Chemiserie*. Il l'avait lue dans son langage *che miserie*, quelles misères ! « S'il y a ici tant de misères, s'était-il dit, je retourne chez moi. »

Il s'intéressa aux cantonniers qui cassaient des cailloux pour les routes ; ils travaillaient à genoux, portaient des lunettes grillagées qui protégeaient leurs yeux des éclats de pierre. Aux maçons qui construisaient des maisons et des chalets. Aux rétameurs qui remettaient à neuf les bassines rouillées. Aux peilleraux, aux chiffonniers qui achetaient de vieilles chiffes et des peaux de lapin. Ayant bien examiné, soupesé, évalué toutes ces professions, il consulta son ami Romain qui l'avait toujours bien conseillé.

– Tous ces gens, dit Romain, sont des gagne-petit. Choisis de préférence un gagne-gros. Par exemple le métier de boucher.

Le même jour, Régis fit cette déclaration à ses père et mère :

– J'ai décidé d'être boucher.

– Boucher ?

– Boucher, dans la boucherie.

## Onzième journée

– Quelle drôle d'idée ! fit Édouard.

– Pourquoi drôle ? Tu te fais bien boucher toi-même quand tu égorges un agneau. Je t'ai vu lui attacher les pattes, le caresser, lui parler pour qu'il ne se doute de rien.

– C'est vrai, je lui demande pardon. Pardonne-moi, mon bel agneau innocent. Pardonne-moi. Il y a des personnes, les végétariens, qui se nourrissent uniquement de fruits et légumes. Pas nous.

– J'ai aussi une autre raison. La boucherie, c'est un métier qui enrichit.

Agathe écoutait de loin cette conversation, un peu effrayée, se rappelant que les riches ne vont guère au royaume de Dieu. Elle fit une proposition :

– Consultons Sylvestre le coutelier. C'est le plus savant de nos amis. Demandons-lui ce qu'il pense de ta vocation.

La rencontre eut lieu le soir du surlendemain, autour de la cheminée. On entendait le vent hurler dans la nuit comme un troupeau de bêtes appelant au secours. Sylvestre alluma sa pipe, souffla la fumée vers le foyer qui devant eux flambait pourpre. C'est ce qu'il appelait « consulter sa pipe ». Puis il répondit :

– Si j'en crois l'Ancien Testament, je trouve que Dieu créa le sixième jour les plantes de toutes espèces, les poissons, les oiseaux, les divers animaux et tout ce qui se meut sur la terre ; il les donna à l'homme pour qu'il s'en nourrît. C'est assez dire qu'il ne recommandait pas le végétarisme. Les brahmanes de l'Inde, qui ne professent point les religions judéo-chrétiennes, ne sacrifient aucune vie animale et se repaissent exclusivement de végétaux. Ils ne se rendent pas compte que les végétaux, au même titre que les animaux, jouissent d'une vie et peut-être d'une âme. D'une petite âme. D'une « âmelette ».

– D'une omelette ? s'étonna Régis.

– D'une âme minuscule.

– Ça ne m'étonne pas, dit Agathe, moi, je parle à mes fleurs. Elles me comprennent et s'épanouissent. Si j'oublie de leur parler, elles dépérissent.

– Du point de vue anatomique, poursuivit Sylvestre, n'oublions pas que l'homme est omnivore, appelé à se nourrir de tout, comme le prouvent sa denture et ses intestins. Depuis des millénaires, il est habitué à une alimentation mixte. Certains végétaux contiennent des corps gras et des albumines, mais seulement en petites quantités, ce qui conduit les végétariens à absorber une quantité de plantes excessive. Conclusion : soyez végétariens une ou deux fois par semaine si vous voulez ; le reste du temps, consommez aussi de la viande.

Les explications du coutelier ressemblaient aux sermons des curés ; à les entendre, on avait tendance à s'endormir. Il lisait trop de livres. Mais il s'adressa personnellement à Régis :

– Pourquoi veux-tu te faire boucher ?

– Parce qu'on gagne bien sa vie.

– Pas d'autre raison ?

– Parce que mon père est aussi boucher. Souvent, je l'ai vu égorger des agneaux. Il le fait si adroitement que ces bêtes n'ont pas l'air de souffrir.

– De voir leur sang couler, quel effet cela te produit-il ?

– Aucun effet. Pas plus que si je voyais couler l'eau d'une fontaine.

– Tu me sembles avoir les dispositions nécessaires. Est-ce que tu ne préférerais pas, tout de même, le métier de chirurgien ?

Les parents Féraz éclatèrent de rire. Régis crut qu'ils se moquaient. Il leur tourna le dos en faisant la *potte*, comme disent les Savoyards. La moue. Sa mère le prit dans ses bras et il se sentit consolé.

On chercha un maître boucher qui voulût bien le prendre en apprentissage. On en trouva un à La Chalp, à trois kilomètres de leur domicile, chez M. Bruneton. Celui-ci l'accepta dans les conditions suivantes : les six premiers mois, il ne recevrait aucun autre salaire que son repas de midi ; il travaillerait de 8 heures du matin à 8 heures du soir en été, de 9 à 6 en hiver ; vu qu'il n'avait pas encore terminé sa croissance, à 4 heures de relevée, il recevrait un petit casse-croûte ; après le semestre, s'il avait donné satisfaction, on lui verserait 15 sous par jour la première année, 20 sous la seconde, 25 sous la troisième, *et cætera*. Tout cela fut couché noir sur blanc, signé par le maître, le père et l'apprenti.

Les anciens divisaient la vie humaine en quatre périodes : l'enfance, celle du biberon et des culottes courtes ; l'adolescence, celle des pantalons et des rêves ; la maturité, celle des responsabilités, des entreprises, des cravates et des chapeaux ; la vieillesse, celle des regrets, des remords et des testaments. En octobre 1903, Régis entra dans la seconde, âgé de quatorze ans. Émile Zola était mort l'année précédente en des circonstances dramatiques et mystérieuses, asphyxié par les émanations de sa cheminée que quelqu'un – sans doute un antidreyfusard – avait bouchée de l'extérieur. Dans le domaine militaire, la loi de 1905 mit fin au tirage au sort et aux remplacements, et imposa à chaque Français majeur un service de deux ans. La même année, inspirée par Émile Combes et Aristide Briand, une loi priva les congrégations religieuses non autorisées de leur droit d'enseigner ; une autre institua la séparation des Églises et de l'État. Les prêtres, pasteurs et rabbins, ne furent plus des fonctionnaires ; la République ne subventionnait plus aucun culte, mais reconnaissait à tous leur pleine liberté ; les églises, temples, synagogues devenaient la propriété des communes qui devaient en assurer la conservation. En conséquence, on dut procéder à des inventaires des biens ecclésiaux ; ce à quoi s'opposèrent, souvent par la violence, des populations fanatiques et ignorantes, armées de fourches. L'armée dut parfois intervenir.

Les bourgeois continuaient de mener une belle vie. La Bourse connaissait une éclatante prospérité. Les dames ne portaient plus de faux-culs, mais des robes longues et des coiffures exponentielles. Un brillant avenir s'offrait à Régis Féraz dans la boucherie.

Il apprit le métier par le balai, l'éponge, la brosse, l'affûtage des couteaux, des scies, des haches et hachoirs. Avant d'être capitaine, il faut être matelot. En même temps, M. Bruneton lui enseignait la géographie des carcasses. Elle commence par les parties à jeter, les cornes, les sabots, les mâchoires, le contenu des entrailles, communément appelé la « merdasse ». Les viandes se classent selon leur tendreté : tout en haut, le filet, le faux-filet, le rumsteck, l'aloyau, l'entrecôte, la culotte, morceaux nobles réservés aux riches ; au-dessous, la bavette, le quasi, la hampe, l'araignée conviennent aux classes moyennes ; au-dessous encore, les côtes, la poitrine, le flanchet, le gîte à la noix, les tendrons, à consommer en pot-au-feu, suffisent aux ouvriers et autres petites gens ; plus bas toujours, les abats, cervelle, cœur, langue, rognons, tripes satisfont les misérables. En bas de l'échelle pour finir, le mou et les joues contentent les chats. Régis apprit par cœur ces morceaux, il les récitait comme les commandements du catéchisme. Le mouton et l'agneau figuraient déjà dans sa besace, puisque ses parents étaient oviculteurs.

Après trois mois de formation, le maître boucher le soumit à l'épreuve décisive : l'égorgement des agneaux. Il disposait d'un abattoir particulier hors du village. Régis avait vu son père Édouard pratiquer ce sacrifice en tenant d'une main la bouche close de la bête, lui demandant de pardonner le mal qu'il lui faisait. Entre le père et le fils passait une différence : Régis n'y mettait aucun sentiment. L'agneau n'était pour lui et son patron qu'un réservoir de côtelettes, de poitrine à cuire en navarin. Mme Bruneton participait à son apprentissage.

Les six premiers mois accomplis, le maître boucher lui donna son sentiment :

– Je suis satisfait de toi. À présent, selon les termes de notre contrat, je t'engage comme ouvrier débutant. Mais tu as encore beaucoup à apprendre.

Dès lors, il reçut les 15 sous prévus de salaire quotidien ; la semaine de six jours lui rapportait 4,50 francs qu'il recevait le samedi soir. La boucherie restait ouverte le dimanche, confiée au seul patron et à la patronne. Au total, il travaillait soixante-douze heures par semaine en été, cinquante-quatre heures en hiver. Il disposait chaque année de cinquante-deux dimanches et de sept jours de congé non payés : jour de l'an, Pâques, 1er mai, 14 juillet, 15 août, 1er novembre, 25 décembre.


Dans ces jours de repos sans salaire, justifiés par des raisons religieuses ou républicaines, le 1er mai faisait tache. Il célébrait autrefois saint Philippe, l'un des douze apôtres, pendu par les pieds et crucifié pour s'être opposé au culte des serpents. Venue d'Amérique, la fête des travailleurs avait été implantée chez nous en 1891 à Fourmies. Une ville du Nord dont l'industrie principale était le tissage. Les ouvrières travaillaient pratiquement sans limite lorsque l'ouvrage pressait. Les mouleuses avaient les mains tuméfiées parce qu'elles dévidaient des cocons dans une eau presque bouillante. Les salaires avaient été réduits de 20 % en raison de la mévente des tissus de soie. Tous les tisseurs annoncèrent qu'ils manifesteraient dans la rue le jour du 1er mai, avec « union, calme et dignité ». À la demande des patrons, le préfet du Nord envoya quatre compagnies de biffins pour occuper la ville. L'atmosphère était plutôt joyeuse car le 1er mai autrefois avait été la fête de l'arbre vert que l'on plantait devant les maisons. On criait même : « Vive l'armée ! » En fin d'après-midi, des manifestants irresponsables lancèrent des pierres, blessant un gendarme. Un chef de bataillon donna l'ordre d'ouvrir le feu. En quelques minutes, neuf cadavres, dont ceux de plusieurs enfants, jonchèrent la place de l'église. Le curé et ses vicaires relevaient les corps alors que la fusillade se poursuivait. Le ministre de l'Intérieur couvrit son préfet. Il refusa même une enquête. Au Palais-Bourbon, le député radical Georges Clemenceau exprima son indignation : « Il y a une disproportion épouvantable entre les actes qui ont précédé la fusillade et la fusillade elle-même, entre l'attaque et la répression. Il y a sur le pavé de Fourmies une tache innocente qu'il faut laver à tout prix. »

Ainsi allait la Belle Époque.

Par la suite, souvenez-vous, la fête des Travailleurs fut tolérée jusqu'à l'année 1941, où elle sauta, sur l'injonction du maréchal Philippe Pétain, remplacée par la Saint-Philippe. Elle redevint légale en 1947.


À La Chalp, chez M. Bruneton, le maître boucher avait laissé ce choix à son apprenti :

– Mes clients habituels mangent de la viande et du boudin le 1er mai comme les autres jours. Personnellement, je ne fermerai pas boutique. Dis-moi ce que tu préfères : travailler avec moi et être payé, ou bien n'avoir rien à foutre qu'à te gratter le ventre et ne rien gagner ?

– J'aime mieux travailler et recevoir mon salaire.

– Bravo, mon gars. Tu iras loin.

Ainsi avait été établie cette disposition spéciale. Outre les francs et les centimes, Régis recevait fréquemment des bas morceaux de viandes bovines. Il n'avait pas l'esprit revendicateur.

Le dimanche, il voyait Rose Darbois, la dame de son cœur. Pour mieux en contenter ses yeux, il l'accompagnait, elle et les siens, au temple de Saint-Véran afin d'assister au culte protestant. Dans cette maison simple et austère, pas d'autel, pas de crucifix, pas de christs, pas de saints figurés, encore moins de vierges, puisqu'on ne professait aucune adoration pour la mère de Jésus. Pas de signe de croix non plus, pas de génuflexion, pas de prêtre, mais un prêcheur volontaire, remplacé par un autre à mi-parcours. Pas de *Dominus vobiscum*, mais beaucoup de cantiques en langue française qu'on n'entend jamais chez les papistes :

> *Béni soit le Seigneur, le Dieu d'Israël,*
> *d'avoir visité et racheté son peuple,*
> *de nous avoir donné un puissant Sauveur*
> *dans la maison de son serviteur David…*

Les femmes et les jeunes filles étaient toutes coiffées d'un châle ou d'un chapeau afin que leur chevelure ne fût pas un objet de concupiscence. Chaque participant chantait de tout son cœur. Régis resta émerveillé de cette ardeur et de cette unanimité. Personne ne se permettait d'écraser un petit somme comme il l'avait vu souvent faire chez les catholiques. Les vieux écarquillaient les yeux, la bouche et les oreilles. Assis auprès de Rose, il l'imitait en tous ses gestes. Elle l'encourageait d'un sourire.

Vint le moment de l'eucharistie appelée ici la « sainte Cène ». Sous les deux espèces. Au lieu d'hosties faites de pain azyme, les communiants prenaient eux-mêmes un croûton de pain ordinaire présenté dans une corbeille. Avant l'espèce liquide, le prêcheur recommanda aux dames qui auraient eu l'idée de se farder les lèvres de bien les essuyer avec leur mouchoir. Il leur répéta une ancienne recommandation :

– Employez plutôt, mes chères sœurs, le *rouge baiser* qui en principe ne laisse point de trace.

Alors circula de main en main, de bouche en bouche, un calice contenant du vin rosé symbolisant le sang du Christ. Chacun y but une infime gorgée, Rose Darbois comme les autres. Régis n'osait point se présenter, il se contentait d'observer chaque rite. Au lieu de l'*Ite missa est* et de la bénédiction finale, la cérémonie s'achevait par un autre cantique :

> *Vous êtes bienheureux, vous qui êtes pauvres,*
> *Parce que le royaume de Dieu est à vous.*
> *Vous êtes bienheureux vous qui avez faim,*
> *Parce que vous serez rassasiés.*
> *Vous êtes bienheureux vous qui pleurez maintenant,*
> *Parce que vous rirez et sourirez…*

Tous les fidèles sortaient du temple, riches d'espérance, rassasiés d'amitié, souriant aux autres. Avec l'accord de ses parents, Rose invita un jour Régis à l'accompagner chez elle. Mme Darbois leur servit une tasse de thé ; puis elle les laissa seuls pour le cas où ils eussent des choses importantes à se dire. Et ils en eurent. La demoiselle commença par une question :

– As-tu aimé notre culte ?

– Beaucoup, beaucoup. Je suis un peu catholique. Pas trop. Mes parents m'ont plus d'une fois conduit à la messe. J'ai fait ma première communion. Bref, je peux comparer. Chez vous, il y a moins de bénédictions que chez nous. Votre petit casse-croûte de pain et de vin m'a bien plu. J'aurais aimé y participer, mais je ne m'étais pas confessé.

– Comme nous n'avons pas de prêtre, nous confessons nos péchés directement à Dieu.

– J'ai entendu ton père prêcher.

– Il est pasteur occasionnel.

Ils burent la moitié de leur thé. Ils réfléchirent encore. Régis demanda soudain :

– Rose Darbois, accepterais-tu de me prendre pour mari ?

Et elle, après un silence :

– Est-ce que tu m'aimes ?

– Je t'aime depuis que nous nous connaissons. Depuis nos parties de colin-maillard dans les carrosses.

– Tu m'aimes en tant que copain ou comme amoureux ?

– En tant qu'amoureux.

– Tu en es sûr ?

– Sûr comme Artaban.

– Comme qui ?

– Artaban.

– Qui est cet Artaban ?

– Je sais pas.

– Dis-moi : « Je le jure sur la tête de ma maman. » Tends le bras.

– Je le jure sur la tête de ma maman.

Autre long silence. Régis :

– Tu n'as pas répondu à ma question : m'accepterais-tu pour mari ?

– Ça pourrait se faire. À une condition : que tu te convertisses à la religion protestante.

– Pourquoi pas ?… Faut que j'en parle à mes parents. Le père n'est pas bien mordu pour l'Église. La mère l'est davantage.

– Est-ce que je vaux pour toi une conversion ?

– Nous avons le temps d'en reparler. Nous n'avons l'un et l'autre que dix-sept ans.

Ils finirent leur thé jusqu'au fond de la tasse.


L'année de leurs dix-sept ans… Mais ce fut peut-être 1907 ou 1908, je ne me souviens pas de toutes les dates qui existent, c'est à peine si je me rappelle ma date de naissance… Un événement considérable fut raconté dans tous les journaux : *Le Midi bouge ! ! !* Toujours suivi de trois points d'exclamation. Une agitation sociale secouait d'ailleurs tout le pays, orchestrée par les syndicats. Le salaire annuel des députés venait d'être porté de 9 000 à 15 000 francs, par une augmentation de 66 %, en une seule lampée. Chaque 1er mai, les ouvriers réclamaient la journée de huit heures.

149

– Huit heures de travail journalier, hurlait le patronat, cela signifie la ruine de l'industrie, la fin de nos exportations, la banqueroute et la famine générale !

Les revendications atteignirent les viticulteurs du Midi. Ils n'arrivaient pas à écouler leur vin. À un sou le litre, ils préféraient le jeter au ruisseau. Régis Féraz, qui gagnait maintenant 40 sous par jour, aurait pu en boire deux décalitres si telle eût été sa soif. Le Midi trouva un rédempteur en la personne de Marcellin Albert qui engagea ses collègues à monter à Paris, là où tout se décide. Ils furent quinze mille à Béziers, cinquante mille à Montpellier et à Narbonne. Combien eût-il fallu de trains pour les transporter à Paris ? Ils manifestèrent sur place, les gendarmes tirèrent dans le tas, faisant des morts et des blessés. Le sang des hommes se mêla au sang des raisins. Clemenceau, président du Conseil, qui s'était indigné contre le massacre de Fourmies, envoya la troupe contre ces désespérés. Or les jeunes recrues du 17$^e$ de ligne de Béziers refusèrent de tirer et mirent la crosse en l'air. Une croisade des Albigeois à rebours allait-elle monter vers le nord ? En fait, Marcellin Albert fit seul le voyage. Clemenceau accepta de recevoir ce Christ à barbe grise, mal à l'aise sous son chapeau Gibus. Il le laissa s'épancher, lui fit toutes les promesses qu'Albert espérait, lui paya un billet de chemin de fer pour qu'il retournât dans ses garrigues, le cœur assez bredouille. Les promesses tiennent les enfants sages. Aucune ne fut tenue.

Par bonheur, la récolte suivante fut déficitaire, les cours du pinard reprirent un peu de hauteur. Pour seul réconfort, les vignerons eurent la chanson de l'anarchiste Montéhus :

*Salut ! Salut à vous !*
*Braves soldats du 17ᵉ !*
*Salut braves pioupious !*
*Chacun vous admire et vous aime !...*
*Salut ! Salut à vous !*
*À votre geste magnifique !*
*Vous auriez, en tirant sur nous,*
*Assassiné la République !*

En 1908, à Draveil, les ouvriers des sablières se mirent en grève et occupèrent leurs chantiers. Clemenceau envoya les dragons ; ils en tuèrent sept et en blessèrent cinquante. La CGT baptisa Clemenceau « la Bête rouge ». Lui-même s'appela « le premier flic » de France. Étrange figure que cet homme dont j'aurai l'occasion de reparler. S'étant brouillé avec les socialistes, il fonda un parti nouveau dont il prit la tête, celui des républicains radicaux. De nos jours, un radical en politique est tenu pour un modéré modérissime, tout pareil aux radis qui sont rouges en dehors, blancs à l'intérieur, et jamais loin de l'assiette au beurre. Exemples : Édouard Herriot, Edgar Faure, Bernard Tapie, François Bayrou. Ceux de Clemenceau voulaient la suppression du Sénat, s'opposaient farouchement à la colonisation et au racisme de Jules Ferry qui affirmait : « Il y a des races supérieures qui ont le droit et le devoir de civiliser les races inférieures. » Opinion partagée par des savants allemands qui démontraient scientifiquement que la France devait être vaincue en 1871 parce que le Français est d'une race inférieure à l'Allemand.

Clemenceau mollement s'opposa au racisme, sans prendre la peine comme médecin de le condamner. Il eut pourtant toujours le goût de l'opposition et le don de la réplique instantanée. Ainsi cet échange savoureux au Parlement :

– Jaurès, vous n'êtes tout de même pas le bon Dieu !

– Et vous, vous n'êtes pas le diable !

– Qu'en savez-vous ?

J'ai eu l'occasion de visiter une petite maison qu'il occupait à Jard-sur-Mer, en Vendée. J'y ai vu des lettres, des manuscrits, son petit chapeau relevé par-derrière. Un matin qu'il s'y trouvait avec sa maîtresse, elle se plaignit de n'avoir pas de baignoire. Il tendit la main vers le large :

– La voilà.

De nos jours, le terme « radical » a conservé sa vigueur originelle en Italie, chez les terroristes des Brigades rouges.

En 1907, Régis Féraz accomplit donc sa dix-huitième année qui l'autorisait à penser sérieusement au mariage. Lorsqu'il s'en entretint avec Rose, elle lui répondit :

– Rien ne presse d'entrer dans les soucis du ménage. Imagine que nous ayons très vite un enfant, à allaiter, à torcher, à débarbouiller. Dans deux ans, tu partiras faire ton service militaire. Je ne me sens pas la force d'élever toute seule ce poupon. Nous nous marierons lorsque tu reviendras de l'armée.

M. Bruneton, le maître boucher, trouva cette réserve raisonnable. À titre de revanche, il lui annonça une nouvelle promotion :

– Tu es large d'épaules, tu as des poings aussi gros que des choux-fleurs, bref, tu es un costaud. Je t'ai fait jusqu'ici égorger je ne sais combien d'agneaux et de moutons. À présent, tu me sembles capable de te mesurer à des bovins.

Il le conduisit à son abattoir où attendait une vache tarine à la robe rousse qui ne produisait plus ni veaux ni lait, mais pouvait donner une viande très mangeable, après attendrissement si nécessaire. L'attendrisseur était une sorte de battoir pareil à celui des lavandières, mais tout hérissé de pointes longues de deux doigts. On en frappait la viande vigoureusement. Les nerfs en étaient brisés. La barbaque devenait rumsteck à l'usage des clients peu connaisseurs.

– Tu m'as vu faire plus d'une fois. Je t'ai réservé cette tarine pour ma démonstration. Autrefois, on assommait l'animal d'un coup de merlin entre les cornes. Si le coup était mal porté, la bête titubait, se révoltait, donnait des ruades à son bourreau qui, quelquefois, périssait avant elle. Aujourd'hui, on ne peut plus taper à côté. Regarde-moi faire.

Le merlin était un marteau de fer d'à peu près cinq kilos, au bout d'un manche assez court ; il finissait d'un côté par un à-plat, de l'autre par une arête. Avant de s'en saisir, le boucher couvrit la figure de la vache avec un masque inventé par un certain Jacques Bruneau. Attaché aux cornes, il bouchait les yeux, retenu sous le mufle par une sangle. Au milieu de l'os frontal, un stylet à tête ronde. Dans cette situation d'aveuglement, la tarine se crut au milieu de la nuit et commença à s'affaisser pour s'endormir. Bruneton ne lui en laissa pas le temps : son merlin s'éleva, s'abattit sur la tête du stylet qui s'enfonça comme un clou dans la cervelle. La vache, foudroyée, tomba sur la litière d'une seule masse.

– As-tu bien vu ? demanda le sacrificateur. Il faut être d'une maladresse incroyable pour louper le stylet.

Le masque Bruneau fut enlevé. L'apprenti ensuite participa à l'ouverture de la victime, à la vidange des boyaux, au découpage, à l'accrochage des morceaux à leurs pendoirs.

– La prochaine fois, c'est toi qui tiendras le merlin.

Régis en eut le cauchemar pendant une semaine. Il grognait en dormant. Le jour venu, on lui amena une vache montbéliarde rouge et blanc, comme le drapeau suisse. Il fallut la tirer, la pousser, la bâtonner pour l'introduire dans l'abattoir. Elle pressentait une mauvaise affaire. Le masque Bruneau l'apaisa. Régis saisit le merlin d'une main un peu tremblante, l'asséna de toutes ses forces, la montbéliarde s'écroula.

– Ouf ! dit Régis.

– Bravo ! clama Bruneton. Tu sais maintenant le plus difficile de la profession.

Il apprit bien d'autres pratiques. À décapiter les veaux et à les gonfler comme les montgolfières. Cela consistait à introduire le bec d'un énorme soufflet sous la peau des bêtes sacrifiées ; la peau se séparait de la viande, ce qui facilitait la dépouille et donnait à la chair une plus belle apparence. Bien d'autres choses que je ne saurais vous répéter, n'étant pas bouchère de tempérament.

En 1908, il fut payé 2,50 francs par jour.

# Douzième journée

Cette année 1908 fut l'une des plus malheureuses de sa vie. C'est à peine si j'ose la raconter.

Rose Darbois était devenue une divine mandoliniste. Avec ses tresses blondes, son nez, ses joues qui continuaient de s'empourprer en guise de salut lorsqu'elle rencontrait Régis, ses immenses yeux bleus comme le lac de Neuchâtel. Fille d'une habile couturière, elle était merveilleusement vêtue avec ses jupettes volantes et ses corsages de dentelle. Elle lui demandait de loin en loin :

– Quand te décides-tu à te faire protestant ?

– À vrai dire, mes parents n'y sont pas très favorables. Ils disent qu'un catholique peut très bien épouser une protestante. Il n'y a pas opposition. Notre ami Sylvestre, le coutelier, nous a dit : « Faut pas se montrer fanatique comme le Valaisan. »

– Quel Valaisan ?

Je ne sais, cher Florentin le Lyonnais, si l'histoire est totalement vraie. Prenez-la pour une légende. On dit que les Valaisans sont d'esprit un peu lourdaud, et d'autre part assez fanas sur leur religion. Il y eut un malheur : l'ours de Berne vint à mourir. Car il y a dans la capitale suisse une fosse qui contient un ours et une ourse. Les Bernois ont pour les ursidés dont ils ont pris le nom (*Bär*) une amitié particulière. Voici donc la pauvre ourse veuve et solitaire. Ils publièrent dans leurs journaux un avis en plusieurs langues : *Recherchons un ours de bonne santé pour servir de conjoint à notre ourse en état de veuvage. Écrire à notre gouvernement.* La mairie de Berne reçut un tout petit nombre de réponses, car les ours ne pullulent pas dans la Confédération. Une de ces lettres attira spécialement leur attention. Elle venait d'un montagnard valaisan et disait pour l'essentiel : *J'accepte cet emploi, avec une condition expresse : si nous avons des enfants, ils seront de religion catholique.*

Afin de préparer leur mariage éventuel, sans y mettre aucune obstination valaisane, Rose faisait faire à son fiancé chaque jour un petit pas vers le protestantisme. Ainsi, elle lui apprit le cantique de Siméon que les huguenots chantaient autrefois dans leurs repaires. Expliquant que Siméon était un vieillard de Jérusalem, juste et craignant Dieu. Il lui avait été révélé qu'il ne mourrait point avant d'avoir vu le Christ. Poussé par le Saint-Esprit, il vint au Temple de Salomon. Or, Marie et Joseph s'y trouvaient, afin de présenter leur bambin à la Purification, quarante jours après sa naissance. Siméon devina que cet enfant était le Sauveur promis et espéré. Il demanda à le prendre dans ses bras. Ses parents l'y autorisèrent. C'est alors qu'il chanta son cantique que chantent tous les huguenots avant de mourir en tutoyant

Dieu. Rose écrivit le texte pour Régis, et ils le chantèrent ensemble :

*Laisse mourir en paix, Seigneur, ton Serviteur,*
*Selon ta parole, puisque mes yeux ont vu*
*Le Sauveur que tu nous donnes,*
*Comme la lumière qui éclairera*
*Les nations et la gloire d'Israël ton peuple…*

– Qu'est-ce que c'est qu'Israël ? demanda Régis.

– C'est le pays de naissance de Jésus. Les habitants portent le nom de juifs. Les chrétiens et les juifs sont des frères en esprit.

Ayant obtenu cette explication, Régis partit sur un autre chemin :

– J'aurai vingt et un ans le 16 juin 1910. Je terminerai donc mon service en octobre 1912. Nous pourrons nous marier au début de 1913. D'accord ? Pas d'accord ?

Elle sourit en hochant la tête. Mme Darbois leur apporta du thé et des beugnettes. Elle en profita pour leur raconter une histoire aussi vraie que celle de Siméon, arrivée la veille à son dentiste de mari. Il s'agissait d'un paysan descendu de très haut, de Molines peut-être, du pays où les coqs picorent les étoiles. Une espèce d'homme des cavernes qui ne pouvait se passer de son plaisir quotidien : la chique.

– La chique ?

– Au lieu de fumer le tabac dans sa pipe, il la mâchait, la mastiquait longuement. Ça produit du jus, imaginez ! À part ça, il se plaignait des dents, il en perdait l'appétit et le sommeil. Sa femme lui dit : « Va voir le dentiste. Y en a un à La Chalp, M. Darbois. Il te soignera. » Elle lui répétait ce refrain tous les jours. Il finit par se décider. Il prend son cul par l'anse comme on dit là-haut, arrive chez mon mari. Il tire le cordon, la cloche sonne. Paraît Lalie, l'auxiliaire de mon mari. Elle le fait entrer dans la salle d'attente où se trouvent assises quatre autres personnes et lui dit d'attendre son tour. Il ne connaît pas ces personnes, il renonce à leur parler. Il tire de sa poche une carotte masticatoire et se met à chiquer. Inévitablement, le tabac le fait saliver. Abondamment. Alors, il fait comme là-haut devant son chalet, il crache par terre. Les autres patients détournent les yeux, mais ne font aucun commentaire. Il est fort, barbu, ça pourrait mal finir. Lorsque Lalie revient, elle remarque ces étoiles sur le plancher. Elle va chercher une large écuelle, la pose devant le montagnard en guise de crachoir. Lui ne comprend pas, il crache à côté. Lalie revient, déplace l'écuelle. Il crache encore à côté. À la troisième visite de la demoiselle, il prend une grande colère : « Ah ! Bon Gu de bon Gu ! Pas possible, vous le faites par esqueprès ! Si vous continuez comme ça, je finirai par cracher dans votre saladier ! »

Tous trois en rirent si fort que les petites cuillères frémirent dans les tasses.

M. et Mme Darbois, Rose et sa mandoline se laissèrent inviter par les Féraz. Il était bon que les deux familles se connussent. Derrière Agathe, ils entrèrent dans la bergerie où résidaient une douzaine de brebis, un bélier et dix agneaux. Chaque bête leur fut présentée, Roussette, Blondine, Griselle, Noiraude, *et cætera.* Ils caressèrent leur échine velue, car il s'agissait de moutons écossais que leur épaisse toison protégeait bien du froid alpestre. Le fumier de ce bétail était aggloméré en briquettes qui, bien séchées, servaient d'allumoir au feu de la cheminée.

Édouard introduisit ses visiteurs dans son atelier où tictaquaient des comtoises, des oignons de gousset, des réveils, des pendules, des horloges, et même un métronome pyramidal qui, de son balancier, marquait la mesure des musiciens. Au milieu de tous ces mécanismes, placé là par pure philosophie, indispensable pour souligner la fuite du temps et pour faire cuire les œufs à la coque, un sablier. Il montra aussi la hotte d'osier qui lui servait, dans ses débuts, à battre la campagne. Il fit une démonstration de son travail, s'enfonça une loupe dans l'orbite, démonta et remonta un réveille-matin.

Tout le monde ensuite passa dans la pièce principale, faisant office de salon et de salle à manger. Chaque meuble fut expliqué : la poêle, la table, les bancs, les chaises, la crédence, buffet où l'on rangeait la vaisselle, composé d'un bas et d'un haut. Rose remarqua au mur le portrait d'une petite fille endormie.

– Qui est-ce ?

– Ma sœur Jeanne, répondit Régis.

– Tu as une sœur ? Tu ne m'en as jamais parlé.

– La voici.

– Où habite-t-elle ?

– Au milieu des étoiles. Je te la montrerai si tu veux, quand les étoiles s'allumeront.

Tout le monde en perdit le souffle. Mme Darbois seule osa ouvrir la bouche, parlant à l'imparfait :

– Elle était très belle. C'était un ange.

Ils parlèrent de choses et d'autres. Du temps qu'il faisait. M. Darbois évoqua la dentisterie. Ils en vinrent enfin au vrai motif de leur visite, aux sentiments visibles que Rose et Régis nourrissaient l'un pour l'autre. Ils parlèrent mariage, évoquèrent leurs religions quelque peu différentes. Ils convinrent que, chez un couple mixte, rien n'empêche le mari et la femme de pratiquer chacun sa propre religion ; les enfants choisissent la leur une fois parvenus à l'âge de raison.

– C'est quand l'âge de raison ? demanda Rose.

Tous parurent embarrassés.

– Chez les catholiques, dit le dentiste, il est fixé, je crois, à sept ans, âge où l'enfant est responsable de ses péchés et en fait confession. Mais chez nous, la confession à un homme n'existe pas. Chacun se confesse à Dieu directement. L'âge de raison n'est pas précisé par un chiffre. Certaines personnes sont raisonnables à sept ans ; d'autres ne le sont pas à septante.

Les deux familles conclurent que leurs petits-enfants éventuels auraient le choix de leur religion quand ils voudraient ; ce qui parut à tous raisonnable. Au terme de ces considérations, Rose joua de la mandoline. Les Darbois furent retenus au souper. Agathe s'excusa de sa simplicité :

– Je ne suis qu'une pauvre paysanne savoyarde, pas une vraie cuisinière.

Il y eut de la soupe au maïs, du chou, des saucisses, du fromage de Saint-Marcellin, de la pogne[1] au dessert et du vin de Savoie qui permit de trinquer :

---

1. Sorte de brioche.

– Au bonheur futur de nos enfants et de nos petits-enfants.

La nuit était venue, douce et claire, comme il convenait à la saison de ce mois de mai finissant. Les Darbois allaient rentrer chez eux lorsque Régis fit une proposition surprenante :

– Je voudrais que ma sœur Jeanne soit informée de nos sentiments, de notre projet de mariage.

Surprise générale.

– Que faut-il faire ?

– Suivez-moi.

Tout le monde gravit l'escalier et s'aligna sur la galerie. Régis reprit son discours :

– Lorsque j'étais écolier, notre régent nous apprit à voyager parmi les étoiles. À dessiner sur le tableau avec la craie la Grande Ourse et la Petite Ourse. Il nous donnait le nom des constellations : la Girafe, le Lynx, la Chevelure de Bérénice. Ensuite, chacun de nous reproduisait ces groupes d'astres sur son cahier de géographie. M. Cottier nous expliquait comment on voyage de l'un à l'autre, jusqu'à l'étoile Polaire qui, elle, ne bouge pas. Elle servait aux navigateurs d'autrefois à régler leur route parce qu'elle indique toujours le nord. Les autres étoiles tournent autour d'elle. Les soldats romains portaient ce groupe gravé sur leur bouclier.

Les deux familles levèrent au ciel leurs yeux éberlués, cherchant parmi cet immense troupeau céleste la minuscule bergère lumineuse qui dirige ses mouvements.

– Je la vois ! Je la vois ! s'écria Rose, l'index levé.

Régis leur fit son ultime révélation :

– Pour moi, c'est ma petite sœur Jeanne qui a quitté mes parents avant que je naisse. Ne l'appelez plus jamais étoile Polaire. Appelez-la étoile Jeanne.


Dans la classe où Rose avait appris à lire, à écrire, à compter, sous la férule de Mme Cottier, deux tableaux ornaient le mur du fond. L'un illustrait le système métrique au moyen de figures expressives. Par exemple l'ascension du mont Blanc, 4 810 mètres, par l'équipe d'Horace Bénédict de Saussure en 1787, tous avec un habit en queue-de-pie selon la mode de l'époque. L'autre avait pour sujet les différents métiers de la femme. Ils étaient sept, disposés en pyramide. Chacun montrait une femme au travail, expliqué par un distique. La couturière enfilait une aiguille : *Selon vos formes, ma main sûre / Vous habillera sur mesure.* La sage-femme, un bébé sur les genoux : *Je vous soigne avec expérience / Au moment de votre naissance.* L'institutrice : *Aux filles pendant leur jeunesse / J'enseigne vertu et sagesse.* L'ouvrière devant un métier à tisser : *À tous travaux je m'applique / Dans l'atelier ou la fabrique…*

– Il y a bien d'autres professions, révélait Mme Cottier. Plus ou moins séduisantes : la frotteuse de parquets, la lavandière, la meunière, la charbonnière… Chacune selon ses aptitudes. Si vous désirez choisir la vôtre, consultez-moi. Je vous donnerai mon opinion.

Rose y réfléchit et demanda si l'on pouvait devenir mandoliniste professionnelle. La régente répondit que c'était sans doute possible en Italie, mais qu'en France elle ne voyait pas de débouché mandolinique.

En définitive, Rose choisit de devenir couturière, puisqu'elle avait chez elle une maîtresse en couture, sa propre mère. En vérité, Mme Darbois n'était pas une couturière professionnelle. Une dilettante seulement, comme elle se plaisait à dire. Elle disposait d'une machine à coudre Singer, exécutait ses travaux dans une pièce qu'elle appelait d'un terme suisse son « ouvroir ». Pour clientèle, elle avait ses parents, ses amies, ses voisines, ses coreligionnaires impécunieuses. Elle ne travaillait point pour gagner de l'argent, mais pour occuper ses mains et son esprit, pour habiller ceux et celles qui sont nus comme le recommandent les Béatitudes. Elle était abonnée au *Petit Écho de la Mode* qui lui mettait sous les yeux la mode parisienne. « J'en prends et j'en laisse », avouait-elle. Elle mit Rose à l'épreuve :

– Le plus difficile dans ce métier, c'est sans doute d'enfiler une aiguille. Le reste est une affaire de patience.

Elle lui proposait des aiguilles de plus en plus fines, des fils de plus en plus gros. On n'avait pas encore inventé l'enfile-aiguille qui sauve la vue des couturières myopes. Comment faire ? D'abord, en amincir entre ses dents l'extrémité. Exposer le chas à un rayon de lumière qui l'éclaire sans éblouir l'enfileuse. Saisir entre pouce et index le bout aminci presque à son commencement, sinon il se courbe et refuse d'entrer. Répéter la manœuvre autant de fois que nécessaire, sans énervement. Ne pas implorer l'aide de Jésus – « Seigneur, s'il te plaît, aide-moi à enfiler cette putain d'aiguille ! » – car le Christ a d'autres soucis en tête. Si l'extrémité du fil, à force d'échecs, est tout ébouriffée, la décapiter aux ciseaux

163

afin d'obtenir un bout bien neuf. Si ce n'est pas au premier essai, ni au second, ni au dixième, on finit toujours par réussir. Il n'est pas d'exemple dans l'histoire du monde qu'une enfileuse n'ait pas réussi son enfilage. Si le gros fil ne convient pas, en prendre un plus fin.

Autre problème de fil : sa longueur. Mme Darbois citait un proverbe suisse : « La dame avisée prend de longues aiguillées. » Car si l'aiguillée est trop courte, on ne peut plus employer ce qui reste, pas même pour faire le nœud de précaution, il ne reste plus qu'à jeter le cétéra. Si au contraire elle est trop longue, on utilise l'excès pour un autre ouvrage.

– Rappelle-toi, insistait-elle, pas de courtes aiguillées. Revenons au nœud de précaution. C'est le point final de toute couture. Il empêche le point de se défaire par son commencement ou par sa fin.

Comment l'obtenir ? On mouille un peu son index ; on l'entoure de trois centimètres de fil ; on roule le tout autour de son pouce ; on tire avec l'ongle le résultat. Le nœud a dû se former. S'il y a mis de la mauvaise volonté, on recommence.

– La patience est la première vertu d'une bonne couturière. C'est vrai aussi pour bien d'autres métiers. En général, ceux des petites gens. Seuls les gens riches font preuve d'impatience.

Rose y mit beaucoup de patience. Elle apprit tous les points : point de devant, point arrière, point de côté, point de bâti, point de piqûre, point d'épine, point de Paris, point turc, point de feston, point de reprise. Et aussi les ourlets, les plis, les fronces, les jours, les raccords, la faufilure, le surfil. Un langage aussi riche, aussi subtil que pour apprendre les fables de la Fontaine.

Lorsque la mère et la fille besognaient ensemble, il leur arrivait de chanter pour exorciser l'ennui. Sans penser à rien. Comme font les vers à soie lorsqu'ils enroulent leurs cocons. On n'a jamais entendu dire qu'un bombyx ait émis la moindre plainte.

Un dimanche d'après-dînée, quittant la boucherie, Régis vint rendre visite à sa future. Les parents les laissèrent seuls, comme à l'accoutumée. Rose lui permit de couvrir de baisers tout ce qui dépassait de ses vêtements : les cheveux, le visage, le cou, la bouche, les mains. Elle y participait avec plaisir, mais avec pudeur, refusant les caresses sur les endroits habillés :

– Je te prête mes mains, mais garde les tiennes pour toi. Je suis chatouilleuse, je n'aime pas les farfouilles.

Elle lui montra ses ouvrages de couture. Bien qu'il y prît peu d'intérêt, il lui en fit compliment. Ils finirent par s'ennuyer quand même.

– Raconte-moi une histoire, demanda-t-elle.

Et lui, après mûre réflexion :

– Une histoire de chien, ou une histoire de chat ?

– Une histoire de chien.

– J'en sais pas.

– Alors pourquoi la proposes-tu ?

– J'en savais une, mais je viens juste de l'oublier.

– Alors, une histoire de chat.

– Elle est très courte.

– Ça ne fait rien.

– Il était une fois un chat de gouttière appelé Gligli. À la vérité, il n'était encore jamais allé dans les gouttières, trop petit qu'il était, alors que ses père et mère y passaient leur existence. Il avait été recueilli par un vieux monsieur. Souvent sur ses genoux, chaton de compagnie, il se sentait comme prisonnier. Un jour, il vit une mouche bleue, elle ronronnait et voltigeait dans la maison. Gligli échappe à son vieux maître et s'élance à la poursuite de la mouche. Elle se sauve par une fenêtre ouverte, il saute derrière elle. Tandis qu'elle s'éloigne, il tombe verticalement. Il aurait pu se tuer sur le pavé, à quatre étages au-dessous. Par bonheur, il tombe dans un baquet plein d'eau. Il en sort ruisselant. Le vieux monsieur, descendu de ses étages, le trouva un peu plus tard en train de sécher au soleil. Il le ramassa, le gronda, disant : « Ne savais-tu pas que les chatons n'ont point d'ailes comme les mouches bleues ? » Depuis, il ne saute plus par les fenêtres. Aucune créature raisonnable ne saute par les fenêtres.

Rose applaudit cette histoire et la trouva pleine de philosophie. Puis elle raconta la sienne, celle des deux rétameurs d'Embrun, près de la Durance.

– Ils étaient frères et se faisaient appeler maître Pierre et maître Jean. Ils allaient dans les villages avec leur attirail, criant aux carrefours : « Rétameurs ! À la rétame ! Qui veut se faire rétamer ? » Comme font en Savoie les petits ramoneurs. Mais leur association n'allait pas toujours du meilleur train, car le cadet, maître Jean, montrait plus d'ardeur à table qu'à l'établi. Tous les matins, il fallait le secouer : « Jean ! Ho, Jean ! Lève-toi donc ! Il est l'heure ! – Aïe ! J'ai mal dormi. Laisse-moi tranquille. – Il est l'heure de manger la soupe. – Ah bon ! Je me lève, je me lève ! » En deux sauts, il se trouvait devant son écuelle où fumait le bouillon. À l'établi tel un mouton, à table tel un lion. Ils partaient ensuite de conserve. Si on leur apportait des choses à rétamer, ils allumaient un feu sur une place publique, posaient dessus un chaudron de fonte à trois pieds, y mettaient à cuire des barres d'étain. Pendant qu'elles fondaient comme la graisse, ils frottaient les vieilles louches, les vieilles casseroles avec un chiffon imbibé d'esprit-de-sel. L'acide fumait, décapait le cuivre, sans entamer leurs mains que protégeait une couche de cal. Autour d'eux, un cercle d'enfants écarquillait leurs yeux comme des lunes. Bientôt, l'étain commençait à bouillir, formant d'énormes bulles qui soulevaient la surface avant d'exploser. Ils y trempaient les vieilles casseroles ; et quand ils les en retiraient, scintillantes, remises à neuf, des larmes lumineuses s'en égouttaient. Ils rendaient leur ancien brillant aux choses ternies par l'usage : les cloches à vaches, les robinets, les cuillères, les réputations, les promesses, les amitiés, les amours. Une année, ils acquirent la conviction que plus rien ne restait à rétamer dans leur territoire habituel. Alors, ils décidèrent de changer de métier…

Rose Darbois s'interrompit, étouffée.

– Pardonne-moi, dit-elle, je ne me sens pas bien.

Le rose de ses joues avait pâli. Ses mains grelottaient.

– Appelle Maman… Je te raconterai la suite une autre fois.

Il l'embrassa et fit comme elle voulait.

Le 6 septembre, il marcha deux heures jusqu'à La Chalp pour commencer son ouvrage. Préoccupé par l'essoufflement de sa fiancée, il saigna et décapita maladroitement un veau tarin de quatre-vingts kilos. M. Bruneton ne remarqua point son trouble. Plus tard, une cliente venue en charrette de Saint-Véran lâcha la nouvelle sans précaution :

– Vous avez su ?… Cette pauvre enfant !

– Quelle enfant ?

– La petite Darbois… Dix-huit ans… On l'a trouvée morte dans son lit… de mort subite.

Régis était en train de découper des côtelettes. Entendant ces mots, il fut pris d'un tel tremblement que le hachoir lui tomba sur les doigts et lui raccourcit le médius gauche d'une demi-phalange. Ce fut une autre boucherie. Mme Bruneton lui construisit un bandage, tandis qu'il hurlait de ses deux douleurs. La cliente trop bavarde le prit dans sa charrette, le transporta chez le médecin véranais, puis chez ses père et mère. Effondré, il répétait sans cesse :

– Non, non, non !… C'est impossible !… Impossible !… Impossible !…

Il semblait impossible en effet de partir de mort subite à dix-huit ans, sans aucun malaise prémonitoire, sauf un essoufflement parce que Rose avait trop parlé. Lui, depuis sa naissance, avait eu des essoufflements presque chaque jour, pour avoir trop couru, pour avoir porté un poids excessif, pour avoir tapé dans un ballon, mais ensuite il se tenait debout, bien droit, sans aucune envie de passer l'arme à gauche. Le médecin qui soigna sa phalange fournit des explications obscures :

– Arrêt cardiaque… Il peut y avoir bien des causes… Thrombose, embolie, apnée, myocardite, hypertension, asystolie… Vous qui l'aviez vue la veille, aviez-vous remarqué une anomalie ?

– Elle était devenue pâle. Très pâle.

– Il aurait fallu intervenir sur-le-champ. Recevez toutes mes condoléances.

Chez les Darbois, la fenêtre de la jeune défunte était grande ouverte pour que son âme pût monter sans obstacle vers le ciel. Pouvait entrer qui voulait sans tirer le cordon.

– Va tout seul le premier, dit Édouard. Nous te rejoindrons ensuite.

Régis entra donc sans clochette, précédé de sa main gauche enveloppée. Dans la pénombre, autour du petit lit, se tenaient le père, la mère, les trois sœurs aînées et deux gendres. Aucun cierge, aucune bougie ne veillait Rose. Lorsque parut le jeune boucher, tous le saluèrent d'une inclinaison de tête. Sa fiancée gisait sur le lit, les yeux clos, les mains jointes, dans les beaux vêtements que sa mère avait confectionnés, mais presque invisible tant elle disparaissait sous un monceau de roses, blanches, jaunes, pourpres, dont les parfums mêlés laissaient croire à un jardin. Son visage était si blanc qu'on l'aurait cru de marbre. Régis fut très surpris de voir à son côté la mandoline dont elle s'était tant servie, le plectre coincé entre les cordes. Allait-elle se lever pour les pincer encore ? Il reçut cette explication de Mme Darbois :

– Nous mettrons la mandoline avec elle dans le cercueil. Elle pourra en jouer parmi les anges.

Il se courba pour baiser les mains et le front froids de sa promise. Jusqu'à cet instant, il avait trop pleuré,

169

il ne lui restait plus une seule larme disponible. Il s'agenouilla près d'elle, la tête enfouie dans les fleurs. Il resta si longtemps, les yeux fermés, dans cette position qu'on aurait pu croire qu'il s'était assoupi. Toute la famille le regardait, sans dire un mot. Lorsqu'il se releva, il chercha des yeux le verre rempli d'eau bénite dont se servent les visiteurs catholiques pour asperger leurs défunts. Il n'y en avait point. Il embrassa les femmes, serra la main des hommes. Personne ne pleurait. On ne lui posa aucune question sur sa main enveloppée. Mme Darbois ajouta seulement quelques mots :

– Les obsèques auront lieu au temple après-demain, à 10 heures.

Rentré chez lui, il raconta sa visite chez les protestants :

– Il n'y avait pas d'eau bénite. Si vous m'accompagnez à l'enterrement, ne posez aucune question, ne faites aucun signe de croix.

Chez les Féraz, ce soir-là, personne n'eut envie de manger. Agathe prépara seulement une infusion de citronnelle qui devait favoriser leur sommeil. Chacun en but une tasse, puis monta se coucher.

Le surlendemain, une foule de Saint-Véranais se pressait devant le temple, protestants ou catholiques, clients du dentiste, connaissances bouleversées par le décès inattendu d'une si gracieuse jeune fille. Les Féraz étaient du nombre. Vint le cercueil, porté par six personnes, couvert de ce drap blanc sans cordons que les papistes nomment étrangement le poêle. Du latin *pallium*, manteau. Il fut déposé au milieu du temple sur un catafalque. Par déférence, les cathos laissèrent entrer d'abord leurs frères réformés. Quand

170

tout le monde fut en place, assis ou debout, le père de Rose monta sur l'estrade pour prononcer quelques mots. Il toussota, se racla la gorge ; lesdits mots ne voulaient pas sortir.

– Chers amis, chers voisins, merci d'être venus si nombreux. Ma femme et moi, nous venons de perdre la plus belle fleur de notre jardin. Nous la confions au Seigneur pour qu'elle orne son paradis.

Il toussota encore pour éliminer les sanglots qui l'étranglaient.

– M'adressant à mes compagnons calvinistes, je leur demande de chanter avec moi le psaume XV de David qu'ils connaissent bien.

Tout l'ensemble des huguenots, d'une même voix :

*Éternel !*
*Qui est-ce qui séjournera dans ton tabernacle ?*
*Qui est-ce qui habitera dans la montagne de ta sainteté ?*
*Ce sera celui qui marche dans l'intégrité, qui fait ce qui est juste,*
*        [et qui profère la vérité telle qu'elle est dans son cœur,*
*Qui ne médit point par sa langue, qui ne fait point de mal*
*        [à son ami, qui ne diffame pas son prochain,*
*Aux yeux duquel est méprisable celui qui mérite d'être rejeté,*
*        [mais il honore ceux qui craignent l'Éternel s'il a juré,*
*        [fût-ce à son dommage, il n'en changera rien ;*
*Qui ne donne point son argent à usure, et qui ne prend*
*        [point présent contre l'innocent.*
*Celui qui fait ces choses ne sera jamais ébranlé.*

M. Darbois regagna sa place. Un autre prêcheur, beaucoup plus jeune, gravit les marches de l'estrade pour dire tout le bien qu'il pensait de la petite Rose :

– J'étais à l'école de M. Cottier pendant qu'elle suivait l'enseignement de Mme Cottier. Hors des deux classes, nous nous rencontrions, nous jouions ensemble. Il faut que je vous raconte une anecdote. Nous nous trouvions un jour sous un tilleul en fleur dans lequel des moineaux avaient fait leur nid. On les entendait pépier. Soudain quelque chose tomba de l'arbre. Un bébé moineau qui avait voulu prendre son essor. Ses ailes trop faibles ne l'avaient pas soutenu, il était tombé sur le sol. N'importe qui aurait ramassé ce débris, l'aurait jeté aux chats. Rose n'eut pas cette pensée. Elle le releva, le prit dans ses mains réunies car il n'était pas tout à fait mort, elle lui souffla dans le bec pour lui rendre la respiration. Elle l'emporta, lui confectionna un nid à sa dimension, lui offrit de ces grains de chènevis dont les moineaux sont friands, qu'elle allait cueillir dans la campagne. Le moinillon grandit, devint adulte. Elle le laissa s'envoler.

Après lui, d'autres prêcheurs montèrent sur l'estrade pour présenter leurs louanges. Régis Féraz sentit dans son cœur un chatouillement qui l'aurait poussé à faire de même s'il avait eu à sa disposition assez de mots. Il eut une pensée de regret en songeant au conte des deux rétameurs dont il ne connaîtrait pas la fin. « J'essaierai de l'inventer », se dit-il.

Le cimetière de Saint-Véran encercle presque entièrement l'église. Ce qui justifie une ancienne devinette catholique : « Je marche sur mon frère, pour entrer dans ma mère et pour manger mon père. Qui suis-je[1] ? »

---

1. Le fidèle qui, traversant le cimetière, marche sur les tombes ; il entre dans notre sainte mère l'Église pour manger le corps du Christ.

Le cercueil de Rose fut déposé devant la tombe des Darbois, dans l'espace réservé aux protestants. Chacun étouffait ses larmes car le Christ a recommandé : « Laissez les morts pleurer les morts. » Les vivants ont autre chose à faire. Les tombes huguenotes étaient modestes, sans ornement, certaines même un peu décrépites, encombrées d'herbes sauvages. Les réformés ne nourrissent aucun culte pour notre poussière terrestre, ils ne viennent jamais s'y prosterner. Elles se signalaient par une simple recommandation gravée dans la pierre, empruntée aux Écritures : *Confiez-vous à l'Éternel en perpétuité. La paix soit avec vous. Mon royaume n'est pas de ce monde.*

Rose fut descendue dans la fosse en compagnie de sa mandoline. Quelques personnes jetèrent une poignée de terre. La parenté s'aligna le long du mur pour recevoir les condoléances. Régis rentra chez lui. La nuit suivante, il considéra le ciel et les étoiles, se persuada qu'à côté de l'étoile Jeanne il y avait à présent une étoile Rose.

Trois jours plus tard, il revit le médecin ; il remplaça le bandage par un simple doigt de cuir qui enveloppait son médius à la façon d'un doigt de gant. M. Bruneton prétendit que sa demi-phalange s'était mêlée à la chair à saucisse.

– C'est bien triste, le consola-t-il, d'avoir perdu une promise. Moins que d'avoir perdu son épouse. Un jour, tu la remplaceras.

Son chagrin et ses insomnies durèrent deux mois. Puis, petit à petit, il retrouva le sommeil. Il reprit sa besogne normale dans la boucherie.

– Les bouchers, philosophait M. Bruneton, ne doivent pas trop souffrir de la mort. Ils la fréquentent tous les jours. Sinon, comment pourraient-ils saigner les porcs, égorger les agneaux, assommer les bœufs ? Un peu de pitié ne nuit pas. Trop de pitié paralyse. Certains bœufs flairent le sang de l'abattoir, ils reculent. Il faut les amadouer, leur parler doucement avant de leur faire « couic ». Jusqu'au masque Bruneau, ils ne doivent rien soupçonner. Leur mort est nécessaire. La nôtre l'est aussi.

Régis ne retournait plus chez les Darbois. Qu'aurait-il pu leur dire ? Que notre mort est indispensable ? Que des millions d'ancêtres nous ont précédés sur cette terre, à présent tous défunts, sinon nous nous mangerions les uns les autres ? Leur demander s'ils connaissaient la fin du conte des rétameurs manquait un peu de délicatesse ; elle laissait croire qu'il regrettait presque autant le conte que la conteuse. Il eut l'idée de consulter Sylvestre, le coutelier, un homme bourré d'aventures, de voyages, de vicissitudes puisés dans les livres. Un soir après souper, il lui demanda :

– Connais-tu le conte des deux rétameurs d'Embrun qui ont décidé de changer de profession parce qu'ils manquent de clientèle ? Rose Darbois avait commencé de me le raconter ; mais ensuite elle a perdu le souffle.

Sylvestre fronça les sourcils, plissa le front, ferma les yeux, réfléchit longtemps, déclara enfin :

– Bien sûr que je le connais. Tu veux que je te le termine ?

– Tu me ferais le plus grand plaisir.

– Ils s'appelaient… je ne me rappelle plus.

– Maître Pierre et maître Jean. Le second, très paresseux.

– Nos deux gaillards se rendirent compte qu'il ne restait plus rien à rétamer dans leur territoire. Alors, ils décidèrent de se consacrer à la dorure et à l'argenture. Comme l'or et l'argent sont hors de prix, ils choisirent de dorer au jaune d'œuf et d'argenter au blanc. Et que doraient-ils ? Qu'argentaient-ils ? Des culs, tout simplement. Des culs d'hommes, de femmes, d'enfants. La dorure visait les riches, l'argenture les modestes. Ils criaient dans les villes et les villages : « Doreurs de culs ! Argenteurs de culs ! Qui veut se faire dorer ou argenter ? Cinq francs la dorure, quarante sous l'argenture. » La clientèle ne manquait point car les fils d'Adam et les filles d'Ève cherchent toujours à briller par quelque endroit. Si ce n'est point de la tête, c'est du derrière. L'opération se déroulait en public aussi bien que leur ancien rétamage. Les hommes baissaient leurs braies, les femmes relevaient leurs gonnelles et nos deux artistes, après avoir fouetté les œufs dans un bol, entreprenaient les badigeons au pinceau. Ils eurent ainsi l'occasion de dorer le cul d'un député qui n'avait jamais pu devenir ministre. D'un chanoine qui ambitionnait la mitre épiscopale. D'un écrivain qui rêvait de l'Académie. D'une danseuse qui rêvait d'être proclamée étoile. D'un général sans victoire. Ils argentèrent un simple gendarme qui rêvait des galons de brigadier. Un enseignant qui réclamait depuis des années les palmes académiques. Un balayeur de feuilles mortes qui prétendait devenir ratisseur d'allée. Un grand nombre de personnes avides de brillance se firent dorer ou argenter. Cela procura aux deux rétameurs énormément de besogne et de finances. En exerçant leur profession, ils apprirent en même temps à connaître les hommes et les femmes d'après leurs postérieurs. Ils dévisagèrent des culs innombrables, sévères ou souriants, respectables ou frivoles, protestants ou catholiques, avares ou généreux. Conclusion : si tu veux bien découvrir le caractère d'une personne, ne te contente pas de regarder son visage ; observe également la forme, le volume, la disposition de son arrière-train.

Régis eut de la peine à entendre froidement cette histoire car, en cours d'audition, il étouffait d'hilarité, il en pleurait de rire. Il dut sortir le mouchoir de sa poche pour s'essuyer les yeux, lui qui chialait rarement.

– Non, non, protesta-t-il, jamais Rose Darbois n'aurait raconté ces rétameurs devenus doreurs et argenteurs. Elle était bien trop réservée.

– Je t'assure… je t'assure…

– Bonne nuit, sacré farceur.

Ils se serrèrent la main, Féraz traversa la rue, rentra chez lui et monta se pieuter. Lorsqu'il fut entre ses draps, il se souvint de Rose ensevelie sous les fleurs. Il se reprocha le plaisir qu'il avait pris aux balivernes de Sylvestre. Il eut honte d'avoir tant ri quelques semaines seulement après le départ de sa fiancée. Il se dit qu'il était peu doué pour le chagrin, de même que certaines personnes sont peu douées pour la musique. Il se leva en pans de chemise, comprenant mal ce qui se passait dans son cœur, marcha sur la galerie, leva les yeux pour chercher l'étoile de Rose. Mais des nuages épais dissimulaient le ciel. Ayant regagné sa couche, il entendit sonner les heures au clocher de

Saint-Véran. Après la douzième, il put compter encore les heures à un chiffre que les Piémontais nomment « les petites heures ». Sa honte l'empêchait de dormir. Les trois premières petites heures seulement réussirent à l'embobeliner.

## Treizième journée

En juin 1909, il se présenta tout nu au conseil de révision devant des médecins militaires en uniforme. Tous ces conscrits dépouillés dégageaient dans la salle exiguë une puanteur de bétail. À tel point que l'un d'eux tourna de l'œil et s'effondra sur le plancher malpropre. Un lit de camp se trouvait à proximité pour cette occasion ; mais il était occupé par les képis cernés de pourpre et les capotes des majors ; ceux-ci ne voulurent pas déplacer leurs fringues, ils laissèrent le conscrit sur le carreau. Comme il tardait à rouvrir les yeux, on le traîna vers une fenêtre ouverte, l'air frais des Alpes le ranima. Régis fut pesé, toisé, on lui palpa les roubignoles, on le déclara bon pour le service armé.

– Il me manque un morceau de doigt, fit-il observer, montrant son médius raccourci.

– C'est à la main gauche. Es-tu gaucher ?

– Non, droitier.

– Donc ça ne t'empêchera pas d'appuyer sur la détente et de recevoir un pruneau, éventuellement, au service de la patrie. Au suivant !

Revenu à sa boucherie, Régis s'efforçait parfois d'oublier sa promise infortunée tout en découpant des biftecks. Le commerce l'y aidait en lui envoyant de jeunes personnes aussi séduisantes peut-être que Rose Darbois, même si elles ne jouaient pas de la mandoline. Il en rencontrait d'autres dans les bals campagnards où la jeunesse dansait, entraînée par un violon et une clarinette. Il invita Georgette, il invita Jacqueline, il invita Humberte, sans toutefois jamais s'engager au-delà d'une valse ou d'une scottish. La scottish lui plaisait spécialement parce qu'elle comportait des pas sautés et des pas glissés qui lui permettaient de faire montre de sa prestesse. Invitant ces demoiselles, jamais il n'essuya un refus.

Cela le conduisit jusqu'au printemps 1910, lorsqu'il reçut des mains d'une paire de gendarmes un livret militaire lui enjoignant de se rendre à la caserne Blondeau de Grenoble au 14e BCA. Tout Saint-Véran fut bientôt informé de son prochain départ. Il distribua des embrassades à ceux et celles qui le méritaient. Il se rendit même au cimetière saluer Rose Darbois à qui il promit de ne jamais l'oublier, même si, par hasard, il lui arrivait d'en épouser une autre. Sa mère Agathe lui prépara des musettes avec autant de provisions de bouche que s'il devait partir pour le pôle Nord où vivent les ours blancs.

– Écris-nous, recommanda-t-elle, au moins une fois par semaine.

– Promis, juré.

Il prit la diligence qui devait le transporter jusqu'à la gare de Mont-Dauphin-Guillestre, où il emprunta le train pour Gap puis Grenoble.

Grenoble est une grande et belle ville. Dominée par une bastille, elle trempe ses pieds dans le Drac et dans l'Isère. Au bout de chaque rue, on voit une

179

montagne : la Chartreuse, Belledonne, le Vercors, le mont Jalla, La Tranche. À la caserne, Régis reçut trois uniformes : un bleu turquin pour défiler en ville, un tout blanc pour les périodes enneigées et un treillis pour les exercices intérieurs. Il apprit l'art d'enrouler les bandes molletières, ce qui n'est pas une mince entreprise. Si on ne les serre pas assez, elles dégringolent. Si on les serre trop, elles favorisent les varices et la congélation des pieds. Dans un dortoir de vingt-cinq places, il eut un lit de fer qu'il devait présenter au carré chaque matin et un paquetage sur un rayon au-dessus de sa tête. Il fit la connaissance de ses vingt-quatre compagnons. Tous venaient de régions montagneuses : le Dauphiné, le Jura, l'Auvergne, les Pyrénées, la Corse. Certains s'exprimaient avec un accent régional si prononcé qu'il peinait à les comprendre.

Il commença son instruction, sous les ordres du sergent Solchi, natif de Bastia, qui se présenta en ces termes :

– Je m'appelle Solchi. « Chi » en corse se prononce « ki ». Si l'un d'entre vous le prononce autrement, il aura droit à huit jours de salle de police. Tous les matins, à 8 heures, je veux vous voir dans la cour, que j'y soye ou que j'y soye pas. Compris, faces de pets ?

Il leur montra par raison démonstrative de quelle façon le béret alpin – la tarte – devait être disposé sur leur tête, dessinant un bec, penché légèrement sur l'oreille et la joue.

– Y a encore une autre manière : vous la jetez au plafond et quand elle retombe vous vous placez dessous. Si elle tombe à côté, vous avez encore huit jours.

Après cela, Régis dut apprendre à marcher. Il croyait avoir cette connaissance depuis l'âge du biberon, ses jambes lui obéissaient formellement, tournaient à droite, tournaient à gauche si sa tête leur en donnait l'ordre. Le sergent Solchi reprit les choses à zéro, en commençant par cette face de pet de Régis Féraz :

– Pour marcher dans les règles, au commandement de *un !*, tu lèves le pied gauche de façon qu'il fasse avec la jambe droite un angle d'à peu près 45 degrés. Tu as dû apprendre à l'école que 45 degrés, c'est la moitié d'un angle droit. Combien qu'y a de degrés dans l'angle droit ?

– Quatre-vingt-dix, sergent.

– C'est bon. On commence : tu lèves la jambe gauche à 45 degrés. Eh bien ! Qu'est-ce que t'attends, face de pet ?

– Vous n'avez pas dit *un !*, sergent.

– *Un !*... Légèrement plus haut. Attends que je regarde.

Il s'éloigna pour vérifier si les 45 degrés étaient dans le compas. Régis demeura un pied en l'air, attendant la suite des événements. Il ne mettait dans ces manœuvres aucune mauvaise volonté. Il cherchait à faire son devoir pour la patrie, comme son père à Sedan et à Versailles.

– Ça ira, dit le sergent. Au commandement de *deux !* tu élèves la jambe droite. Mais auparavant, bien sûr, il te faut abaisser la gauche qui était en l'air, sinon tu te fous la gueule par terre. Seulement, c'est pas si simple. Entre le commandement *un !* et le commandement *deux !*, tu portes en avant le poids du corps qui va être reçu par la jambe gauche lorsqu'elle reprendra contact avec le sol. As-tu bien compris, face de pet ?

– J'espère.

– Essayons. Tu vois, c'est moins compliqué que ça paraît. Abaisse la jambe gauche. Bien. *Deux !* Mais non, face de pet ! c'est la droite que tu devais lever, pas la gauche !

– J'avais pas suffisamment porté le poids de ma jambe…

– Pas le poids de ta jambe ! Le poids de ton corps ! Ah ! T'es doué, toi ! Con comme tu es, je parie que t'étais dans l'enseignement ?

– Non, dans la boucherie.

– T'as une excuse. On recommence. *Un !* La gauche !… *Deux !* La droite !

Régis crut qu'il n'y arriverait pas, face de pet comme il était. Au bout d'une semaine, cependant, il parvint à marcher sans gloire, mais quasi proprement. Après quoi, il passa au maniement d'arme :

– Arme sur l'épaule… droite ! Présentez… arme ! Reposez… arme ! Baïonnette… on ! Remettez… ette !

Solchi, en bon stratège, prévoyait les années à venir :

– Quand vous défilerez au pas cadencé dans les rues de Berlin, après la victoire, quelle image donnerez-vous de l'armée française si vous vous servez de votre fusil comme d'un plumeau ?

Il y avait aussi les corvées : corvée de balayage, corvée du quartier, corvée de pluches, corvée d'ordures. Celles-ci étaient jetées dans un chariot à deux roues tiré par un seul troufion, éventuellement poussé par un deuxième. Ils devaient aller vider leur récolte dans une décharge municipale où elle fermentait, se transformait en un engrais que venaient ramasser les jardiniers grenoblois. Les chasseurs avaient baptisé cette brouette d'un nom emprunté à la ligne Paris-Constantinople : *La Flèche d'or*.

La pire corvée était le maniement d'arme. Démontage et remontage du fusil Lebel dont étaient munis depuis 1886 nos troufions, succédant au fusil Gras qui ne lançait que des balles de plomb. Régis dut connaître le nom de tous ses organes : la détente, la gâchette, le tonnerre, l'élévateur, le chargeur, le chien et son levier, le chemin de roulement, la crosse, la bretelle, le garde-main, le guidon, l'embouchoir. Un vrai catéchisme.

Il fallut encore apprendre à s'en servir. Enfoncer trois cartouches dans le chargeur. Chacune comprenait une douille de laiton remplie de poudre après l'amorce à percussion centrale ; et une balle d'acier pareille à un suppositoire, mais capable de percer un mur épais de trente centimètres. La crosse devait être appuyée à l'épaule droite, même si l'on était gaucher. Entourant le pontet de sa main droite, le tireur fermait l'œil gauche et visait la cible dans le prolongement d'une ligne imaginaire déterminée par la hausse et le guidon. Au commandement de *Feu !*, l'index tirait à lui la détente et le coup partait. La main gauche n'avait pas d'autre emploi que de soutenir le poids du fusil en se plaçant sous la boîte du chargeur. Le médius raccourci ne servait de rien. Les cibles étaient des panneaux de peuplier carrés de deux mètres de côté, recouverts de papier blanc où figurait une silhouette humaine peinte en noir. Une tache rouge précisait la place du cœur. Régis se montra un si bon tireur qu'il y gagna une épaulette jaune.

Vinrent les exercices sportifs. Escalades de murs et de rochers, duels à la baïonnette contre un mannequin de paille, lancement de la grenade, marche de jour, marche de nuit. On grimpait jusqu'aux sommets des Alpes environnantes, parmi les gentianes bleues, en poussant au cul le canon de 75 qui venait d'être inventé, tiré par d'autres chasseurs. On observait le territoire italien d'où pouvait monter une attaque, car l'Italie avait signé avec l'Allemagne et l'Autriche un traité d'alliance : la Triplice. Le sergent Solchi fignolait leur préparation. Il leur apprenait même à traiter les gelures. Les parties les plus sujettes sont le nez, les oreilles, les doigts et les orteils. Les frictionner avec de la neige, puis avec de la teinture d'arnica, envelopper et attendre un réchauffement naturel. En pleine nuit, on formait les faisceaux à trois mille mètres d'altitude. On couchait sous la tente. Le matin, on voyait le soleil sortir laborieusement des brumes piémontaises, vers où dévalaient des torrents coléreux. En redescendant, tout était vaches, rochers, sapinières. À leur approche, les bovines cessaient un moment de brouter et regardaient passer cette étincelante forêt de baïonnettes. En entrant dans Grenoble, soutenus par leur fanfare, ils chantaient à pleine voix *Les Allobroges* :

*Allobroges vaillants ! Dans vos vertes campagnes,*
*Accordez-moi toujours asile et sûreté...*

Ces ancêtres gaulois, alliés aux Arvernes, avaient combattu jadis les envahisseurs romains. À présent, leurs descendants mangeaient les spaghettis et la mortadelle comme un seul homme.

Après trois semaines d'activités alpestres, un sous-bite[1] leur distribua des feuilles blanches. Elles avaient pour but de mesurer leur niveau culturel. Armés d'un porte-plume, ils eurent à développer ce sujet : *Veuillez exprimer en toute sincérité vos impressions sur la caserne et sur les exercices militaires que vous accomplissez.* On lui demandait en somme une composition française comme avait fait autrefois M. Cottier. Régis ferma les yeux et réfléchit profondément. La rédaction n'était pas son fort, il avait obtenu le certif sans aucune mention. Regardant autour de lui, il constata que plusieurs bleus avaient oublié l'écriture et rendaient leur feuille vierge. Il trempa la plume dans l'encrier et, tirant un peu la langue, déposa cette ligne : *Je déclare en toute sincérité que je n'ai aucune impression. Régis Féraz.*

Chaque semaine, comme promis, il envoyait de ses nouvelles à ses père et mère, oubliant la ponctuation :

> *Chers parents ne vous faites pas de souci pour moi je me porte bien j'espère que pour vous il en est de même j'attends avec impatience une permission votre fils affectionné Régis.*

Une permission de huit jours lui fut accordée en octobre 1910, à la saison où les pommes mûrissent, où les viticulteurs vendangent, où les hirondelles tiennent congrès au bord des toitures avant de s'envoler vers des climats plus doux. À Saint-Véran,

---

1. Un sous-lieutenant.

il descendit de la diligence dans son uniforme bleu turquin, avec son épaulette de fin tireur, coiffé de sa tarte penchée sur l'oreille, chaussé de ses bandes molletières qui mettaient en valeur le volume de ses mollets. C'était un jeudi. Tous les moutards et moutardes accoururent, se rassemblèrent autour de lui et l'applaudirent en criant « Vive Régis ! ». L'accueil fut triomphal comme s'il venait à lui seul de reconquérir l'Alsace et la Lorraine. Il retrouva son père Édouard et sa mère Agathe qu'il serra sur son cœur. Partout où il passait, les portes s'ouvraient, les gens criaient :

– Salut, Régis ! Bien revenu, Régis !

Il fit ensuite la tournée de ses amis et connaissances, M. et Mme Bruneton, Sylvestre, M. et Mme Cottier, M. et Mme Darbois. Ce furent huit jours d'honneurs et de félicité. Il ne quittait son uniforme que pour se coucher. Partout on l'abreuvait, on le régalait : rissoles, beugnettes, matafans, tarte aux prunes.

C'était bien autre chose que le rata de la caserne, lentilles aux cailloux, soupe aux choux et vin bromuré. Le bromure de potasse enlève ou atténue le désir sexuel si encombrant chez les conscrits. Plusieurs se faisaient envoyer des sous par leur famille afin de pouvoir s'offrir le bordel de temps en temps. Sylvestre lui demanda s'il était déjà allé chez les putes, à Grenoble :

– Pas encore.

– T'es donc encore puceau ?

– Puceau… c'est quoi ?

– Encore vierge. Vierge comme la Sainte Vierge. Tu n'as encore jamais couché avec une femme ?

– Pas eu l'occasion.

186

– Comment peut-on à vingt et un ans supporter le pucelage ?

– Le bromure.

– Tu me fais pitié. Tu n'es pas un homme… Dans ton métier de boucher, tu as bien fait quelques économies ?… Prends-y 20 ou 30 francs. Derrière la cathédrale, tu trouveras plusieurs bordels. Faciles à reconnaître avec leur lanterne rouge. Ils font des prix pour les militaires. Tu ne peux pas rester dans cet état. Tu me raconteras la chose à ta prochaine perme.

Avant de retourner à Grenoble, un samedi soir, il entendit de la musique dans une grange. Il osa y entrer. Des garçons et des filles s'y trémoussaient. Le chasseur alpin fut tout de suite remarqué. Certaines gaillardes osèrent même l'inviter :

– Tu fais une polka avec moi, beau militaire ?

Considérant telle ou telle, il se dit que, sans doute, elle aurait consenti à lui faire perdre son pucelage *gratis pro Deo*. Mais il fallait échapper à la surveillance de la mère ou de la grand-mère qui toujours chaperonnait la demoiselle. Cela demandait une tactique que la caserne ne fournissait point.

Le lendemain, il reprit la diligence, emportant dans sa poche un peu de ses économies. Pendant le voyage, il s'aperçut qu'il avait oublié d'aller se recueillir sur la tombe de Rose Darbois.

Il retrouva le train-train de Blondeau. Solchi présenta à ses hommes une arme nouvelle, la mitrailleuse Hotchkiss. Elle se présentait sur un affût-trépied pourvu d'un petit escabeau mobile. Avalant une bande de cartouches Lebel, elle était capable de tirer 1 200 coups à la minute et produisait d'un peu loin un bruit de machine à coudre. Avec un tel engin, un mitrailleur et son servant étaient capables d'arrêter l'avance d'un régiment de trois mille fantassins. Arme purement défensive, toutefois, elle ne permettait pas d'avancer ; si bien que les états-majors jugèrent qu'une mitrailleuse par bataillon était suffisante.

– Il faut, expliquait Solchi, l'approvisionner en conséquence. Une bande de cartouches dure une demi-minute. Soyez tranquilles, faces de pets. L'infanterie piétonne reste la reine des batailles.

Tous les dix jours, Régis recevait du sergent-trésorier ses « centimes de poche », à raison de cinq sous par jour. Les ajoutant à ses économies, Régis fit un compte qui l'encourageait à fréquenter un bordel. Ses frères d'armes le mirent en garde :

– Fais gaffe, l'ami. Tu risques d'attraper la chaude-pisse ou la vérole. Plusieurs habitués en sont morts.

Il ne se décidait donc point à sonner sous la lampe rouge et conserva sa virginité pendant dix-huit mois à force de bromure. Il en fut distrait lorsque plusieurs compagnies de chasseurs alpins, habituées aux montagnes, furent expédiées au Maroc. Ce fut le cas du 14e bataillon. La France avait conquis l'Algérie en Afrique du Nord. Elle envisageait d'imposer son « protectorat » au Maroc, tenu pour une terre d'anarchie et un voisinage dangereux. En matière de colonisation, le protectorat consiste à occuper et à exploiter un pays tout en lui conservant un semblant d'indépendance, soit un souverain indigène, bey ou sultan, qui ne peut éternuer sans en demander la permission à son protecteur. Il se trouva que d'autres puissances européennes, l'Espagne, l'Angleterre, l'Allemagne, envisageaient de protéger le Maroc. En 1905, l'empereur Guillaume II, coiffé de son casque à pointe, avait débarqué à Tanger en grand cérémonial, se proclamant le « protecteur de l'Islam ». L'année suivante, des représentants allemands, espagnols, français, anglais s'étaient réunis à Algésiras pour décider ensemble de quelle façon le Maroc et son sultan devaient être protégés. L'Espagne et la France se partagèrent le terrain ; l'Allemagne obtint des compensations en Afrique noire.

Sans rien connaître de ces micmacs, Régis Féraz fut embarqué à Marseille sur le paquebot *El Biar*. C'était la première fois qu'il marchait sur l'eau. À peine était-il sorti du port qu'il se sentit l'estomac chaviré. Il vida son contenu par-dessus bord. D'autres chasseurs firent comme lui. Bientôt, le pont fut couvert de vomissures. La mer était mauvaise, le bateau roulait comme un ivrogne. Ils s'étaient couchés sur des chaises longues et glissaient sur ces dégueulis d'un bastingage à l'autre. Il leur arrivait de croiser ceux qui en revenaient. Ces allers et retours durèrent toute la nuit. Quand l'aube blanchit les vagues vertes, ils virent au loin une terre. Croyant débarquer au Maroc, ils entrèrent dans Mers el-Kébir en Algérie. Des charrettes tirées par des chevaux les transportèrent à Oudjda, en territoire marocain. Une bourgade entourée de collines, traversée par un oued sans eau. Ils furent logés sous des tentes formant un campement sur lequel flottait le pavillon français.

Un colonel leur tint un discours, leur expliquant qu'ils venaient assurer la paix et l'autorité de la France dans cette région et qu'ils seraient sans doute importunés par des anarchistes.

– S'ils s'approchent de notre campement, de jour comme de nuit, n'hésitez pas à les canarder. Nous leur apportons la civilisation, ils devraient nous en remercier. Ce pays est magnifique ; mais on devrait ne jamais le regarder qu'au-dessus de la ligne d'horizon – il plaça une main ouverte à la racine de son nez –, les palmiers, les montagnes, le ciel. Tout ce qui est au-dessous est répugnant. Ne sortez jamais seuls.

Il leur fit distribuer des mousquetons et des cartouchières remplies. Régis et ses camarades se hasardèrent en terrain plat. Ils longèrent un bois d'oliviers où erraient, sous la surveillance d'un moutard demi-nu, des vaches efflanquées à la recherche d'un brin d'herbe, d'une croûte d'écorce ou d'un chardon. Des Bédouines formaient cercle autour d'une fontaine afin de remplir leurs outres d'une eau rougeâtre ; puis, courbées en avant, plus chargées que des bourriques, elles s'en allaient, les outres retenues à leur front par une sangle. D'autres restaient autour de la fontaine à fouler, à pétrir des pieds leur lessive ; et quand elles se penchaient, on voyait leurs seins baller au milieu de leurs guenilles.

Il y avait aussi une quantité d'hommes qui marchaient, qui allaient on ne savait où ; ils piétinaient la poussière épaisse des routes qui faisait plouf ! et d'où montait un nuage chaque fois que leurs pieds nus s'y enfonçaient. Un maraîcher passa, conduisant une *araba* remplie de tomates. Alors on vit surgir trois ou quatre gamins qui poursuivirent la carriole. Ils s'accrochèrent à elle afin de se garnir les poches. Le voiturier s'aperçut de leur manège, mais c'est à peine s'il daigna lever son fouet. Un peu à cause de la chaleur qui conseille de retenir tout effort superflu. Un peu parce qu'on a l'habitude dans ce pays misérable d'être pillé par les gosses, comme d'être sucé par les mouches.

Un brûleur d'encens allait d'étal en étal, balançant son encensoir sur les diverses marchandises. Sa fumée chassait les mauvais esprits. Chaque vendeur le récompensait selon sa générosité et sa superstition. Après son office, la rue sentait bon comme une cathédrale un jour de grande cérémonie.

Enveloppés dans leur gandoura, des marcheurs s'accroupissaient derrière un palmier pour faire, non pas la grosse commission, mais la petite. L'urine jaune coulait et s'étalait devant eux.

– Faudra, disait le colonel, qu'on leur apprenne à pisser debout. C'est une question de civilisation.

Les chasseurs alpins étaient aussi, en sens inverse, des objets de curiosité pour ces populations. Les femmes, voilées jusqu'au menton, écarquillaient leurs yeux noirs pour les regarder dans leurs uniformes bleus, coiffés de la tarte imprescriptible. Jamais elles n'avaient vu de tels guignols. Eux leur faisaient des gestes d'amitié, mais elles détournaient la tête. On les entendait rire sous leurs masques translucides.

Ils passaient quelquefois devant une école coranique, reconnaissable aux babouches alignées devant la porte. On distinguait à l'intérieur une vingtaine d'écoliers assis par terre sur une natte, en train de réciter, l'un après l'autre, des sourates du Coran qu'ils apprenaient par cœur. Seul savoir qu'on leur enseignait. À la moindre erreur, ils recevaient sur le cassis un coup d'une longue baguette tenue par l'instituteur, prolongé en haut par un turban, en bas par une longue barbe grise. Un maître d'école aussi admirable que M. Cottier.

Oudjda répandait une odeur délicieuse : celle des grillades à l'huile d'olive. Elle mettait les chasseurs en appétit ; mais ils devaient se contenter du rata ordinaire : fayots, lentilles, patates. Devant les boucheries, pendaient des moutons écorchés ; ils avaient gardé une queue épaissie par la graisse, pareille à un éventail. Les soldats se savaient environnés d'ennemis tout prêts à les éventrer de même ; mais le jour, ces chacals dissimulaient leurs armes et restaient assis devant leurs portes en simples fumeurs de narghilés.

Il n'en était pas de même la nuit. Le campement était gardé par quatre sentinelles qui veillaient sur le sommeil du bataillon. La garde vint à son tour à Régis, avec trois autres Savoyards. Ils firent plusieurs fois le tour de leur barnum, attendant avec impatience de voir l'aube émerger du djebel Tessala. Déjà ils songeaient au café noir qui les attendait. Soudain, ils aperçurent au loin des silhouettes semblant venir d'El Aioun. Ils posèrent la question réglementaire :

– Halte ! Qui va là ?

En guise de réponse, s'allumèrent dans l'épaisseur de la nuit des éclairs suivis de détonations. Les chasseurs ripostèrent, vidant leurs quatre chargeurs. Il y eut au loin des vociférations, des malédictions, puis les silhouettes disparurent. Au petit jour, ils ramassèrent deux anarchistes blessés, qu'il fallut achever, puis enterrer.

Après deux semaines, quittant Oudjda, les chasseurs alpins furent transportés à Fez. Une ville importante dont les habitants avaient deux activités : une silencieuse, celle des tapis, confiée aux mains des femmes ; une sonore, celle des batteurs de cuivre. Le tintinnabulement de leurs marteaux remplissait les rues, interrompu seulement par les muezzins, du haut de leurs minarets. Nos soldats durent affronter des massacreurs de civils français ; il fallut en zigouiller un certain nombre. La paix se trouva ainsi rétablie.

En 1912, les conscrits de la classe 09, laissant le Maroc aux soins de leurs cadets, s'embarquèrent à Rabat et regagnèrent Marseille. Pendant la traversée, Régis vomit encore tripes et boyaux. Il se dit que l'homme n'est pas fait pour aller sur l'eau ; que c'est là un exercice aussi ridicule que si l'on demandait à des sardines de se promener sur nos routes départementales.

Il retrouva la caserne Blondeau. Avec une certaine sympathie puisqu'il allait le quitter, il salua Solchi devenu sergent-chef, toujours affecté aux classes des recrues. Celui-ci le félicita de sa bonne mine :

– Le soleil du Maroc t'a bronzé quelque peu. Tu as moins l'air d'une face de pet.

Régis toucha ses centimes de poche dont il n'avait rien dépensé pendant ses six mois marocains. Ajoutés aux 20 francs qu'il s'était empruntés à lui-même, il disposait d'un capital qui lui permettait d'aller aux putes. Et même plusieurs fois pendant les vingt jours qui le séparaient de la quille.

Il avait tué plusieurs hommes au Maroc sans éprouver beaucoup d'émotion. Au fusil, c'est clair et net, on ne se salit pas les mains. Entrer dans un bordel le remuait davantage. Il craignait de ne pas être à la hauteur et de se faire moquer. Il en parla à Pierre Jouve, un autre Saint-Véranais de la classe 09. Ils décidèrent d'y aller ensemble, un samedi soir. Après s'être rasés finement et s'être parfumés à la savonnette Palmolive.

Sous la lanterne rouge, Jouve tira le cordon. La porte, ne s'ouvrit pas, mais ils entendirent derrière un judas de cuivre une voix de femme un peu rauque :

– Qui êtes-vous ?

– Deux chasseurs alpins.

– Vous avez des sous ?

– Oui, sinon nous ne serions pas venus.

Il y eut un silence, un déclic, un autre guichet s'ouvrit. Ils se sentirent observés. La porte enfin s'ouvrit, une voix leur dit « Entrez ». La voix de la maquerelle, une personne d'aspect sévère, dans une robe noire qui lui tombait jusqu'aux chevilles, couronnée d'un chignon retenu par un peigne espagnol. La pièce où ils furent introduits avait l'apparence d'un cabaret, avec un zinc, des guéridons, des escabeaux.

– Asseyez-vous, dit la maquerelle. Qu'est-ce que vous prenez ?

Les deux hommes échangèrent un regard surpris, se demandant s'ils étaient bien dans un bordel ou dans un simple bistrot. Les voyant indécis, la dame insista :

– La consommation est obligatoire. Vous n'avez pas l'habitude. Je vous propose une verte. Une absinthe. Ça vous donnera du répondant. D'accord ?

– D'accord.

Tous deux avaient entendu parler de la verte, mais ils n'y avaient jamais goûté. Sa consommation exigeait un rituel quasi religieux, dont la dame en noir leur fit la démonstration. Elle prit des verres à pied, laissa tomber dedans deux doigts de la liqueur. Puis, sur chaque verre, elle posa une petite pelle plate percée de trous et, sur ces trous installa un morceau de sucre poreux. Elle vint ensuite avec un pichet rempli d'eau fraîche qu'elle versa dessus goutte à goutte.

Chaque goutte tomba sur le morceau, pénétra dans ses minuscules anfractuosités, tomba dans l'absinthe, dont le niveau monta jusqu'à presque remplir le verre. Sa couleur verte se fit brumeuse.

– À présent, vous pouvez boire, dit la maquerelle en enlevant les pelles percées.

Les chasseurs obéirent, humèrent d'abord le parfum de l'absinthe, la portèrent ensuite à leurs moustaches, en burent une lente gorgée qu'ils promenèrent sur leur langue, aiguë comme un glaive à deux tranchants. Ils convinrent de sa bonté :

– C'est à la fois un peu amer, un peu poivré, un peu sucré, dit Régis.

– Tu es un fin connaisseur, dit la vieille en noir, le tutoyant. Maintenant, payez-moi les deux vertes, trente sous chacune. Ensuite, j'appellerai les filles.

Ils s'exécutèrent sans rechigner. Trente sous représentaient pourtant à Saint-Véran quatre livres du pain de Dieu. Ce n'était pas tout :

– Faut aussi payer la passe, les prévint la mère putassière. En principe, le tarif est de deux écus d'argent, 10 francs si vous préférez. Mais pour de jeunes pioupious de votre espèce, je me contente de la moitié. Vous me devez 5 francs chacun. Faut bien soutenir la jeunesse.

Régis redoutait davantage. Il paya en disant merci. Pierre Jouve fit de même.

– J'appelle ces demoiselles.

Elles descendirent cinq, très peu habillées. Trois brunes, une blonde, une rousse. Toutes, comme on disait dans les campagnes, « avaient passé fleur » : la quarantaine bien sonnée. Régis choisit la rousse. Elle le conduisit au premier étage. En la suivant marche après marche, il voyait ses grosses fesses qui jouaient de l'accordéon. Quand ils furent en tête à tête, elle lui sourit, lui dit qu'il était joli garçon.

– À présent, conclut-elle, n'oublie pas mon petit pourboire.

– Quel pourboire ? En bas, j'ai payé la passe et la verte.

– Ce que tu as donné va dans la poche de la patronne. Mais à moi, si tu veux que je te fasse des gâteries, tu dois me donner quelque chose.

– Quelles gâteries ?

– On voit bien que tu es tout neuf. Donne-moi quarante sous, tu les regretteras pas.

Ce marchandage lui avait coupé le désir d'aller plus loin. Il eut envie de redescendre sans consommer. Mais il calcula que dans ce cas le prix de la verte et de la passe serait perdu, il accepta le sacrifice supplémentaire et donna une pièce de 2 francs.

Lorsque tout fut terminé, au sortir du bordel, il ne regretta rien. Il se sentait enfin débarrassé de ce putain de pucelage qui l'empêchait de devenir un homme achevé. Il y revint même deux autres fois avant d'être démobilisé, de rendre son uniforme, de reprendre ses vêtements civils et de retourner à Saint-Véran.

## Quatorzième journée


En ce début d'octobre 1912, le Queyras l'attendait, avec ses cimes aiguës déjà blanchies, son Pain de Sucre, son pic d'Asti, son mont Granero, son Bric Bouchet. Saint-Véran avec ses cadrans solaires : *Vita fugit sicut umbra. Laudabile nomen Domini.* Il est plus tard que vous ne croyez. Sa mère et son père le serrèrent sur leur poitrine et le complimentèrent :

– Tu as forci. La moustache te va bien. Tu es maintenant un sacré gaillard !

Il avait un peu neigé sur leurs têtes, mais leurs activités diverses prospéraient. Édouard continuait de réparer les horlogeries et de se faire guide de montagne en hiver. Agathe élevait ses moutons. M. Bruneton le reprit à La Chalp. Il n'avait qu'une fille, Odile, encore jeunette. Il fit cette proposition :

– Dans trois ou quatre ans, elle sera bonne à marier. Aurais-tu pas l'idée de devenir mon gendre ? Et par la même occasion, un jour, de me succéder ?

– Peut-être, peut-être… On en reparlera.

– Autre chose. Si tu prends Odile, tu prendras en même temps ma voiture. J'ai acheté une automobile à essence de pétrole, marque Brasier.

Il lui en fit la présentation, souleva le capot, expliqua le fonctionnement de chaque organe :

– L'essence de pétrole arrive par ici. Elle suit ce tuyau, entre dans ce petit récipient. Des gouttelettes giclent dans les quatre cylindres. La magnéto produit un courant électrique qui envoie une étincelle dans le mélange gazeux. Une explosion met en mouvement les pistons. Les pistons font tourner les roues. C'est tout simple.

Extérieurement, la Brasier était pourvue d'un marchepied, comme les carrosses ; d'une roue de secours munie d'un pneumatique Michelin. Sur le devant, deux phares à l'acétylène éclairaient la route par voyage nocturne ; un avertisseur à frottement rugissait quand on tournait une manivelle pareille à celle des moulins à poivre. Intérieurement, le conducteur disposait d'un volant en ébonite situé à droite ; d'un tableau de bord avec compteur des vitesses de zéro à cinquante ; d'un siège en moleskine ; de trois pédales : celle de gauche débrayait ou embrayait ; celle de droite freinait ; celle du milieu accélérait. Le chauffeur devait se munir de lunettes noires comme les pilotes d'aéroplanes, afin de n'être pas ébloui par le soleil.

La seule chose compliquée était le démarrage ; il exigeait pas moins de quatorze opérations :

1 – *soulever le capot et ouvrir les purgeurs des quatre cylindres ;*
2 – *au moyen de la manivelle, imprimer au vilebrequin deux ou trois rotations complètes afin que les pistons évacuent les gaz demi-consumés et la vapeur d'eau ;*

3 – *verser dans les entonnoirs des quatre purgeurs une petite quantité de benzol ou même d'eau-de-vie à 60 degrés ;*

4 – *fermer les robinets des purgeurs ;*

5 – *ouvrir celui de l'exhausteur à essence ;*

6 – *remplir le carburateur en appuyant sur le pointeau ;*

7 – *donner de l'avance à l'allumage en plaçant la manette sur la position D (démarrage) ;*

8 – *mettre la manette des gaz sur la position M (moyenne) ;*

9 – *appuyer sur le contact de la magnéto situé sur le tableau de bord ;*

10 – *vérifier que le levier des vitesses se trouve au « point mort » ;*

11 – *se placer devant le moteur, les jambes légèrement écartées ; saisir la poignée de la manivelle, l'enfoncer en comprimant le ressort de retour de façon à engrener ses crans dans ceux du vilebrequin ;*

12 – *en tournant ladite manivelle d'une seule main, amener le moteur à sa compression maximale ; faire en sorte que le bras horizontal de la manivelle se trouve en haut ;*

13 – *appuyer brusquement de tout son corps sur ce bras, lui faire accomplir un tour complet en se rejetant en arrière pour décrocher les crans ; le moteur doit être lancé ; sinon, répéter la manœuvre. Cette opération est la plus dangereuse : si les crans ne sont pas libérés, la manivelle risque de tourner avec le vilebrequin et de briser le poignet de l'opérateur ; c'est ce qu'on nomme un « retour de manivelle » ;*

14 – *dès que le moteur tourne régulièrement, réduire l'avance en poussant la manette sur la position R (route).*

M. Bruneton fit la démonstration démonstrative de toutes ces manœuvres et emmena son possible futur gendre sur les routes du Queyras. Ils franchirent le col de l'Izoard, montèrent jusqu'à Briançon couronné de fortifications, redescendirent à La Chalp, rencontrant des diligences et des charrettes, mais pas plus de deux ou trois automobiles à essence de pétrole. Pour les saluer, ils leur envoyaient des *Krrra* de leur avertisseur à manivelle qui hérissait le poil.

En 1912, il n'existait aucun code de la route, excepté qu'ils devaient rouler à droite de préférence. Leur compteur n'indiqua jamais plus de 35 kilomètres à l'heure. Les chaussées étroites, cailouteuses, boueuses, ne permettaient pas davantage.

– Dans quelque temps, dit Bruneton, je te laisserai conduire.

Ils eurent même le plaisir d'entendre de jeune Saint-Véranais chanter derrière eux :

> *C'est l'piston, piston, piston*
> *Qui fait marcher la voiture.*
> *C'est l'piston, piston, piston*
> *Qui fait marcher Bruneton.*

Pour la France, l'époque continuait d'être belle. L'Indochine était entièrement conquise. Son gouverneur général, Paul Doumer, y avait trouvé un pays sans routes, sans chemin de fer, sans finances, sans administration. « Je n'y ai vu, raconta-t-il, en tout et pour tout, qu'un archiviste. Seulement, il ne possédait pas d'archives. » Il y installa des fonctionnaires, ouvrit des routes, trois mille deux cents kilomètres de voies ferrées, des écoles, un service météorologique ; développa l'agriculture, notamment de vastes plantations d'hévéas, d'indigos, de guttas-perchas. Il put enfin lever des impôts, signe indubitable de civilisation et de prospérité.

En métropole, la prospérité était plus visible encore. Le développement de l'automobile, de l'aviation, du télégraphe, du téléphone en témoignait. Une loi imposa le repos hebdomadaire dans le commerce et l'industrie, pas forcément le dimanche. Il y eut tout de même une courte guerre civile de 1911 à 1913 qui opposa deux départements viticoles, l'Aube et la Marne. Chacun revendiquait le droit exclusif de produire le champagne et ses bulles. Grèves de l'impôt. Démission des municipalités. On en vint à la violence. La nuit du 11 au 12 avril 1911 vit une Saint-Barthélemy des bouteilles. Des vignerons se ruèrent sur les entrepôts adverses, défoncèrent, ravagèrent, saccagèrent. Un torrent de champagne dévala les rues en bouillonnant. Des maisons furent incendiées. Le gouvernement dut envoyer des gendarmes et des dragons. Par miracle, on évita une effusion de sang. À Paris, la commission de l'Agriculture établit en hâte un compromis qui se trouva rejeté par les deux parties. C'est en 1913 seulement que put passer et être acceptée une loi d'apaisement.

Une guerre beaucoup plus grave menaçait nos horizons. L'empereur Guillaume II se consacrait à développer la marine et les forces terrestres allemandes. La première, sous l'autorité de von Tirpitz, ambitionnait d'égaler la flotte britannique ; des cuirassés, des croiseurs, des torpilleurs, des contre-torpilleurs, des sous-marins étaient en chantier. L'Allemagne, plus peuplée que la France, entretenait une armée de 880 000 hommes, contre 540 000 chez nous. En conséquence, notre gouvernement ramena la durée du service militaire à trois ans en 1913. Régis n'en avait fait que deux. Cette mesure souleva de nombreuses oppositions. Ainsi celle du général français Alexandre Percin : « Nous ne gagnerons jamais cette bataille des effectifs puisque nous sommes 40 millions et l'Allemagne 65. Nous jouons la politique de la grenouille qui se veut faire aussi grosse que le bœuf. Cherchons plutôt des alliés, la Russie, l'Italie, l'Angleterre, l'Amérique. » Beaucoup d'Alsaciens-Lorrains ne tenaient pas, d'ailleurs, à redevenir français : « Laissez-nous en paix. Nous sommes des Alsaciens-Lorrains et rien d'autre. » Certains proclamaient même : « Les Alsaciens-Lorrains sont heureux d'être allemands et ils veulent le rester. » Mais l'antimilitarisme le plus acerbe venait de nos socialistes. Ils s'étaient débattus comme des diables pour empêcher le vote des trois ans. Brizon, un député de l'Allier, proposa la mesure suivante pour empêcher la guerre : « Développons l'aviation militaire. Ces appareils sont en effet les ennemis les plus efficaces de l'armée, à cause du grand nombre d'officiers qui se tuent dans les accidents. »

À la Chambre, le parti de Jaurès vota quand même les mesures fiscales nécessaires pour augmenter nos effectifs parce qu'elles rognaient les ailes du capitalisme.

Moi, Léone, qui n'ai pas vécu cette époque, mais qui me suis renseignée, je confirme les nombreux accidents aériens qui se produisirent dans les débuts de l'aviation. Les frères Michelin, de Clermont-Ferrand, affirmaient quand même : « Notre avenir est dans les airs. » En 1908, ils créèrent un prix de 100 000 francs destiné au premier aviateur qui, partant de Paris, atterrirait au sommet du puy de Dôme après avoir tourné trois fois autour des flèches de la cathédrale. De nombreux intrépides s'y essayèrent.

Régulièrement ils cassaient du bois. Jusqu'au jour où Eugène Renaux et son navigateur Senoucque décrochèrent le pompon. J'ai su aussi qu'un jeune Parisien essayait de piloter au camp d'aviation de Pont-Long près de Pau. Trois fois, peut-être quatre, peut-être cinq, il cassa du bois également. Le moniteur qui lui enseignait le métier s'écria :

– Enlevez-moi ce petit con. Qu'il aille dans l'infanterie !

Ce petit con s'appelait Georges Guynemer.

À Saint-Véran comme ailleurs, tout le monde sentait que la Belle Époque approchait de sa fin.


L'année 1914, bissextile, s'annonçait cependant pleine d'heureuses promesses. Dans les plaines, les blés, les seigles, les orges poussaient magnifiquement. Les pruniers, les cerisiers, couverts d'une merveilleuse floraison, ressemblaient à des bouquets de mariées. Sur les montagnes, l'herbe était si verte qu'on l'aurait mangée en salade. Les vignerons avaient eu raison du phylloxéra. Le dimanche, les jeunes couples dansaient dans les granges la matchiche et la polka piquée. Partout l'on s'en donnait à cœur joie dans la crainte d'une guerre que l'on voyait venir sans en bien comprendre les raisons.

Les historiens ont souligné qu'aucun monarque, empereur, roi, tsar, kaiser, président ne la désirait véritablement. Elle vint quand même. Pour des raisons futiles. Comme une étincelle suffit à enflammer un tas de paille. Il n'y aurait pas eu de guerre si Mme Caillaux n'avait assassiné Calmette du *Figaro* qui menaçait de révéler ses frasques passées ; si, par voie de conséquence, pacifiste convaincu, son mari était resté au pouvoir. Pas de guerre si l'anarchiste Raoul Villain, armé de deux revolvers, n'avait abattu Jean Jaurès au café du Croissant. Si Guillaume II n'avait arboré des moustaches aussi provocantes. Si le Premier ministre russe Stolypine n'eût tant aimé le théâtre et ne se fût fait revolvériser lui aussi à une représentation. Si le comte autrichien Aloys von Aerenthal n'eût souffert de coliques néphrétiques. Si Rodolphe, le fils et le successeur de l'empereur François-Joseph, ne s'était suicidé à Mayerling après avoir donné la mort à sa maîtresse qu'il ne pouvait épouser, étant marié et indivorçable, laissant la succession à François-Ferdinand qui eut la maladresse de se faire assassiner à Sarajevo. Pas de guerre si les Anglais n'avaient eu un goût excessif pour le thé indien, ce qui les obligeait à s'assurer la liberté des mers, si von Tirpitz n'avait menacé de leur couper la route du thé. Toutes ces futilités se trouvant réunies, la guerre devint inévitable. Malgré l'opinion de Lyautey : « Une guerre entre Européens, c'est une guerre civile. C'est la plus monumentale ânerie que le monde ait jamais faite. »

À Saint-Véran, le boucher Bruneton en fut informé avant tout autre :

– Je la sens dans mes culottes, cette putain de guerre ! affirma-t-il plusieurs fois, malgré l'étrangeté de ce point d'information.

Le 28 juillet, des affiches blanches ornées de deux petits drapeaux tricolores furent clouées sur la mairie :

## ARMÉE DE TERRE ET ARMÉE DE MER
## ORDRE DE MOBILISATION GÉNÉRALE

*Par décret du président de la République, la mobilisation des armées de terre et de mer est ordonnée, ainsi que la réquisition des animaux, voitures et harnais nécessaires au complément des armes.*

*Le premier jour de la mobilisation est le dimanche 2 août 1914.*

*Tout Français soumis aux obligations militaires doit, sous peine d'être puni avec toute la rigueur des lois, obéir aux prescriptions du fascicule de mobilisation (pages colorées) placées dans son livret.*

*Sont visés dans le présent ordre tous les hommes non présents sous les Drapeaux et appartenant :*

*1° à l'ARMÉE DE TERRE, y compris les troupes coloniales et les hommes de services auxiliaires ;*

*2° à l'ARMÉE DE MER, y compris les inscrits maritimes et les armuriers de la Marine.*

*Les Autorités civiles et militaires sont responsables de l'exécution du présent décret.*

*Le ministre de la Guerre*           *Le ministre*
                                                *de la Marine[1]*


*Tampon*                                       *Tampon*

Il y eut foule devant la mairie de Saint-Véran.

– La mobilisation n'est pas la guerre, dit le régent Cottier. Mais elle la précède.

---

1. Il n'y avait pas encore de ministre de l'Air. Le premier à occuper ce poste, en 1928, fut Laurent Aynac, né au Monestier (Haute-Loire), mobilisé dans l'aviation en 1914.

Personne ne cria « À Berlin ! », car les Savoyards tournent sept fois la langue dans leur bouche avant de l'ouvrir.

– Ça sera pire qu'à Solferino ! dit un vieux.

Puis chacun rentra chez soi consulter son livret militaire. Les feuilles colorées informèrent Régis qu'il devait se rendre à Briançon. Agathe prépara ses musettes comme en 1910, les garnissant de fromages et de pain de Dieu. Il partit le 31 juillet après avoir embrassé tout le monde.

Odile Bruneton était devenue une jolie fillette qui promettait d'être une belle demoiselle. Elle avait noué dans ses cheveux un petit ruban tricolore. Régis n'atteignit pas tout à fait sa bouche mais la commissure des lèvres, ce fut presque un vrai baiser. Elle versa même deux larmes. Il les cueillit de l'index et les but, comme la plus précieuse des liqueurs. Elle défit le ruban de ses cheveux et le lui donna.

Tous lui dirent adieu en pensant au revoir. Il monta dans la diligence qui devait le conduire à Guillestre, où il prendrait le train de Briançon.

Jamais en cette saison le ciel n'avait été plus bleu, ni le bonheur plus promis, ni la vie plus désirable. Les journaux informèrent que Guillaume avait fait remettre un ultimatum à la Russie par son ambassadeur, M. de Pourtalès. Incroyable ! Un ambassadeur allemand pourvu d'un nom français ! Effet de la stupide révocation de l'édit de Nantes qui avait chassé de France beaucoup de protestants. Les uns s'étaient faits Hollandais, d'autres Suisses, d'autres Prussiens. Mais qu'était-ce au juste qu'un ultimatum, que les Saint-Véranais prononçaient *ultimatume*,

comme bitume ? M. Cottier, retraité de l'enseignement, expliqua :

– C'est une proposition menaçante. Vous faites
comme je dis, sinon je vous déclare la guerre.

– Ça ne nous regarde pas !

– Que si, parce que nous sommes alliés aux Russes.

Dès le 3 août, le gouvernement allemand informa
Paris que les hostilités étaient ouvertes. Devant les
députés et les sénateurs, le président de la République,
Raymond Poincaré, réclama l'union sacrée de tous les
partis politiques : « Nous sommes sans reproche, nous
serons sans peur. »

La Belgique reçut aussi son ultimatum : elle devait
laisser passer les troupes allemandes en marche vers
la frontière française. Or elle refusa, petite souris contre
le méchant ogre.

À la caserne du 14ᵉ BCA, Régis retrouva son
béret orné du cor de chasse, son uniforme turquin,
ses bandes molletières et ses godillots. Les chasseurs
alpins s'attendaient à prendre au plus vite la direction de l'Alsace et de la Lorraine afin de les libérer.
Un capitaine les informa que pour l'instant ils restaient à la frontière alpine dans l'éventualité d'une
attaque italienne, puisque l'Italie avait signé la Triplice. Ils prirent toutes dispositions pour les bien
recevoir, occupant leurs loisirs à des escalades et à
pêcher la truite dans la Durance ou la Guisane. Les
Piémontais ne se décidaient pas à se mesurer aux
Savoyards. Parmi ceux-ci, à la vérité, pêchaient aussi
des Auvergnats, des Jurassiens, des Francs-Comtois
et autres montagnards.

De temps en temps, les sous-offs leur faisaient pratiquer le jeu de la tortue, inventé par les Romains,

comme on peut voir à Rome sur la colonne Trajane. Trente troufions se mettent tête basse, côte à côte, très serrés, et se couvrent de leur sac lourd de vingt-cinq kilos. Cela forme une carapace qui doit les protéger des shrapnels et autres éclats tombés des nuages. Les Romains se couvraient de leurs boucliers.

Il y eut une mauvaise partie de cartes. À trois : Régis, Robert, un Limousin, et Jim, un Romanichel qui s'était laissé mobiliser pour être vêtu, nourri, et recevoir les cinq sous par jour qui lui revenaient. Les tarots sont un jeu compliqué de 78 cartes. Chacune a le verso couvert d'arabesques en noir ou en couleurs. Les figures sont, dans l'ordre de leur pouvoir, le roi, la dame, le cavalier, le valet, le dix, le neuf, le huit, le sept, le six, le cinq, le quatre, le trois, le deux, l'as ; plus vingt-deux atouts, dont trois ont une importance particulière. Jouer aux tarots est dix fois plus subtil que jouer aux échecs. Au terme de la partie, une dispute éclata entre Régis et le Romanichel. S'accusant l'un l'autre de tricherie, ils se jetèrent les cartes à la figure. Là-dessus, la table fut renversée et les deux joueurs s'empoignèrent, sous les yeux des autres chasseurs qui ne faisaient rien pour les séparer, attentifs au résultat. Ils roulèrent sur le plancher de la cantine, chacun tenant l'autre par la gorge et s'efforçant de l'étrangler, encouragés par le public. Régis commençait à voir des étoiles, lorsqu'il comprit qu'ils allaient mourir tous les deux. Il eut la force de se tenir ce raisonnement : « Le moins bête doit lâcher prise. » C'est ce qu'il fit. Le romano suivit son exemple. Les étoiles disparurent. Ils se relevèrent, tapotèrent leurs treillis un peu froissés, se serrèrent la main, heureux d'être vivants. Aucun sous-off n'était venu interrompre le combat.

S'étant convaincu que l'Italie ne sortirait pas de sa neutralité, l'état-major donna l'ordre aux chasseurs alpins de prendre le train qui allait les transporter vers une autre frontière.


Francesco et Luigi Oreglia (prononcez *Oreilla*) étaient deux frères, garçons de café dans deux estaminets de Charleroi, ville importante sur la Sambre belge. Ils avaient quitté leur Lombardie natale en 1913 où vivait misérablement leur famille, pour un pays plus riche. Vers le milieu du mois d'août 1914, après avoir pulvérisé les forteresses de Liège et brûlé Andenne, les troupes allemandes approchèrent de Charleroi et commencèrent de la bombarder. Elles y pénétrèrent, collèrent des affiches sur les murs encore debout. On y pouvait lire cet avis :

> *La population d'Andenne, après avoir témoigné des intentions pacifiques à l'égard de nos troupes, les a attaquées de la façon la plus traîtresse. Avec mon autorisation, le général qui commandait ces troupes a mis la ville en cendres et a fait fusiller 110 personnes. Je porte ce fait à la connaissance de la ville de Charleroi pour que ses habitants sachent à quel sort ils peuvent s'attendre s'ils prennent une attitude semblable.*
>
> *Andenne 20 août 1914 – Général von Bülow.*

Pendant ce temps, la V$^e$ armée française, aux ordres du général Lanrezac, en liaison avec une armée anglaise, redescendait le cours de la Sambre pour arrêter les envahisseurs. En terrain plat, au petit jour d'un 22 août embué de vapeurs, nos soldats et leurs pantalons garance avançaient en longues lignes, baïonnettes en avant comme à l'exercice. Il y avait des prés et des chaumes, des vaches abandonnées par les paysans. Les blés récemment moissonnés étaient encore là, en meules ou en javelles. Nos garanciers marchaient vers un ennemi dont ils avaient, la nuit précédente, entendu gronder les canons à longue portée. Après les avoir longtemps confondus avec les Prussiens ou Pruscos, on donnait à présent aux Allemands le surnom de Boches. Dérivé d'Alboches, une ancienne peuplade germanique. Invisibles, les soldats boches, dans leurs uniformes *feldgrau*, verts comme l'herbe, gris comme la terre, coiffés de leurs casques à pointe noire dont ils avaient dissimulé le brillant sous une coiffe terne, prenaient le temps de consommer leur pain bis et leurs saucisses. Nos fantassins avançaient, poussant leurs baïonnettes intelligentes, fiers de leurs pantalons rouges soutenus par le ministre Étienne Clémentel, parce que le rouge fait partie de notre tradition nationale. Refusé cependant par nos chasseurs alpins qui l'appellent par dérision le bleu cerise. Mais les chasseurs alpins n'étaient pas à Charleroi.

Les Français avançaient sans hurler, silencieusement, espérant surprendre ceux d'en face à leur *Frühstück*. Mais soudain, l'envahisseur se manifesta à la ligne d'horizon : par un pointillisme d'éclairs, suivi aussitôt par un *tagadagada* de machines à coudre. Des balles sifflèrent aux oreilles de nos hommes, farceuses, sournoises, mais bientôt cinglantes.

– Couchez-vous ! crièrent les sous-bites. Feu à volonté !

En un instant, nos fantassins ne virent plus le monde qu'au niveau des pissenlits. Se protégeant de leur sac, quelques-uns essayèrent de jouer à la tortue. D'autres, de s'enfoncer dans la terre. Tous tiraient, tiraient, sur l'ennemi invisible. Des hurlements commencèrent à s'élever :

– Brancardier !... Brancardier !... Maman !... Maman !...

Très peu d'appels, en définitive, car ceux qui étaient morts ne s'en rendaient pas compte. Les balles boches frappaient les pierres, pénétraient dans la terre belge, dans le ventre des vaches et de nos fantassins. C'était le tonnerre de Dieu, c'était la grêle de Dieu. Au-dessus, un soleil éblouissant, impassible, la punition de Dieu.

Aux *tagadagada* des mitrailleuses, succédait de temps en temps le grondement d'une décharge d'artillerie lourde, pareil à celui d'un train de marchandises, suivi d'un *baoum* assourdissant. La trouille tordait les ventres. On vomissait son âme et ses tripes. Et nos mitrailleuses à nous, pourquoi ne chantaient-elles pas ? Ou si peu ? Et nos canons 75, ces merveilles de précision ?

Le spectacle dura toute la journée. Avant le crépuscule, l'ennemi invisible est sorti de ses repaires. Il n'a vu devant lui qu'une moisson de pantalons rouges et de képis bleus, secouée, çà et là, de palpitations. Il a ramassé quelques traînards qui levaient les bras en l'air. Il a campé au milieu de tous ces cadavres, formé les faisceaux, puis s'en est retourné à ses saucisses et à ses fromages. La journée avait été harassante, il

211

pouvait maintenant se restaurer de bon appétit. Entouré de veilleurs, il s'est enroulé dans des couvertures et a goûté jusqu'à l'aube un repos réparateur.

Les Boches n'avaient pas tué tous les Welches[1]. Aux petites heures, des obus de 75 sont tombés sur leurs campements. Les canons lourds ont répondu. Les 75 ont fini par se taire. Toute la journée suivante, le duel a repris. Le 24 au matin, ce qui restait de la V$^e$ armée abandonna la place, emportant ses blessés. Les Boches sont entrés dans Charleroi, ont incendié quelques centaines de maisons, puis ont défilé derrière leur musique *Ich hatt'einen Kameraden*... Sur le champ de bataille carolorégien, 120 000 hommes sont restés par terre dans leurs pantalons garance. Sept fois plus qu'à Solferino.

Francesco et Luigi Oreglia, protégés par leur statut de neutralité dans la Triplice, furent employés par les envahisseurs, avec d'autres Carolorégiens, pour ramasser les cadavres. Notre état-major n'avait pas eu la pensée de s'approvisionner en cercueils et en croix blanches. Deux Lombards y pourvurent. Le cimetière de Charleroi disposait d'un espace où ils creusèrent une fosse profonde de deux mètres. Avant d'y jeter les morts, Francesco et Luigi prenaient la précaution de les fouiller, de mettre dans un sac l'argent français et les livrets militaires ensanglantés. Des hommes aux casques à pointe surveillaient leur besogne, leur jetaient de temps en temps des saucisses et du pain gris. La nuit venue, ils dormirent sur place parmi les zigouillés sans sépulture, déjà picorés par les corbeaux belges. Et ainsi trois jours de suite. Luigi et

---

1. Les Français.

Francesco confectionnèrent quelques croix blanches qu'ils plantèrent sur le tumulus. Puis ils retournèrent en Lombardie, riches des épaves qu'ils avaient trouvées. Ils achetèrent près de Milan une auberge qu'ils baptisèrent *Albergo di Fratellanza*. Hôtel de Fraternité.

Quant à moi, Léone Féraz, habituée à réfléchir sur toutes choses, je me suis demandé les raisons d'une pareille défaite. J'en ai trouvé plusieurs. D'abord, les pantalons garance imposés par Étienne Clémentel. Ensuite, notre infériorité en nombre d'hommes et en armes en face des Allemands qui, depuis des années, attendaient ce conflit. Enfin, la nullité de nos généraux, sans en excepter un seul. Tous ces bouchers qu'on voit aujourd'hui en bronze et à cheval sur nos places publiques.

## Quinzième journée

En septembre 1914, après Charleroi, eut lieu la bataille de la Marne. Un miracle, que je ne saurais raconter, faute de compétences militaires et historiques suffisantes. Tout ce que je sais, c'est que le 14ᵉ BCA y a participé, encouragé par les airs du *Régiment de Sambre-et-Meuse* que jouait sa fanfare. Il y eut beaucoup de morts des deux côtés, parmi lesquels trois illustres écrivains : Ernest Psichari, Alain-Fournier et Charles Péguy. Ce dernier, fervent chrétien, s'était auparavant donné l'absolution :

> *Heureux ceux qui sont morts dans une juste guerre !*
> *Heureux les épis mûrs et les blés moissonnés !...*

Les casques à pointe, commandés par von Bülow et von Klück, reculèrent de vingt-cinq kilomètres, sans perdre l'espoir de revenir. Plusieurs généraux français participèrent au commandement : Gallieni et ses taxis parisiens, Franchet d'Espèrey, Sarrail et Joffre. Je rappelle aussi le mot du gros général : « Je ne sais pas qui a gagné la bataille. Mais je sais bien qui l'aurait perdue. »

Régis avait suivi le mouvement. Il s'attribua même le mérite particulier d'avoir descendu un soldat sur un arbre perché qui arrosait les chasseurs de son mauser. Le 14ᵉ, réduit de moitié, ne retrouva son drapeau que trois jours plus tard sous un monceau de morts. La paix revenue, lorsqu'on demandait à mon grand-père de raconter ses combats, il se contentait de dire :

– J'ai suivi le mouvement.

Je ne peux en dire davantage, je n'y étais point. Il envoyait à ses parents des cartes écrites au crayon à encre dans lesquelles, évitant les descriptions tragiques, il se plaignait seulement de sa vie quotidienne : *J'ai pris un bain dans une rivière. J'en avais besoin, dévoré que j'étais par les totos.*

Ces totos étaient d'énormes poux germaniques, semés derrière eux par les Boches, marqués d'une croix noire sur le dos comme leurs avions. Régis ne racontait pas tout, la censure aurait noirci ses lignes. Lors de courtes permissions, seulement, il fournissait quelques détails abominables : comment les soldats dormaient dans la boue, dans la puanteur des cadavres non ramassés, ou comment chacun prenait la mort en indifférence sachant qu'elle pouvait choisir lui ou tout autre, question de chance ou de malchance.

De temps en temps, un numéro de *L'Écho de Paris* ou de toute autre feuille parisienne racontait aux civils avec éloquence la vie des poilus. Ainsi, Maurice Barrès :

*Qu'ils sont beaux, nos défenseurs, dans ces carrières, dans ces trous, derrière leurs talus, leurs fils de fer barbe-*

*lés, creusant leurs redoutes dans la glaise, embrassant la
terre natale… Ce soldat semble une figure sans âge, éternelle, chargée de tout le passé et de qui dépend l'avenir,
une jeune divinité…*

À Saint-Véran, un colporteur vendait dix centimes
un petit livre écrit par un inspecteur d'académie
honoraire à l'usage des familles et des écoliers, orné
de charmantes gravures représentant les tranchées :

*On n'y est pas mal. Il y a des chambrettes-abris aména-
gées de distance en distance. C'est là qu'on place les vivres
et les munitions. Elles servent aussi de dortoirs, de salons
de conversation et de lecture. Nos poilus ne s'ennuient
pas dans les tranchées. Celles-ci sont loin d'être moroses.
Les gramophones les égaient…*

Et dire que certaines mères, sœurs, épouses ou
fiancées se rongeaient le foie et le cœur d'angoisse à
leur sujet, tandis qu'eux écoutaient leurs gramophones !

Régis signa du 26 décembre 1914 une lettre où il
racontait que l'intendance avait distribué en l'honneur de Noël du vin mousseux.

*Le bon Dieu a fermé les robinets de la flotte la terre est
dure comme la pierre mais il souffle une bise sibérienne.
Plutôt que du vin mousseux le petit Jésus devrait nous
fournir des couvertures pour nous protéger les oreilles.*

À partir de 1915, leurs oreilles furent protégées
par un casque d'acier, le pantalon rouge remplacé

par un pantalon bleu horizon. Ainsi, dans cette jolie couleur, ils devenaient presque invisibles aux tireurs ennemis. Toutefois, après quelques jours dans les tranchées, leurs tenues bleu horizon prirent une couleur de merde.

Le grand-père m'a souvent raconté que, au début de la Grande Guerre, il combattait les envahisseurs avec conscience, sans y mettre beaucoup de sentiment, comme les Hollandais combattent les marées, avec même un certain respect pour leur force et leur courage. Tout en se demandant naïvement pourquoi ils venaient en France au lieu de rester en Bochie. Mais peu à peu, il en vint à les haïr de tout son cœur parce qu'ils inventaient des armes nouvelles, et il se persuada que le génie de ce peuple consiste pour l'essentiel à faire du mal à ses voisins. C'est ainsi que les Boches inventèrent les gaz asphyxiants, lancés d'abord à Ypres en Belgique, ensuite sur tous les fronts. Un gaz qui sent la moutarde, qui attaque la peau, les yeux et les poumons. Les poilus qui en furent atteints en souffrirent longtemps après le retour de la paix et finirent par en mourir. Ils inventèrent la Grosse Bertha destinée à terroriser Paris, un énorme canon qui vomissait des obus à cent kilomètres. Ils inventèrent les lance-flammes qui projettent à une distance qui peut atteindre soixante mètres un mélange d'essence et d'huile qui brûle en un instant tout ce qu'il touche, hommes, plantes, animaux. Ils inventèrent les *Minenwerfer*, lanceurs de mines à tir très courbe. Ils inventèrent les zeppelins. Ils inventèrent la propagande aérienne qui lançait du ciel des tracts démoralisateurs :

> *Nous savons que vous préparez contre nous une grande offensive. Nous allons vous casser les reins. Dans l'attente, nous passons du bon temps avec vos femmes.*

Au cours de la Seconde Guerre mondiale, ils ont inventé les fusées V1, V2, V3. Toutes ces armes, naturellement, ont été reprises par ceux d'en face.

L'Allemagne inventa encore la guerre sous-marine. Non point celle qui consiste à envoyer par le fond des navires de guerre ennemis, chose légitime, mais à couler des paquebots transportant des passagers civils et des neutres, comme ceux du *Lusitania*. Ce naufrage calamiteux donna plus tard à l'écrivain Marcel Proust, encore obscur mais pas pour longtemps, l'occasion de se moquer des bourgeois peu atteints par la guerre qui se nourrissaient bien, se divertissaient bien, se protégeaient bien des grandes douleurs :

> [Madame Verdurin] *reprit son premier croissant le matin où les journaux narraient le naufrage du* Lusitania. *Tout en trempant le croissant dans le café au lait et donnant des pichenettes à son journal pour qu'il pût se tenir grand ouvert sans qu'elle eût besoin de détourner son autre main des trempettes, elle disait : « Quelle horreur ! Cela dépasse en horreur les plus affreuses tragédies ! » Mais la mort de tous ces noyés ne devait lui apparaître que réduite au milliardième car, tout en faisant, la bouche pleine, ces réflexions désolées, l'air qui surnageait sur sa figure, amené là probablement par la saveur du croissant,*

*si précieux contre sa migraine, était plutôt celui d'une douce satisfaction.*

Voilà comment Proust décrit la bourgeoise de 1915. Lui-même millionnaire en francs-or, entouré de domestiques, se tenait bien au chaud et bien tranquille dans son appartement parisien, excursionnant en voiture, passant l'été au frais dans un hôtel de Cabourg, après avoir obtenu plusieurs certificats médicaux pour ne pas être mobilisé.

Les permissionnaires qui revenaient de la capitale racontaient que les Parisiens réformés ne s'ennuyaient pas. Ils buvaient l'apéro aux terrasses des brasseries ; les théâtres continuaient leurs spectacles, farces de Labiche ou de Feydeau. Le Ritz continuait de recevoir la fine fleur de la société. Cavaliers et amazones avaient repris le chemin des Allées. Le concours des roses se tenait toujours à Bagatelle. L'académie Goncourt, composée de dix couverts, après avoir renoncé au repas chez Bruant en 1914 et en 1915, avait retrouvé ses assiettes. Les familles aisées continuaient de prendre des vacances. Jamais la Côte d'Azur n'avait reçu tant de beau monde.

Le gouvernement manquait pourtant du plus précieux des métaux : l'or, qui permettait d'acheter à l'étranger l'acier des canons, le cuivre des balles et des obus. Il demanda à chaque famille française d'apporter son or à la Banque de France. En échange, elle recevait un titre de civisme : *Monsieur X... a souscrit à l'emprunt de la Défense nationale.* Honte à ceux qui cherchaient à embusquer leur or ! L'Académie française se mobilisait dans la propa-

gande aurifère. *Le Figaro* publiait les très riches rimes
de Jean Aicard :

> *L'or est une arme, et c'est notre arme nécessaire*
> *Pour traquer, pour frapper et chasser l'Allemand.*
> *Le cacher, c'est aider contre nous l'adversaire.*
> *En priver nos soldats, c'est trahir lâchement !*

Je raconterai seulement le souvenir que garde mon
grand-père de la plus monstrueuse des batailles à
laquelle il participa, échappant miraculeusement au
massacre. Elle se déroula non loin d'une crête cham-
penoise sur laquelle court une route accidentée mais
presque droite, entre la Royère et Craonne, sur une
longueur de vingt-cinq kilomètres. Dans le passé, elle
fut empruntée par certaines princesses royales qui
venaient en villégiature dans les châteaux de la
région. D'où son joli nom : le Chemin des Dames.
Elle domine une sorte de rempart naturel susceptible
d'arrêter les envahisseurs. Creusé d'anciennes carrières, grottes plus ou moins profondes qui par
endroits le traversent de part en part. Les paysans y
logeaient leurs moutons. On les appelle, suivant leur
capacité, des *creutes*, des *boves* ou des *bovettes*.

Les Boches s'en étaient emparés en septembre 1914, les avaient aménagées en forteresses
souterraines, sous une couche de roches épaisse de
trente mètres. Ils y passaient des nuits et des journées
tranquilles, bien nourris, bien chauffés, bien couchés.
Ils disposaient d'un hôpital et de bibliothèques. Des
réseaux de barbelés protégeaient l'entrée des creutes.
Derrière cette ligne, ils occupaient le terrain conquis,
Laon et le Laonnais, et avaient fait venir leurs femmes

plus ou moins légitimes. Sur la place de l'hôtel de ville, ils donnaient des concerts. Ils élevaient des poules et des lapins dans des baraques. Des boutiques allemandes ou françaises leur vendaient des livres, des journaux, de la papeterie, des bijoux, des pipes, des dentelles. La cathédrale et les autres églises célébraient la Nativité au chant de *Stille Nacht, Heilige Nacht*. Le 27 janvier, jour anniversaire du Kaiser, toute la ville de Laon était décorée. Une retraite aux flambeaux en illuminait la nuit. Le théâtre et le cinéma divertissaient les troufions.

Le général Nivelle se proposa de déranger cette parfaite organisation. Natif de Tulle en Corrèze, polytechnicien de formation, artilleur de tempérament, armé d'un regard bleu et d'une jolie moustache, il avait délivré en 1916 le fort de Douaumont grâce à ses canons. À Compiègne, dans le wagon-salon du président de la République, il exposa minutieusement son programme :

– Nous écraserons d'abord par notre artillerie les creutes et leurs contenus. Alors, nos fantassins, dans un élan brutal et irrésistible, franchiront toutes les défenses adverses. Nous devons donc avoir trois armes dans notre poing : le feu, la rapidité, la surprise. Notre avance sera réglée comme un mouvement d'horlogerie, à l'allure de cent mètres par minute. Soit deux kilomètres à l'heure et vingt kilomètres par journée. Au jour J +1, nos hommes seront déjà au-delà du Chemin des Dames. À J +2, nous formerons une ligne Nouvion-Castillon-La Fère. À J +3, nous atteindrons la Somme. Nous savons que le moral de l'ennemi est au plus bas. Il ne tiendra pas devant notre fureur. Nous ramasserons au moins cent mille prisonniers.

Ses collègues étoilés exprimèrent quelques réserves. Raymond Poincaré en tira la conclusion suivante : la bataille offensive devait être conduite avec prudence et arrêtée au cas où le front ennemi ne serait pas rompu après les efforts initiaux. Nivelle se dressa pâle comme un linge et présenta sa démission.

– Allons donc ! Allons donc ! refusèrent ses compères. Les paroles du Président ont dépassé sa pensée. Nous avons pleinement confiance en votre artillerie.

Après quoi, tous passèrent au wagon-restaurant.


L'offensive Nivelle commença le vendredi 16 avril 1917. Précédée par un concert d'artillerie, batteries de tous calibres, si rapprochées que les servants se gênaient les uns les autres. Ça sentait tellement la mélinite qu'ils peinaient à respirer. Il faisait un temps abominable : froid, brouillard, pluie mêlée de neige. Les fantassins reçurent une distribution de pinard qui sentait l'éther pharmaceutique, deux litres par bidon, une topette de gnôle et un repas chaud. Mêmes douceurs qu'aux condamnés à mort avant la guillotine. Pour ces piétons, le tintamarre des canons était une douce musique ; ils leur adressaient des encouragements non proférés : « Allez-y, les canonniers ! Nous comptons sur vous pour nous frayer un passage. Aplatissez les barbelés ! Faites taire ces salopes de mitrailleuses ! Écrabouillez les casemates ! »


– On y va ! cria un sous-bite. Nous avons deux kilomètres de marche.

On n'a plus envie de parler. Partis du Moulin Brûlé, on progresse vers le Chemin des Dames dont la masse est invisible dans la brume. On rencontre des Sénégalais. Tous les Noirs sont appelés Sénégalais. À la rigueur, des *Y-a-bon-Banania*. Le sac dans le dos les gêne, ils le transportent sur la tête en psalmodiant des mélopées de leur pays. À cause des gelures, beaucoup ont les mains enveloppées de pansements. Manier le lebel avec ça, c'est comme vouloir coudre avec des gants de boxe. On traverse les ruines d'un village appelé Troyon. On avance courbés dans les boyaux. Si l'on regarde en l'air, on devine des aéroplanes à croix noires qui se promènent. On leur lâche quelques pruneaux qui passent à côté de la cible. On se repose un peu dans une tranchée abandonnée. Certains ont déjà vidé tout leur bidon et se sont souillés comme des porcs. On grignote les biscuits de réserve. On s'interroge les uns les autres :

– Qu'est-ce que tu faisais dans le civil ?

Toutes les professions sont ici représentées, mais surtout celles des paysans : viticulteurs, betteraviers, éleveurs de chèvres, hacheurs de paille. Cette guerre est une guerre de paysans. C'est à eux, à leurs bras, à leurs pioches, à leurs pelles qu'on doit les meilleures tranchées. Des aumôniers passent, proposent leurs hosties.

– Et la confession ?

– Le Seigneur peut s'en passer. Il connaît le fond de votre cœur. Dites seulement « Je regrette mes péchés ».

On passe une nuit pépère. On somnole un peu. À moins qu'on ne fasse la chasse aux totos. Le matin est assez ensoleillé ; mais le mélange pluie-neige revient vite. Des feuilles sont mises en circulation, faites passer, faites passer. On y peut lire des encouragements du général Nivelle. Les sergots préviennent : « Demain matin, à 3 h 30. » Toute la nuit suivante, notre artillerie continue de marmiter[1]. Les Boches répliquent modérément. Ultimes recommandations des sous-bites :

– Y aura ni clairons, ni fusées, ni braillements. Vous arriverez sur le Boche comme des fantômes. Comme des fantômes ! C'est ça, la surprise !

On serre les mains de ses voisins, comme à des amis qui partent pour un long voyage. On s'embrasse même, entre Savoyards. Ce soir, à J +1, nous serons de l'autre côté du Chemin des Dames.

– En avant !

Il s'agit, baïonnette au canon, d'escalader cette pente, aussi abrupte que l'escarpe d'une route, neigeuse, boueuse, merdeuse. On croit faire un pas, et l'on s'agenouille. Pourquoi Nivelle n'a-t-il pas choisi un temps de forte gelée, de terre dure et portante ? On croit monter, et l'on glisse en arrière, sur les genoux ou sur les fesses. On arrive à la première tranchée, vide de Boches. Alors, soudainement, le versant grisâtre au-dessus de nos casques s'allume et crépite d'un bout à l'autre.

– Couchez-vous ! crient les chefs.

Les balles sifflent comme un essaim de guêpes furibondes, tintent sur les casques, sur les gamelles, sur les bidons. Les creutes vomissent le feu à pleines gueules ; un enfer jaillit de la pente merdeuse. Quelque

---

1. Vient de *marmite :* argot militaire, obus de gros calibre pendant la Première Guerre mondiale.

chose n'a pas fonctionné dans les calculs du général Nivelle. La falaise est truffée de nids de mitrailleuses que nos gros calibres n'ont pas su atteindre. Une semaine de pilonnage, quatre millions d'obus pour rien. Malgré les consignes de silence, des hurlements montent de tous côtés :

– Au secours !… Brancardiers !… Je crève !… Je suis foutu !…

Quelques fantômes bleus se relèvent, font demi-tour pour redescendre. Un officier lève son revolver :

– Grimpez, lâches ! Salauds !

Il tire dans le plus proche fuyard. Beaucoup se jettent à terre et font semblant d'être morts. Par-dessus ces cadavres vrais ou faux, monte une vague de Sénégalais coiffés de leurs chéchias rouges, baïonnettes en avant. Ils poussent un glapissement incompréhensible, quelque chose comme :

– *Acoula ! Acoula ! Acoula !*

Il en tombe, il en tombe. La pente qui à l'aube était grise a revêtu le bleu des capotes et le rouge des chéchias. Les triples croches des mitrailleuses déversent toujours leur musique. Braves Sénégalais morts pour la France ! De temps en temps, un obus de 77 tombe et explose au milieu de cette chair fraternelle.

Je ne puis fournir tous les détails de ces journées, je n'y étais pas, et mon grand-père en avait oublié beaucoup. En fin de journée, ce mardi 17 avril, la première tranchée allemande était prise. Ce n'était d'ailleurs pas une tranchée défensive, mais un simple boyau de communication entre les diverses creutes. Selon les calculs du polytechnicien Nivelle, elle aurait dû être enlevée en quelques minutes ; il y fallut toute la journée et le massacre de vingt mille hommes.

Les jours suivants, plus à l'est, d'autres régiments noirs réussirent à franchir le balcon de la ferme Hurtebise, au-delà du Chemin des Dames, et à dévaler vers la forêt de Vauclerc. Alors les Allemands jaillirent du sol, des puits, des grottes, des taupinières, les fusillèrent de dos, de face et de profil.

Malgré tous ces morts, le Chemin des Dames resta en 1917 un bastion ennemi intact. Pourquoi cette défaite ? Pourquoi toutes les autres ? Je réaffirme ce que j'ai dit précédemment : à cause de la nullité des généraux. Ils ne connaissaient pas le terrain. L'un ne croyait pas aux mitrailleuses ; l'autre pas aux chars d'assaut ; l'autre pas à l'intérêt des avions ; un autre encore n'avait jamais cru à la victoire. En revanche, ils croyaient aux canassons, aux casoars, aux gants blancs, aux boutons astiqués, aux marques extérieures de respect, aux communiqués, aux promotions. Les soldats-paysans savaient que leurs vies comptaient autant que l'âne attaché à sa roue de moulin a souci de ses crottes. Le Chemin des Dames en fut la révélation absolue. Ils se mirent à crier :

– À bas la guerre ! On ne remontera plus à l'attaque ! Permissions ! Permissions !

Des tracts circulaient de main en main :

*Camarades, nous sommes trois régiments qui n'avons pas voulu monter en ligne. Nous allons à l'arrière. À nous tous d'en faire autant si nous voulons sauver notre peau. La 5ᵉ division.*

Certains même chantaient *L'Internationale*. Ils voulaient faire la Révolution comme en Russie. Tout cela finit très mal : les gendarmes en arrêtèrent un millier. Ils passèrent en conseil de guerre : 554 furent condamnés à mort ; 49 furent exécutés.

Bilan officiel des pertes entre le 16 et le 30 avril 1917 : 102 896 tués, 65 132 blessés, 20 015 disparus ; 5 183 Russes ; 7 419 Sénégalais.


Et mon grand-père ?

Il avait l'habitude, dans ses prières, de s'adresser souvent à Jeanne, sa sœurette. Sans doute lui obtint-elle une protection du ciel. Lorsqu'il évoquait devant moi le Chemin des Dames, il lui arrivait de fredonner une chanson composée par un soldat inconnu :

> *Quand au bout de huit jours,*
> *Le repos terminé,*
> *Nous allons reprendre les tranchées,*
> *Notre place est si utile*
> *Que sans nous on prend la pile.*
> *Mais c'est bien fini, on en a assez,*
> *Personne ne veut plus marcher,*
> *Et le cœur bien gros, comme dans un sanglot,*
> *On dit adieu aux civ'lots.*
> *Même sans tambour, même sans trompette,*
> *On s'en va là-haut en baissant la tête.*
> *Adieu la vie, adieu l'amour,*
> *Adieu toutes les femmes.*
> *C'est bien fini, c'est pour toujours,*
> *De cette guerre infâme.*
> *C'est à Craonne, sur le plateau,*
> *Qu'on doit laisser sa peau.*
> *Car nous sommes tous condamnés,*
> *Nous sommes les sacrifiés…*

Après cette bataille glorieuse, le général Nivelle fut relevé de son commandement et mis en disponibilité. Vaguement jugé par ses pairs, il fut acquitté, « n'ayant commis aucune faute ». Sauf celle de la bêtise. Il vécut une retraite heureuse. Je pense qu'à Tulle, où il naquit, aucune rue, aucun monument n'honore sa mémoire.

La guerre rendait les femmes jolies. Elles raccourcissaient leurs jupes et leurs cheveux, elles se blanchissaient l'épiderme à la poudre de riz, elles chaussaient des bottines à boutons, des bas roses qui laissaient croire à des jambes nues. Elles occupaient des places réservées naguère à l'autre sexe, conduisaient des autobus, des taxis, des péniches, des locomotives. Elles travaillaient dans les usines, fabriquaient des obus, lessivaient et raccommodaient des uniformes, soignaient les blessés. À Paris, les boulevards, les Champs-Élysées, l'avenue du Bois étaient animés comme en temps de paix. En 1917, les Américains débarquèrent. Le 2 avril, ils avaient déclaré la guerre à l'Allemagne. Les premiers combattants étaient des Noirs. Pour le cas où… Noirs ou blancs, ils étaient jeunes, rieurs, séduisants sous leurs chapeaux de boy-scouts. Ils mâchaient du *chinchin-gomme* et chantaient *Roses of Picardy*. Mais il fallut tout leur apprendre de la guerre, de l'artillerie, des mitrailleuses, des chars d'assaut, des masques à gaz.

Je ne sais trop à quels combats participa mon grand-père après le Chemin des Dames. Les Allemands avaient construit une ligne de fortifications dite ligne Hindenburg ; elle partait de la mer du

Nord et atteignait la frontière suisse au sud de Mulhouse. Utilisant tous les obstacles naturels, y ajoutant tous les moyens de défense artificiels, tranchées, pièges à loups, canons postiches, abris bétonnés, baptisés de noms wagnériens, Wotan, Siegfried, Alberich, cette ligne était tenue pour imprenable par ses constructeurs. Elle le fut jusqu'au 18 juillet 1918, si je me souviens bien, lorsqu'elle fut enfoncée par deux armées franco-américaines, précédées d'une nuée de chars d'assaut Renault, chacun monté par deux hommes, armé d'une mitrailleuse et d'un canon à tir rapide. Mais les combats de 1918 firent tant de blessés qu'on ne savait plus où les mettre : nos hôpitaux, nos écoles en débordaient. La grippe espagnole vint y ajouter ses ravages. Guillaume Apollinaire en mourut. Les guerres aiment bien prendre les poètes pour qu'ils ne la chantent pas.

C'est alors qu'une autorité suprême prit une décision :

– On ne ramasse plus les blessés irrécupérables. Les blessés français, encore quelques-uns, à la rigueur ; mais plus les blessés boches. Ils n'avaient qu'à rester chez eux.


Les couteliers de Thiers, en Auvergne, eurent une surprise. La ville ne comptait plus que des vieux et des femmes, les hommes jeunes étaient au loin, sur le front. Ce front terrible dont les gens de l'arrière ne comprenaient ni le sens, ni la forme. Toujours est-il que des militaires, dont un colonel, vinrent leur commander des couteaux d'une forme particulière.

Le colonel en précisa les détails. La lame d'abord, en acier de Saint-Chamond, longue de douze centimètres, la pointe courbe en bec de perroquet. La soie de cette lame enfoncée sans colle dans un manche cylindrique en bois de peuplier, ou de chêne, ou de hêtre, mais pas de bois précieux.

– Si j'ai bien compris, dit le vieux coutelier Sauzedde, il s'agit d'un couteau de table. Pas d'un couteau fermant à mettre dans la poche.

– Dans la musette plutôt. Vous avez bien compris.

– Couteau à quoi ? Nous avons toutes sortes de spécialités : à pain, à fromage, à beurre, à poisson, à huître, à papier, à se curer les ongles, à se raccourcir les poils du nez.

– Disons : à viande. À bifteck.

– À bifteck ? Bien coupant.

– Sur la lame, il faut une inscription gravée à l'acide : *Combattez pour la France*.

– Nous savons faire ça. Nous fabriquons des couteaux corses : *Che la mo ferita sia murtale*[1].

Depuis 1914, les couteliers thiernois travaillaient pour l'armée, fabriquant des baïonnettes, des éperons, des mors, des étriers, des sabres, des boucles de ceinturons, des cartouches, des obus. Ils furent honorés d'avoir à produire des couteaux à bifteck pour nos soldats cuisiniers.

En septembre 1918, mon grand-père subit l'épreuve la plus terrible de ses quarante-neuf mois de guerre. Épreuve qu'il a longtemps voulu me cacher, que j'ai devinée et reconstituée brin à brin. Celle qui lui ferme encore la bouche, mais qu'il m'autorise à révé-

_____

1. « Que ma blessure soit mortelle. »

ler. Elle fut sans doute inspirée par le général Mangin, surnommé le « boucher de Verdun », et préparée par je ne sais quels autres bouchers d'un grade inférieur. Une semaine avant le 28 septembre, un certain capitaine Wort recruta une compagnie de bouchers professionnels.

– Les Allemands, expliqua-t-il, ont trouvé une parade contre nos chars d'assaut : ils se couchent sur le terrain, se laissent couvrir par le char et lui fixent sous le ventre une grenade à ventouse. La ventouse retient la grenade qui, peu après, explose, fait sauter le char avec son équipage. L'explosion blesse en général le Boche grenadier, il gémit, il supplie *Kamerad* en levant les bras pour qu'on le ramasse et qu'on le soigne. Voilà comment sont les Boches : capables de nous décharger leur parabellum dans la figure lorsque nous nous penchons sur eux pour les ramasser et les soigner. C'est pourquoi nous voulons créer un groupe de nettoyeurs de tranchées. J'en ai choisi une centaine. Vous serez en compensation dispensés de combat. Lorsque nos fantassins auront conquis une tranchée boche, vous viendrez par-derrière. Vous n'y trouverez que des morts ou des blessés. Et vous pratiquerez le nettoyage.

Il fit distribuer à chacun un couteau à lame courbe, *Combattez pour la France.*

– C'est tout simple, ajouta le capitaine Wort. Vous avez l'habitude d'égorger les veaux, les agneaux, les brebis. Du même geste, vous égorgerez les blessés boches, de cette manière, ils n'iront pas encombrer nos hôpitaux. Je suis sûr que vous y trouverez du plaisir. Égorgez-les d'une oreille à l'autre. Ces couteaux viennent de Thiers, une garantie. C'est à Thiers que fut fabriqué le couteau de Ravaillac.

L'accueil des biffins fut mitigé. Les uns éclatèrent de rire, heureux du bon tour qu'ils allaient jouer à ces salopards. D'autres écarquillèrent avec horreur les yeux et la bouche.

– Si certains d'entre vous refusent de remplir cette mission, qu'ils lèvent l'index. Ils retourneront dans les troupes combattantes. Réfléchissez une heure.

Tapis dans leur cagna, ils échangèrent quelques propos. « Moi, ça ne me fait rien… J'aime mieux ça que de… En avant la musique !… » Tous n'étaient pas d'anciens bouchers. Reconnaissables à leurs uniformes caca d'oie, une dizaine faisait partie des Joyeux, des bataillons d'Afrique, gredins, détrousseurs de vieilles personnes, maquereaux de la plus belle espèce. D'autres placés ici par erreur. Ainsi Burgès, un Espagnol d'Algérie :

– J'ai dit au capiston que, dans le civil, je fabriquais des bouchons. Il m'a pris pour un boucher. Ça n'a rien à voir.

Jasmin Horn était un Romanichel sans domicile fixe :

– Je suis de partout. Ma tête est de Saint-Étienne, mes mains sont de Besançon, mes pieds sont de Marseille. Mon métier ? Maraudeur professionnel. J'ai fait cinq ans de cabane. On m'a foutu dans les Joyeux. J'aurai plaisir à nettoyer les tranchées.

Hoquet, l'Auvergnat, sans le faire exprès, avec son fusil de chasse, avait zigouillé sa femme et sa belle-mère. Il devait faire un excellent nettoyeur. Santo Venturini, un Corse domicilié à Lyon, exerçait la profession de proxénète, qu'il disait très estimée dans l'île de Beauté parce qu'elle rapporte gros sans exiger de grandes fatigues. La retraite venue, beaucoup de proxénètes rentrent en Corse, deviennent maires de leurs villages ou juges de paix.

– Égorger un homme, affirmait-il, me sera aussi facile que d'égorger un poulet.

Sauf un ou deux, tous les soldats pressentis acceptèrent la spécialité qu'on leur proposait. Boucher dans le civil, Régis Féraz ne put la refuser.

Ce même mois de septembre 1918, Américains et Français s'élancèrent, comme j'ai dit, contre la ligne Hindenburg à l'ouest de Saint-Mihiel, sur la Meuse et le canal de l'Est.

– À vous de jouer ! cria le capitaine Wort. Et n'oubliez pas vos canifs !

Ils s'élancèrent sur le terrain ravagé, affouillé par les chars, parsemé de cadavres vert-de-gris. Après une grimpette peu exigeante, chacun serrant le manche de son couteau, ils arrivèrent en vue de la ligne allemande, précédée de deux tranchées parallèles.

## Seizième journée

Grand-père Régis s'y est repris vingt fois pour me narrer cette besogne de nettoyeur de tranchée. À la fin, vieux de quatre-vingt-quinze ans, il se contentait de secouer la tête, comme pour dire : « Non… non… non… Je n'ai pas pu faire ça… Non… non… non… » Alors j'ai rassemblé ses souvenirs éparpillés, comme une glaneuse rassemble les épis perdus. Je ne garantis pas la vérité absolue de tout ce que je vais dire. Le vrai absolu est sans doute inracontable.

La brigade des nettoyeurs arriva le 29 septembre, distribuée sur huit cents mètres de tranchée, poussant des cris épouvantables à réveiller les morts, Féraz comme les autres. C'était à Saint-Mihiel, au nord de Commercy. Les chars et les Noirs américains entraient dans la ligne allemande comme dans du beurre. Le fond de ces fosses était tapissé de soldats kaputt ou presque dont le sang impur abreuvait nos sillons. Sans prendre garde à cette différence, les nettoyeurs s'accroupissaient sur eux et leur ouvraient la gorge d'une oreille à l'autre, suivant les instructions reçues. Enfonçant la lame un peu au hasard quand il s'agissait d'un barbu. Quelquefois, le sang coulait comme d'une bouteille renversée. D'autres fois, il jaillissait par saccades. Les uniformes *feldgrau* s'en imprégnaient. Et pareillement, les vareuses des nettoyeurs. L'âme des morts naviguait sur ces rougeurs. Mais certains blessés encore conscients tendaient une main suppliante vers ces bleu cerise ou caca d'oie venus, croyaient-ils, pour les ramasser et les soigner. Quelques-uns murmuraient « *Danke schön !* » D'autres gémissaient : « *Kamerad !... Hilfe !... Mitleid*[1] *!...* » D'autres vomissaient : « *Feigling !... Mörder !... Scheusal*[2] *!...* » Personne ne comprenait cette monstruosité contre les lois de la guerre et des catéchismes qui recommandent de secourir un ennemi blessé. Un soldat boche blessé n'est plus un soldat boche, seulement un soldat près de mourir. À Saint-Mihiel, au nord de Commercy, le couteau des nettoyeurs coupait le sifflet des éventuels protestataires. Certains blessés trouvaient la force de se redresser, de se défendre ; ils avaient droit à plusieurs coups de couteau sous le menton. La tranchée devenait un abattoir. En fin de journée, chaque nettoyeur était imbibé de sang jusqu'aux genoux, jusqu'aux épaules.

Le plus horrible était à venir. Piétinant les ventres, les poitrines, les gueules ouvertes ou fermées, Féraz s'arrêta un moment pour contempler ce qu'il avait fait. Il entreprit de compter ces charognes. Il se dit : « Je veux aller jusqu'à la centaine. » Comme au temps des moissons près de Saint-Véran, il comptait les javelles. Avant de reprendre son ouvrage, il but à son bidon une goulée de vin à l'éther, croqua quatre biscuits, et reprit ses égorgements. *Cric, crac. Cric,*

---

1. « Au secours !... Pitié !... »
2. « Lâche !... Assassin !... Monstre !... »

*crac*. Il allait atteindre les dix dizaines lorsque, soudain – et il eut de la peine à en croire ses yeux – il s'aperçut que sa dernière victime ne portait pas un uniforme vert des prés, mais une vareuse bleu turquin, un casque Adrian. Il avait levé une main vers lui. Ses yeux encore ouverts le regardaient fixement, lui parlaient, lui disaient « Tu te trompes, l'ami ». Non pas un regard de reproche, mais un regard d'étonnement. Régis comprit qu'il venait d'égorger un chasseur alpin. Que faisait-il là, au milieu des Boches ? Prisonnier, peut-être ? Sa gorge ouverte laissait couler un flot de sang français qui se mêlait au sang impur. Le couteau de Régis lui tomba des mains. Il s'agenouilla près du mort, lui demanda pardon.

– Pardon, pardon !... J'ai pas vu clair... Pardon, pardon !...

Des brancardiers – généralement prêtres dans le civil – viendraient après les nettoyeurs. Ils ramasseraient toute cette barbaque ennemie ou amie mélangée, la couvriraient de bénédictions collectives, l'aligneraient proprement dans des fosses creusées par des prisonniers. Certains égorgeurs ne se contentaient pas de jouer de la lame, ils détroussaient les morts à la manière de Thénardier. Mon grand-père n'eut jamais cette pensée. Ayant reconnu son erreur, il se hissa hors de la tranchée, abandonnant à ses collègues le reste de l'ouvrage. Il faisait encore jour. L'air autour de lui répandait cette odeur multiple de la guerre, de poudre, d'ypérite, d'essence consumée, de forêts incendiées, de macchabées pourris. Il marcha vers le sud, vers le cantonnement d'où il était parti. Il atteignit une rivière dont il savait le nom, la Meuse, charmeuse, paresseuse, sinueuse. Son uniforme était tout raide, empesé de sang refroidi. Il déposa son sac au bord de la Meuse se dévêtit, et entra tout nu dans la rivière. Il avança prudemment parce qu'il ne savait pas nager. Bientôt, il eut de l'eau jusqu'au menton. Longtemps il resta debout, sentant sur chaque pouce de son enveloppe charnelle les flots qui la baignaient, qui la lavaient, qui la purifiaient de sa faute. Il remarqua leur rougeur. La Meuse emporterait jusqu'à son embouchure, mêlée aux eaux du Rhin, le sang pur et l'impur. Profitant de la douceur de l'air, Féraz se coucha sur l'herbe, offrit aux derniers rayons du soleil son ventre puis son dos. Il passa toute la nuit à ruminer, à se demander ce qu'il faisait là, qui était le chasseur alpin dont il avait raccourci peut-être l'agonie, qui n'avait pas eu la force de prononcer une syllabe, de faire un geste pour le maudire. Il réussit à s'endormir, comme peut faire un bon ouvrier après son travail.

Quand le jour vint, il vit ses vêtements couverts de mouches à charogne, aux couleurs métalliques, en train de butiner le sang caillé. Furieux de leur appétit, il se leva, entreprit de les écraser avec le béret resté dans son sac. Puis de nouveau il sauta dans la rivière, se frottant le corps à pleines mains. Des biffins vinrent à passer.

– Qu'est-ce que tu fous là-dedans ? demandèrent-ils.

– Vous le voyez bien : la lessive.

Ils se tamponnèrent la tempe de l'index et s'éloignèrent sans plus de discours. Se nourrissant de biscuits, Régis resta encore une journée et une nuit au bord de la Meuse. La guerre continuait au loin. Il entendait les castagnettes des mitrailleuses, le grondement des chars, le ronflement des avions. Il sortit enfin de la baignoire, revêtit son uniforme dégueulasse, chaussa ses bandes molletières et ses godillots, et regagna son cantonnement.

Les cantonnements disposaient toujours d'un « lieu de rafraîchissement » où les soldats au repos trouvaient des madelons peu farouches. En principe, elles venaient pour laver le linge ou les uniformes des hommes ; mais elles consentaient souvent à leur rendre des services intimes, ayant derrière elles, confiés à des belles-mères, des enfants à éduquer et à nourrir. Souvent donc femmes mariées dont les époux défendaient la France, elles ne savaient plus où. Pendant les permissions, les marraines de guerre allaient généralement jusqu'au sacrifice suprême. Certaines se prostituaient occasionnellement ; d'autres agissaient en vraies professionnelles. Rien de neuf sous le soleil. Jeanne d'Arc avait eu affaire aux ribaudes qui suivaient ses troupes. Dans ces « lieux de rafraîchissement », les poilus en file indienne patientaient devant leur baraque. Il leur en coûtait quarante sous pour cinq minutes de plaisir. À cause de sa rapidité, l'une d'elles s'était gagné le surnom de Mitrailleuse. Elle recevait Anglais, Français, Sénégalais, Américains. Tous repartaient sans le savoir avec le germe d'une maladie sexuelle, ainsi qu'en compagnie de morpions qui se logeaient dans tous les poils, même dans ceux de la barbe. Le général Gallieni organisa la présence de bordels médicalisés, contrôlés régulièrement, où chaque soldat avait accès deux fois par mois. Un bilan établi après la guerre établit que cinq cent mille poilus avaient été touchés par la syphilis. Auxquels il fallut ajouter trois cent mille Britanniques et autant d'Américains. Ces désastres pouvaient suffire à nous faire perdre la guerre. Il n'en fut rien parce que les troupes allemandes subirent des dégâts comparables[1].

Se rappelant qu'il avait à Saint-Véran une fiancée pure et virginale qui l'attendait, Régis Féraz m'a confié que, si une médaille de Chasteté avait été établie, il l'aurait méritée. Je ne sais si je dois croire à cette vantardise.

Un accident contribua à le préserver. En octobre 1918, il sauta sur une mine. Des brancardiers le ramassèrent. Dans un hôpital de fortune, des chirurgiens lui appliquèrent du chloroforme. Il entendit sonner des cloches. Il vit courir aux murs des araignées à douze pattes. Suivit une période d'insensibilité sans cauchemars. Lorsqu'il se réveilla, il distingua une dame en blanc penchée sur lui qui le nourrissait à la petite cuillère.

– Vous avez perdu beaucoup de sang, dit-elle. Vous devez vous alimenter. Encore une cuillerée.

Il obéit en faisant *ha*.

– Comment vous appelez-vous ?

– Qui ?

– Vous.

– Je ne sais pas.

– Cherchez bien.

– Peut-être... Régis Féraz.

– On vous a opéré.

---

1. Frédéric ROUSSEAU, *La Guerre censurée*, Paris, Le Seuil, 1999.

– Opéré ?… Opéré de quoi ?

– Du pied gauche. Il était en miettes. Vous avez sauté sur une mine. On va vous installer une prothèse.

– Une quoi ?

– Un pilon. Un pied en bois. Vous marcherez comme avant.

Il voulut voir sa jambe, ce qu'il en restait, enveloppé d'un énorme pansement. Il étouffa un sanglot.

– Ne vous plaignez pas trop. Certains de vos camarades y ont perdu la jambe entière. Ou la tête. Bientôt, vous trotterez comme un lapin.

– Est-ce que… je retournerai au front ?

– La guerre est finie.

– Qui l'a gagnée ?

– Nous.

Au bout d'une semaine, il fut transporté à Dijon, dans un hôpital plus confortable, spécialisé dans les réparations. On y trouvait des manchots, des unijambistes, des culs-de-jatte, des gueules cassées. Chaque jour, on changeait son pansement. Le moignon qu'il dissimulait finit par paraître ; il ressemblait à une andouille tranchée. Un prothésiste lui demanda s'il voulait se contenter d'un simple pilon qui ferait *tap-tap-tap* lorsqu'il marcherait, ou s'il désirait un semblant de pied dans un semblant de chaussure.

– Le pilon te sera fourni gratuitement. En revanche, tu devras payer le pied artificiel.

Il choisit le simple pilon. On le lui présenta, après de nouvelles mesures. Cylindrique, comme un pilon à sel, protégé par un épais capitonnage, retenu par des brides au-dessus du mollet. En bois d'olivier, il était inusable, incassable, et terminé par une rondelle en caoutchouc. L'infirmier lui fredonna la chanson de Dranem :

> *Elle avait un'jambe en bois*
> *Et pour que ça n'se voit pas*
> *Elle faisait mettre par en d'ssous*
> *Des rondelles en caoutchouc...*

Quand la prothèse fut en place, vint le plus difficile. Le plus douloureux. Il se leva de son fauteuil, se tint un moment debout sur ses deux pattes, aidé d'une canne.

– Bougre ! dit-il. Ça fait mal !

– Peu à peu, tu t'y habitueras. Tu finiras par ne plus rien sentir. Essaie de faire quelques pas, lui conseilla un infirmier en blouse blanche.

Soutenu par sa canne, il alla jusqu'au bout de la salle, en revint. L'infirmier l'applaudit :

– Tu te tiens bien en équilibre. D'ici quinze jours, tu ne sentiras plus rien.

Il lui fallut trois semaines. D'autres mutilés allaient autour de lui. Les manchots promenaient leur manche flottante. Les culs-de-jatte roulaient dans des fauteuils à manivelles. Certaines gueules cassées, enveloppées de pansements, n'avaient plus qu'un œil pour se guider.

Des nouvelles transpiraient du dehors. Les combats s'étaient poursuivis jusqu'au 11 novembre, jour de la Saint-Martin. Jour où les fermiers payaient leur fermage. Les envahisseurs avaient regagné la Bochie en détruisant dans leur retraite tout ce qu'ils pouvaient. Ils bombardaient les cathédrales et les usines, incendiaient les villages, inondaient les mines, sciaient les arbres fruitiers et buvaient notre champagne. Ils avaient été accueillis chez eux avec enthousiasme, comme des vainqueurs, persuadés que cette guerre n'était qu'un premier acte, qu'elle reprendrait bientôt avec un autre résultat.

Lorsque Régis Féraz, en janvier 1919, regagna Saint-Véran enneigé, personne ne le reconnut dans l'uniforme turquin proprement lessivé, coiffé de son béret alpin, marchant sur trois pattes. Sa figure était sortie des mémoires. On le croyait mort et enterré. Quelques femmes – des mères, des épouses – lui lancèrent des regards hostiles, se demandant pourquoi il reparaissait, tandis que leurs hommes étaient bons pour le monument à nos glorieux combattants.

Il arriva devant chez lui, frappa du heurtoir. La porte tarda à s'ouvrir. Il aurait cru la maison vide sans le bêlement des brebis enfermées. Édouard, son père, parut enfin. La petite septantaine, il ne se rasait plus ; sa barbe blanche lui descendait jusqu'au nombril et lui donnait l'air d'un prophète. Régis ôta son béret pour être reconnu. Les deux hommes s'embrassèrent.

– C'est donc toi, mon fils ! Je n'espérais plus te revoir !

– J'ai pourtant écrit souvent. Mes cartes ne sont pas arrivées.

– Tu as une canne ?

– J'ai perdu un pied, dit Régis en soulevant son pantalon. À Dijon, on m'a mis un pilon en bois d'olivier. Et maman ?

– Elle est en haut, couchée, avec la grippe espagnole.

Ils montèrent au premier étage. Agathe se tenait assise sur son lit, égrenant un chapelet, les épaules couvertes d'un châle.

– Femme, dit le père, voici ton fils. Il a perdu un pied. À Dijon, on lui a mis un pilon en bois d'olivier.

Elle ouvrit les bras. Régis l'étreignit, couvrant de baisers ses cheveux blancs.

– Ne me serre pas trop, fit-elle d'une voix haletante. J'ai de la peine à respirer. Je me suis retenue de mourir jusqu'à ce que tu me reviennes.

– Mais non… mais non… Tu ne vas pas mourir. Je veux te bien soigner.

– J'ai tant prié… Je suis même allée en pèlerinage à Notre-Dame de Laus.

– Elle t'a entendue. Me voici de retour. Je cours comme un lapin.

– Donne-moi la main… Reste près de moi… Ton père préparera la soupe.

Il fit comme elle disait. Assis près du lit, il caressa cette main dépouillée de substance, toute en veines et en rides.

– J'ai enlevé mon alliance, j'avais peur de la perdre. Maintenant que tu es revenu, que je t'ai revu, que je t'ai embrassé, je ne suis pas triste de partir et d'aller rejoindre Jeanne, ta petite sœur.

Il secoua la tête, pour la persuader qu'il ne croyait pas à ce départ. Du pouce, il voulut compter les battements de son cœur. Il eut le plus grand mal à les trouver, il ne les percevait que de temps en temps. Après un repos, le cœur reprenait son travail. Systole.

Diastole. Extrasystole. Dans un souffle, Agathe osait lui poser des questions :

– Tu as fait la guerre ?…. Tu l'as bien faite ?

– Suivant les ordres que je recevais.

– Tu as tué des ennemis ?

– Je pouvais pas faire autrement.

– Tu as perdu des amis ?

– Beaucoup. Beaucoup. S'il te plaît, ne me parle plus de la guerre.

– Maintenant, tu vas te marier. Tu avais promis le mariage à Odile Bruneton.

– Je pense que oui. Si elle veut toujours de moi.

– Je crois… je sens…

Ses lèvres bougeaient encore. Il ne l'entendait plus. Il la crut passée. Elle somnolait, toute reniflante.

Il resta près d'elle, serrant toujours dans les siennes sa main froide. Le père revint :

– La soupe est prête.

– Apporte-m'en une bolée. Je ne veux pas descendre. Est-ce que ma mère prend quelque chose ?

– Rien qu'un peu d'infusion de benoîte des Alpes.

Il consomma la bolée de soupe à l'ail, évitant de faire des bruits d'aspiration. Il reprit la main maternelle. Sans la lâcher, il comptait les heures du clocher. Vers la minuit, il s'assoupit à son tour, laissa tomber sa tête sur le couvre-pieds.

À l'aube blême qui suivit, il se réveilla. Une faible lueur entrait dans la chambre. Lorsqu'il se leva, il vit le bras inerte d'Agathe sur la descente de lit. Elle ne respirait plus. La benoîte des Alpes ne l'avait pas sauvée de la grippe espagnole.

J'ai lu quelque part que cette maladie emporta trois fois plus de personnes que les quatre années de guerre.

Régis ferma les yeux de la morte, baisa ses joues encore tièdes, lui demanda pardon de n'avoir pas su la protéger. Il se rappela ceux qui criaient « Maman ! Maman ! » sur les champs de bataille. Il se souvint aussi des yeux surpris du Français qu'il avait égorgé. Il serra les paupières de toutes ses forces, sentant une mouillure qui en suintait. Près de lui, Édouard sanglotait à sec, il n'avait plus de larmes dans le corps, appelant sa femme par de petits noms affectueux :

– Gatoune !… Gatounette !… Ô ma mie !… Ô le bonheur de mes yeux ! Emmène-moi ! Ne me laisse pas seul dans cette grande maison !… Ô ma Gatounette !…


Heureusement, le coutelier Sylvestre avait résisté à la grippe. Il vint au secours des Féraz. Il appela le médecin, le curé et sa servante Eugénie, qui fit la toilette de la morte, la parant de ses meilleurs habits. Tous les Saint-Véranais survivants vinrent « gagner le pardon », c'est-à-dire se recueillir devant la défunte et l'asperger d'un peu d'eau bénite. Odile vint de La Chalp. Elle embrassa son fiancé, disant :

– Viens nous voir quand tu pourras respirer.

Le chagrin leur serrait la gorge, ils surent à peine prononcer quatre mots. Trois jours plus tard, tout Saint-Véran assista à la sépulture. Au fond de l'église, se trouvait un plateau appelé « le banc des âmes » sur lequel les personnes charitables déposaient des nourritures destinées aux parents de la défunte qui n'avaient guère envie de cuisiner. Odile avait épinglé des crêpes noirs aux manches du veuf et de l'orphelin.

Neuf jours plus tard fut célébrée une messe de neuvaine. Régis se sentit enfin le courage de descendre à La Chalp pour saluer M. et Mme Bruneton.

# Dix-septième journée

La famille Bruneton avait été presque épargnée par la grippe espagnole qui courait d'une maison à l'autre comme le furet, entrait dans celle-ci, évitait celle-là, sans que personne pût prévoir son itinéraire et ses raisons.

On la disait espagnole parce qu'elle était venue d'Espagne ; mais peut-être était-ce simplement la peste que l'on n'osait pas nommer, ce mal qui répand la terreur, importé d'Orient par bateaux, répandu ensuite par les puces et par les rats. Elle avait des effets variables. Parfois, elle débutait brusquement par une fièvre de cheval, accompagnée de toux, d'expectorations sanguinolentes, de délire, de suffocation, de bleuissement des lèvres. Le malade ne lui résistait pas plus de trois ou quatre jours. D'autres fois, elle faisait apparaître des tumeurs à l'aine, aux aisselles, au cou, que le médecin pouvait percer et vider ; dans trois cas sur dix, le pestiféré s'en tirait ; dans les sept autres, il allait au cimetière.

On isolait les malades parce qu'ils répandaient leur grippe en toussant, en respirant. La benoîte des Alpes n'avait pas grand effet sur ces formes diverses. Le curé ne savait plus où donner du goupillon.

À La Chalp, Régis trouva le boucher, la bouchère et leur fille en bon état. Il fut reçu à bras ouverts. Lorsqu'il eut montré son pilon en bois d'olivier, Bruneton lui dit :

– J'espère que tu n'as pas changé de sentiments. Que tu envisages toujours de prendre Odile pour épouse.

– Si elle veut encore de moi, malgré ma mutilation.

La demoiselle rougit si fort que ce fut sa manière de dire oui. Tout le monde éclata de rire, heureux de cette confirmation.

– Puisqu'il en est ainsi, dit le maître boucher, j'envisage de te faire un cadeau de noces : un pied complet, avec cheville et orteils, que je ferai confectionner par un artisan. Avec une paire de souliers, ta mutilation disparaîtra. Alors, tu pourras devenir mon gendre et mon successeur.

Aux applaudissements de tous, il manqua celui de Régis. Il secoua la tête et révéla qu'il ne voulait plus être boucher.

– Je l'ai été pendant quatre ans. Il m'est venu comme qui dirait une horreur du sang. Un boucher que le sang écœure, ça n'existe pas.

Stupeur générale. Plus personne n'osait ouvrir le bec.

– Et alors, demanda quand même Odile, quel métier feras-tu ?

– Pendant quelque temps, je resterai avec mon père. Je ne peux pas le laisser seul.

– Nous pourrions le prendre avec nous.

– Je pense qu'après avoir perdu sa fille Jeanne, sa femme Agathe, il ne voudrait pas perdre sa maison. Il continuera un peu l'horlogerie. Nous élèverons des moutons. Nous cultiverons le jardin. Si tu veux m'épouser, Odile, c'est toi qui monteras à Saint-Véran. Réfléchis à tout ça. Pensez-y tous. Dans quelques jours, vous me donnerez votre réponse. Maintenant, ma très chère Odile, c'est de toi que dépendent nos noces.

– Tu proposes, dit Bruneton, de nous enlever notre fille unique pour que ton père ne reste pas seul. Qu'est-ce que tu penses de nous laisser seuls, ma femme et moi ?

– Quand on est deux, on n'est pas seul. Pour la boucherie, vous avez l'habitude de prendre du personnel.

– Laisse-nous considérer.

– À votre plaisir.

Ils s'embrassèrent et se quittèrent avec un peu de froideur. Régis reprit le chemin de Saint-Véran. À chaque pas, son pilon d'olivier faisait *tap-tap-tap* sur la chaussée caillouteuse.


Il se retrouva avec son père. Il avait raccourci sa barbe. Une loupe enfoncée dans l'orbite, il purgeait les entrailles d'une grosse montre. Régis lui rendit compte de sa visite chez les Bruneton, expliquant pourquoi il ne voulait pas reprendre son métier de boucher, à cause d'un dégoût du sang qui lui était venu à Saint-Mihiel.

– Tu ne peux imaginer ce qu'on m'a commandé de faire.

Il lui raconta le couteau de Thiers, *Combattez pour la France*, les égorgements des vivants et des morts, et spécialement du Français inconnu dont il rêvait encore presque chaque nuit.

– Il me parle, il me raconte sa vie, sa profession de maître d'école, il me donne des leçons d'orthographe, à moi qui ai toujours été quasiment illettré. Voilà comment il me remercie de lui avoir tranché la gorge. Je vois son sang qui jaillit comme l'eau d'une fontaine.

– Ça passera à la longue. À moi aussi, en 1871, on m'a commandé de drôles de choses. Le soldat doit obéir aux chefs sans chercher à comprendre. De toute façon, y a rien de commun entre égorger un homme et égorger un mouton. Tu ne détestais pas ça dans ton jeune âge. Bruneton peut aussi t'employer à autre chose qu'aux égorgements, à faire des saucisses par exemple.

– Y a aussi que je ne veux pas te laisser tout seul dans cette grande maison.

– Et nos moutons ? Ils ont perdu leur bergère. Qu'est-ce que j'en fais ?

– On les gardera. Tu seras leur berger.

– Seul, je ne le serai jamais tout à fait. Agathe est toujours présente autour de moi. Voici son tabouret préféré, le dos tourné vers la cheminée. Le petit miroir où elle se regardait pour arranger ses cheveux. Le rayon couvert de ses livres. Le tiroir rempli de ses pelotes. J'y trouve encore ses lunettes, son dé d'aluminium. Voici la quenouille dont elle tirait du fil en chantonnant :

> *Gens qui dormez dans vos maisons,*
> *Tapis comme des marmottes,*
> *Ne chaussez pas vos sabots,*

*Prenez seulement vos socques.*
*Sortez donc, et, chose étrange,*
*Vous verrez au milieu du jour,*
*Vous verrez, dis-je, des anges*
*Qui vous donnent le bonjour.*

Le vieux se tut soudain, honteux d'avoir chanté en souvenir de sa femme morte, et il pleura dans son mouchoir.

Trois semaines suivirent, pendant lesquelles les deux familles eurent le temps de bien considérer. Au cours de cet intervalle, Regis fut convoqué à la gendarmerie de Guillestre en tant que blessé de guerre. Après examen de toute sa personne et calcul à la règle de trois, une invalidité de dix pour cent lui fut accordée, lui donnant droit à une pension annuelle de 740 francs. À son retour, les Bruneton et les Féraz se réunirent chez l'horloger. Après une longue discussion, un accord fut conclu et mis noir sur blanc : Odile, épousant Régis, acceptait d'habiter avec lui, comme la loi le lui imposait, à Saint-Véran ; néanmoins, elle descendrait une fois par semaine chez ses parents afin de leur porter aide et secours si nécessaire ; M. Bruneton engagerait un garçon boucher ; les 740 francs de pension militaire ne suffisant pas aux besoins des jeunes époux, Régis se mettrait à la recherche d'une « profession honorable et nourrissante ».

Le mariage eut lieu suivant les coutumes queyrassines. La mariée portait un costume bleu, un jabot de dentelle, un voile blanc lié à son chignon lui tombant jusqu'aux épaules. Le marié, tout en noir, cravaté d'un nœud papillon, coiffé d'un chapeau de feutre, sa croix de guerre sur la poitrine, marchait sur deux souliers. Car le beau-père, comme promis, lui avait fait confectionner un pied gauche artificiel. Au lieu de faire *tap-tap-tap* comme l'ancien pilon, ce pied gauche faisait *cui-cui-cui* ; on eût dit un chardonneret.

Après la noce, les Féraz furent donc trois dans la vieille maison saint-véranaise. Édouard manifesta beaucoup d'amitié à la jeune Odile.

– De voir de nouveau une femme chez moi, lui confia-t-il, ça me ressuscite.

Régis trouva comme premier emploi, bien qu'assez déplaisant, une place que lui fournit la grippe espagnole : celui de fossoyeur et de gardien du cimetière. Avant d'être nettoyeur, plus de cinquante fois il avait creusé des tombes dans l'Aisne et les départements voisins. Il ensevelissait parfois deux ou trois corps dans la même fosse, avec ou sans cercueil, plantait dessus une croix blanche à laquelle il clouait, si possible, la plaque d'identité. Même besogne pour les macchabées boches sous une croix noire. L'ouvrage qu'on lui proposait à Saint-Véran était mieux organisé. Il devait creuser des fosses profondes d'un mètre au moins, dans lesquelles il trouvait parfois les restes d'autres défunts ensevelis. Peu de familles disposaient d'une tombe bâtie ; la plupart des Saint-Véranais décédés dormaient dans la terre nue. Ils lui rendaient les éléments dont, vivants, elle les avait nourris. La cérémonie était simple. La bière descendait en glissant sur une planche, retenue par le croque-mort d'en haut ; celui d'en bas la recevait, la couchait sur la glaise humide. Le curé donnait une bénédiction, jetait une poignée de glèbe sur le cercueil. Tout le monde se dispersait. En fin de journée, les morticoles se lavaient les mains, allaient se réconforter au plus proche bistrot en se racontant des histoires à mourir de rire. Le vieux Pouderoux, doyen de la profession, en exposait les charmes :

– On se moque souvent de nous. On dit que nous n'avons pas la larme facile, que nous sommes capables de jouer aux osselets avec les rotules des déterrés. On ne nous respecte guère, on nous paye mal. Nous avons pourtant deux fonctions : inhumer, exhumer. Inhumer, c'est de l'amusement. Je peux faire ça en blouse blanche, comme un pharmacien. Donnez-moi de l'inhumation tous les jours, le dimanche et les jours de fête, je vous dirai merci. Mais exhumer ! C'est là qu'on reconnaît la vocation.

– On exhume assez rarement.

– C'est heureux. Sous divers prétextes, certaines familles exigent ce déménagement. Alors, représente-toi le boulot ! Faut-il que je donne des détails ?

– Pas la peine.

– Quand on a le respect des macabs, on les laisse dormir au même endroit jusqu'à la Résurrection. Ils méritent aussi notre reconnaissance, c'est eux qui nous nourrissent.

– Comment ça ?

– Réfléchis une seconde, fiston. Qu'est-ce que nous mangerions, nous, les vivants, sans le blé, les patates, les fruits que nos ancêtres ont trouvés dans la nature, recueillis et améliorés ? Toujours les morts ont nourri les vivants.

Là-dessus, il levait son verre, disait « Santé ! » et laissait payer la pinte par les jeunes auxquels il enseignait sa philosophie.

Outre ses fonctions de terrassier, Pouderoux faisait un peu commerce d'ornements funéraires, croix, couronnes, plaques gravées ou fleurs artificielles. Lorsqu'il rencontrait une famille attristée, en plein recueillement devant la tombe d'un parent confié à la glaise, il entrait en relation avec ces personnes, disait tout le bien possible du défunt ou de la défunte :

– Vous devriez lui offrir un bouquet de chrysanthèmes ou un pied de buis à l'occasion de son anniversaire. Du haut du ciel où elle habite, cette personne vous protégera.

Quelques clients éplorés se laissaient convaincre.

– Soyez sûrs que sa tombe sera toujours parfaitement tenue, ratissée, désherbée, gardée du vent et de la pluie.

Il arrivait au contraire que tel ou tel visiteur se montrât quelque peu bourru, refusât ses offres de marchandises ou de services. Alors, Pouderoux montait sur ses grands chevaux :

– Je suis dans Saint-Véran la seule personne qui puisse servir d'intermédiaire entre la terre et le ciel.

– Et notre curé, donc ?

– Notre curé a toujours les mains propres. Mais si tu méprises mes paroles (il allait jusqu'au tutoiement), le moment venu, je m'en souviendrai.

Il tirait de sa poche un calepin, écrivait à une page le nom de son interlocuteur.

– Quel moment venu ?

– Quand ce sera ton tour d'être enterré, pardi !

– Et alors, qu'est-ce que tu pourras me faire ?

– Tu t'en rendras compte personnellement. Je t'en laisse la surprise. J'ai inscrit ton nom et ton prénom. Et pire, je les souligne trois fois.

Là-dessus, il enfonçait le calepin dans sa poche ventrale et laissait l'autre aussi baba qu'un baba au rhum, plein d'inquiétudes et d'interrogations. L'individu s'adressait parfois à Régis :

– Qu'est-ce qu'il veut dire avec sa surprise ? De quoi me menace-t-il ?

– Je ne peux pas vous répondre. Il ne m'a jamais confié ses secrets.

Certains jours, mon grand-père allait se recueillir sur la terre de Rose Darbois, la petite mandoliniste pour qui il avait éprouvé ses premiers sentiments. Dans le carré des huguenots, la tombe était dépourvue de toute fleur, surmontée seulement d'une croix sans Christ. Pour les protestants, Jésus étant ressuscité, ne doit pas être représenté mort et crucifié. Il demandait pardon à Rose de ne pas être resté fidèle à sa mémoire, d'avoir épousé Odile sans lui en demander la permission. Puis il allait arroser les bouquets catholiques.

## Dix-huitième journée

Ils s'entendaient à merveille tous les trois. Régis sortait du royaume des morts avec sérénité. Odile préparait des repas riches en protéines puisque la viande ne leur coûtait guère. Le vieux continuait de bricoler ses montres et ses horloges afin de ne pas perdre contact avec le temps, cette immortelle invention de Dieu. Il portait deux alliances à l'annulaire, ayant ajouté celle d'Agathe à la sienne. Chaque soir, on l'entendait grommeler sur sa paillasse car il parlait à la défunte plus qu'il ne l'avait fait de son vivant, lui racontant sa journée.

– Nous aurons bientôt, promettait-il, un petit-fils ou une petite-fille.

Mais la jeune bru ne se pressait pas.

Sylvestre leur prêtait chaque dimanche *Le Dauphiné* qui leur donnait des nouvelles du monde. La paix instaurée par le traité de Versailles branlait sur ses assises. Nous avions récupéré l'Alsace et la Lorraine ; mais les Allemands n'arrivaient point à se persuader qu'ils avaient perdu la guerre ; encore moins qu'ils nous devaient des réparations.

C'est en parcourant cette feuille dominicale que Régis le fossoyeur apprit que le gouvernement proposait des emplois aux anciens combattants plus ou moins blessés, mais encore valides : concierges dans les bâtiments publics, cantonniers, poseurs dans les voies ferrées, éclusiers sur les canaux, gardiens de musées, gardes champêtres. Régis consulta le coutelier qui possédait des connaissances infinies :

– Qu'est-ce qu'un éclusier ?

– Un homme qui manœuvre les écluses d'un canal. Un canal, tu sais ce que c'est ?

– Oui, j'en ai vu pendant la guerre : le canal de la Sambre à l'Oise, le canal du Nord, le canal de Saint-Quentin.

– Leurs écluses permettent aux péniches, aux flûtes, aux gabarres de franchir des collines. Des sortes d'escaliers d'eau.

– Est-ce qu'on navigue ?

– Les éclusiers restent sur place. Ils se contentent d'ouvrir et de fermer ces portes en tournant des manivelles. Ils habitent une maison à proximité, où ils reçoivent leur famille.

– Odile devra donc quitter les Bruneton ?

– Les enfants, comme les oisillons, doivent tôt ou tard quitter le nid de leurs parents. Les rivières sont des chemins qui marchent. La femme doit suivre son mari.

On en débattit chez les Féraz.

– Et alors ! s'écria Édouard. Si tu pars sur un canal, vas-tu nous laisser dans les montagnes ?

– Je vous emmènerai tous les deux.

– Et qui s'occupera de mes parents ? demanda Odile.

– La femme doit suivre son mari. Les rivières sont des chemins qui marchent.

Odile ne versa pas une larme. Au fond, l'idée de voyager lui plaisait assez, d'aller voir ailleurs comment le monde est fait. Elle expliqua à ses parents que la femme doit suivre son mari.

– Au moins, viendras-tu à notre enterrement ? demanda Bruneton très amer.

– Je reviendrai souvent vous voir. Nous n'allons pas au bout de la terre.

Son père accepta d'acheter les moutons et les agneaux.

– Nous les vendrons en tranches en pensant à vous.

Ambitionnant de devenir éclusier, Régis dut passer un concours de compétence. Il s'y prépara avec l'aide de Sylvestre, étudiant les parcours de tous les canaux de France, leurs longueurs et leurs carrefours. L'examen se fit à la mairie de Guillestre. Il comportait une épreuve écrite, une orale et une pratique. À l'écrit :

Premièrement : *Qu'est-ce qu'un bief ? Combien de sortes en existe-t-il sur un canal ?*
Réponse : *Le bief est l'espace d'un canal de navigation limité par deux vannes. Il en existe deux sortes : le bief d'amont et le bief d'aval.*

Deuxièmement : *Qui a construit le canal du Midi ?*
Réponse : *Paul Riquet.*

Troisièmement : *Combien font 247 multiplié par 0,75 ?*
Réponse : *185,25.*

À l'épreuve orale, on lui demanda pourquoi il voulait devenir éclusier.

*Réponse :* Parce que je n'aime pas mon métier actuel, celui de fossoyeur, où l'on a affaire à des morts. Je voudrais un métier de plein air où l'on rencontre des vivants.

À l'épreuve physique, il eut le choix entre course à pied, saut en hauteur, saut en longueur, grimpée de corde, lancer de javelot ou de poids. Il choisit l'acte du pésobole et dépassa les huit mètres.

Il regagna Saint-Véran. Vingt jours plus tard, il reçut une lettre ministérielle l'informant qu'il était admis aux fonctions d'agent des services d'équipement dans la spécialité « voies navigables ». Il devrait exercer la fonction d'éclusier sous la direction des conducteurs des travaux publics d'État (TPE). Il devrait concourir à l'exécution des travaux d'entretien, de grosses réparations. Il assurerait la surveillance du domaine public et la constatation des contraventions. Il serait appelé à un service continu de jour, de nuit, la semaine, les dimanches, les jours fériés. Un repos compensateur lui serait attribué selon les nécessités du service. Une place d'éclusier stagiaire lui était offerte sur le canal du Midi à Montgiscard (Haute-Garonne) ; ou sur le canal du Nord à Janville (Oise) ; ou à Vésigneul (Marne) ; ou à Clos du May (Allier). Les deux familles se penchèrent sur des cartes, une loupe à la main. Unanimement, elles choisirent Clos du May parce que c'était la moins éloignée de Saint-Véran. Il devait s'y trouver le 2 janvier 1922.

Personne à Saint-Véran n'avait jamais posé une semelle dans le département de l'Allier. Plusieurs

Haut-Alpins firent la supposition que ses habitants s'appelaient des Alliénés. Sylvestre rectifia :

– Ce sont des Bourbonnais. Certains disent des Bourbonnichons. C'est de cette région que sont sortis nos derniers rois, depuis Henri IV jusqu'à Louis-Philippe. Tous avaient le nez bourbonien. Ils descendaient d'une localité, Bourbon-l'Archambault, mais plusieurs membres de cette famille sont allés régner en Espagne, en Italie, en Autriche et même en Amérique. L'État américain du Kentucky a pour capitale économique Louisville, ainsi nommée en hommage à Louis XVI qui y a sa statue de marbre blanc. Comme Louisville produit beaucoup de spiritueux, elle a nommé « bourbon » son whisky. Les Américains disent : « *Give me a bourbon* », comme nous disons : « Donnez-moi un cognac ». Le roi d'Espagne actuel, Alphonse XIII, est un descendant de Louis XIV. Avez-vous entendu parler d'un certain connétable de Bourbon ?

– Connais pas, répondit l'unanimité.

– Il est considéré comme un des plus beaux traîtres à sa patrie qu'ait produit l'histoire de France. On l'accuse d'avoir servi François Ier, puis de l'avoir abandonné pour se mettre au service de son farouche ennemi, Charles Quint. Il ne faut pas prétendre cela devant un Bourbonnichon, il vous estrangouillerait. En fait, alors qu'il n'était ni le sujet ni le vassal du roi de France, il lui avait rendu de hauts services, notamment en remportant la victoire de Marignan. Mais il y eut ensuite une fâcherie qui poussa Bourbon à agir en mercenaire et à changer de maître.

– À quoi ressemble, demanda Régis, le département des Bourbonnais ?

– Je n'en ai qu'une faible idée. À toi de le découvrir. Tu nous enverras des cartes postales.

Comme ils ne pouvaient s'exiler tous les trois au hasard, Régis partit d'abord seul, laissant son père et sa jeune épouse aux soins l'un de l'autre. Empruntant depuis Guillestre divers moyens de transport, le train, l'autobus, le taxi, l'échelle de corde, il traversa cinq départements, arriva à Digoin, ville frontière entre la Saône-et-Loire et l'Allier, atteignit enfin l'écluse de Clos du May où l'attendait M. Albin Veyre, maître éclusier.

Qu'est-ce donc précisément qu'une écluse ? Le mot signifie « eau enfermée ». Cet ouvrage comprend au plus simple trois biefs, c'est-à-dire trois tranches d'eau navigables à trois niveaux différents, séparées par deux portes coulissantes. Voici qu'une péniche se présente au niveau inférieur, elle demande à atteindre le niveau supérieur avant de poursuivre sa route. Les canaux sont aussi des chemins qui marchent. Averti à son de trompe, l'éclusier ouvre, au moyen d'une longue manivelle, la vanne d'aval, puis ferme la vanne d'amont. L'eau de la chambre intermédiaire, appelée le sas, s'écoule et s'abaisse jusqu'à atteindre le niveau inférieur. On ouvre alors la porte d'en bas ; la péniche, tirée par un attelage de chevaux, quelquefois par des haleurs, entre dans le sas. On referme cette vanne, on ouvre la vanne d'amont. L'eau en excès dans le bief supérieur s'engouffre, élève le niveau du sas. Le bateau monte avec elle. Lorsqu'il atteint le niveau du bief supérieur, on lui ouvre la porte d'amont. La péniche traverse cette ouverture appelée pertuis et s'éloigne, tirée par les chevaux ou les hommes. Tout cela est un peu compliqué. Si vous n'avez pas bien compris, monsieur Florentin le journaliste lyonnais, relisez vos notes deux ou trois fois. Apprenez aussi certains vocables de la profession : le fond bétonné de chaque bief est le radier ; les flancs sont des bajoyers ; le mouillage est la profondeur disponible pour la péniche ; le bollard est une amarre scellée sur le quai. Un dernier terme, busquée, va me permettre de régler son compte à Léonard de Vinci.

Contrairement à une idée largement répandue, l'Italien n'est pas l'inventeur de l'écluse à sas, même s'il s'est vivement intéressé aux canaux. Les plus merveilleuses inventions de l'homme sont l'œuvre d'anonymes. Qui a inventé la roue, la fourchette, la chaise, la table, le bonnet, le mouchoir ? Notre civilisation fit des progrès considérables lorsque l'homme cessa de se moucher du coude. Beaucoup de ces inventions étaient d'ailleurs suggérées par la nature, il suffisait de l'observer, de l'imiter, parfois de la perfectionner. Ainsi l'oiseau a suggéré l'aéroplane, le poisson le sous-marin, le zèbre les passages piétonniers, la sarigue le tablier à poche. Depuis la naissance de l'*Homo faber*, chaque génération a apporté son lot de trouvailles parfois simplistes, parfois géniales. Les canaux remontent à la plus haute Antiquité. Sept siècles avant notre ère, les Babyloniens réunirent le Tigre et l'Euphrate. Les Égyptiens firent de même entre le Nil et la mer Rouge. Plus tard, les Romains joignirent le golfe de Fos et Arles. Mais tous ces travaux concernaient des terrains plats. L'écluse restait à inventer. Si Leonardo n'a pas réellement inventé l'écluse à sas, il semble bien lui avoir apporté un perfectionnement indéniable : les *portes busquées*. Elles forment une étrave tournée vers l'amont qui résiste mieux à la force de l'eau qu'une surface plate. Les constructeurs de barrages modernes ont remplacé l'étrave par une courbure. Dans ses carnets écrits de la main gauche (il était paralysé de la droite) qu'il faut lire en employant un miroir, Leonardo a dessiné très nettement ces battants angulaires.

J'ai mis dedans mon nez de fouine. J'y ai trouvé ces directives.

*Fais construire des écluses dans le Val de Chiana à Arezzo pour que, l'été, quand il y a pénurie d'eau dans le fleuve, le canal ne soit pas à sec. Que ce canal ait vingt brasses de large au fond, trente à la surface ; que sa profondeur soit de deux à quatre brasses, dont deux pour les moulins et les prés. La contrée en sera fertilisée. Prato, Pistoie, Pise, Florence en tireront un revenu annuel de plus de 200 000 ducats, ce qui fournira du travail aux hommes et l'argent nécessaire à cette utile entreprise.*

Il va jusqu'à évaluer le prix de revient, le salaire des ouvriers et la meilleure période des travaux :

*Et sache que le canal ne peut être creusé à moins de 4 deniers par brasse, le salaire journalier de chaque ouvrier étant de 4 sous. Il faudra le construire entre la mi-mars et la mi-juin, époque où les paysans ne sont pas pris par leurs travaux habituels, où les journées sont longues et la chaleur point accablante.*

Appelé en France par François I$^{er}$, il dresse une carte hydrographique reliant la Loire au Rhône par Montrichard, Romorantin, Tours puis Amboise.

*Tu étudieras le niveau du canal qui doit conduire la Loire à Romorantin au moyen d'un chenal large d'une brasse et profond d'autant.*

On peut imaginer le nombre d'écluses qui eussent été nécessaires à ce projet non retenu. Il prévoit, à côté des canaux, des fontaines à la disposition des bateliers, et des piscines où les chevaux de halage pourront se baigner après leurs longs efforts.

L'écluse de Clos du May confiée en 1922 à M. Albin Veyre, et plus tard à Régis Féraz, appartenait au canal latéral à la Loire qui, sur une idée extrapolée du génial Italien, reliait la Seine à la Loire dans le prolongement du canal de Briare. Ce dernier, commencé en 1604 sur l'initiative de Sully, ministre de Henri IV, fut achevé en 1642. Richelieu, alors gravement malade, en fut le premier passager. Il revenait de Lyon où il avait assisté à la décapitation du jeune Cinq-Mars et du moins jeune de Thou qui avaient comploté contre lui. Henri de Cinq-Mars avait précédemment conquis le cœur du roi Louis XIII qui, comme on dit, naviguait à voile et à vapeur ; ils partageaient le même lit. Puis ils se dégoûtèrent l'un de l'autre. D'où le complot, encouragé par l'Espagne. Mais revenons aux canaux. Le canal de Briare, étranger à ces turpitudes, se prolonge au nord par le canal du Loing. Il accompagne cette aimable, mais peu navigable rivière jusqu'à son confluent avec la Seine. Ses biefs consomment une grande quantité d'eau fournie par les étangs de la plaine du Forez. Étangs pleins de crapauds et de grenouilles, de sorte que les populations environnantes se font traiter de *ventres jaunes*.

La navigation sur cette aorte centrale était intense en 1922. Par elle, montaient la houille de Saint-Étienne, les aciers de Firminy et de Rive-de-Gier, la quincaille de Saint-Chamond, les roanneries de Roanne, les verreries bourbonnaises, les bœufs blancs charolais, les poteries briaroises, le charbon de bois et les chênes de la forêt de Tronçais, la chaux de Digoin, les eaux digestives de Saint-Galmier et mille autres choses indispensables. Dans l'autre sens, Paris et sa région n'envoyaient pas grand-chose. Paris est avant tout un ventre qu'il faut remplir. Ses quartiers expédiaient de la chaudronnerie, des tanneries, du plâtre, des meubles. Ses productions principales, bimbeloterie, maroquinerie, orfèvrerie, vêtements, lingerie, automobiles, articles de luxe n'empruntaient pas les canaux.

Albin Veyre frisait la septantaine, âge ordinaire de la retraite en ces temps lointains. Il allait coiffé d'une casquette plate à visière de cuir comme en portaient les marins bretons, pour laisser croire qu'il faisait partie de la marine. Ses moustaches grises étaient jaunies par le pétun. Il se présenta en ces termes, roulant les *r* comme tous les Bourbonnais quoiqu'il fût auvergnat :

– Albin Veyre, éclusier.

Le nouveau répondit de même, présentant la lettre ministérielle :

– Régis Féraz, Savoyard, mutilé de guerre, agent des services extérieurs de l'Équipement dans la spécialité « voies navigables ».

– C'est donc toi qui vas me remplacer ?

– Si vous pensez que j'en suis capable.

– C'est ce qu'on verra.

Il entra dans les démonstrations, montra les vannes et les ventelles, la manivelle à quatre bras, expliqua leur fonctionnement, précisa le nom et le mouillage des bateaux qui fréquentaient le Clos du May : les flûtes de Montluçon ; les margotats chargés des entretiens et des réparations ; les marnois pointus à l'avant et carrés à l'arrière ; les toues qu'il fallait tirer à la chaîne et les navires toueurs ; les bateaux-lavandiers ; les Freycinets, énormes péniches.

Comme il était occupé à cette conférence, un coup de trompette provenant de l'amont annonça l'arrivée d'un marnois, le *Sichon*, chargé de charbon de bois. Albin Veyre connaissait tous les mariniers, il leur parlait à tu et à toi. Il leva le bras pour faire entendre qu'il avait reçu l'appel. Le marnois s'avança jusqu'à dix mètres de la porte d'amont. L'éclusier ferma les portes d'aval, ouvrit les ventelles d'amont. On entendit le ruissellement qui justifie le nom que Leonardo donnait à son écluse : *cateratta*, cataracte. Il ne couvrait pas le dialogue à forte voix des deux fluviaux :

– Où vas-tu comme ça ?

– À Paris. Canal Saint-Martin.

– Combien portes-tu ?

– Trente-cinq tonnes. C'est du charbon de bois de chez toi. Il vient d'Auvergne, du Montoncel.

– T'as eu beau temps ?

– Du brouillard. Je voyais pas mes pieds. Ta femme Marguerite ?

– Elle va mieux. Bientôt, je vais prendre ma retraite. J'ai déjà mon successeur.

À son tour, Régis leva la main pour saluer. Le niveau du bief d'amont s'abaissait lentement ; celui du sas s'élevait plus vite. La manœuvre prit une heure et demie. À son terme, Veyre abaissa les portes d'amont, dites « à guillotine ». En l'an 983, un ingénieur chinois, Chaïo Wei-Yo, inventa cette porte. La guillotine prit de la hauteur. Le *Sichon* franchit le pertuis, la guillotine s'abaissa. Le navire se trouva prisonnier du sas. En trente minutes, une autre cataracte le descendit au niveau du bief d'aval. Après avoir perdu quatre mètres de son élévation, il put poursuivre sa route, tiré par deux chevaux de halage.

– À la prochaine ! Salut à Marguerite !

Ces chevaux méritent un regard. Ils n'étaient pas associés comme les bœufs par un joug, mais par quatre sangles fixées derrière eux à une tringle de fer, l'amarre, elle-même reliée à l'étrave de la péniche par un câble de chanvre, la cordelle. Le haleur les guidait, les encourageait de la voix, leur caressait les oreilles. L'eau du canal, sans courant, ne leur opposait qu'une faible résistance.

– Combien passez-vous de bateaux chaque jour ? s'enquit Féraz.

– En moyenne, une trentaine. De 5 heures du matin à 9 heures du soir. Nous n'avons pas droit à la journée de huit heures ni au repos hebdomadaire. Mais nous pouvons, à certains moments, nous faire remplacer par un adjoint que nous avons formé, sous notre responsabilité toujours entière. Ça te conviendra ?

– Je n'ai pas peur du travail.

Albin lui enseigna le mouvement des manivelles, la régulation du trafic, le débattement des portes, le calcul de la pente d'eau. À une heure favorable, il annonça tout à coup :

– On va aller dire bonjour à Marguerite. La maison est à trois cents pas.

– Et s'il vient un bateau ?

– On entendra la trompette. Dès que tombe la nuit, la navigation doit d'ailleurs s'arrêter.

Par le chemin de halage, ils atteignirent la demeure éclusière. Avec ses murs bicolores, de briques et de pierres blanches, sous ses tuiles plates, elle avait bonne mine et se mirait coquettement dans les eaux du canal. Elle comprenait un corps principal et deux ailes, et semblait sur le point de s'envoler. Derrière, un jardin potager rempli de choux verts, de choux blancs, de salades, de poireaux, ainsi qu'un poulailler et des cages à lapins.

– Nous n'achetons pas grande nourriture : seulement le pain, le sel, l'huile et le vin. Des paysans voisins – on les appelle ici des *bounhoumes* – nous fournissent le lait. C'est heureux. Parce que, si l'on devait tout acheter, mon salaire d'éclusier nous ferait faire de petites crottes.

Il tira un cordon, Marguerite vint ouvrir. Sexagénaire enrobée jusqu'aux chevilles, elle ne suivait pas la mode des jupes courtes qui tendait à se répandre dans ces années folles d'après victoire. Sur sa tête blanche, un chignon rond comme une pomme calville. Des joues roses et lisses relevées par un large sourire. Une jeune grand-mère avec toutes ses perfections, sauf qu'il lui manquait sur le devant une de ces dents appelées incisives, mais qu'on nomme en Auvergne des « pelles ».

Elle reçut Régis comme son fils, le félicita d'avoir perdu un pied à la guerre, disant qu'elle était fière de recevoir sous son toit un ancien poilu, s'excusant de n'avoir engendré que des filles.

– J'ai perdu un neveu dans cette guerre abominable qui a fait couler tant de sang français.

– Du sang anglais aussi. Du sang américain. Et du sang allemand. Tous rouges comme le nôtre. Je sais de quoi je parle.

– Je vous ai préparé une piquenchagne. Un gâteau aux poires. Mais on va d'abord manger la soupe.

Chacun en reçut une écuellée qu'ils consommèrent devant l'âtre, l'écuelle sur les genoux. De temps en temps, Albin partageait la sienne avec son chien Trifol : une cuillerée pour toi, une cuillerée pour moi. Trifol remerciait en remuant la queue. En ces premiers jours de janvier, ils passèrent ensemble des moments délicieux. Régis avait l'impression d'avoir retrouvé Agathe.

– J'ai perdu ma mère de la grippe espagnole. Elle a résisté pour mourir jusqu'à ce que je revienne. Avant elle, j'avais perdu une sœur que je n'ai pas connue. Il me reste mon père, horloger à Saint-Véran dans les Hautes-Alpes. Et ma femme Odile, la fille du boucher. Quand je serai bien établi ici, elle me rejoindra, si la chose est possible.

– Nous serons contents de faire sa connaissance. N'est-ce pas, Veyre ?

Il approuva de la tête. En lui parlant, ou parlant de lui, Marguerite l'appelait toujours par son nom de famille, Veyre, qui est aussi celui de plusieurs communes auvergnates : Veyre Monton, les Martres-de-

Veyre. Lui l'appelait Margot. Chaque mari caresse sa femme dans le sens qui lui convient.

Vint le moment de la piquenchagne. Mme Veyre en donna l'explication :

– Il vous faut des poires pour la substance et un coing pour le parfum. Vous pelez tous ces fruits, vous les émincez, vous les faites tremper plusieurs heures dans le rhum mêlé de sucre et de vanille. Il vous faut aussi une pâte brisée, toutes les femmes la connaissent. Vous répartissez les fruits sur une moitié de la pâte disposée en ovale sur une table. Vous rabattez par-dessus l'autre moitié. Vous soudez les bords des deux couches. Vous enduisez au jaune d'œuf et au pinceau la couche supérieure pour la dorer. Il ne reste plus qu'à faire cuire à feu doux. Avec un bout de carton, vous construisez une toute petite cheminée que vous plantez au milieu du gâteau, dans laquelle vous versez un demi-verre de crème fraîche.

Tout le monde s'en régala. Trifol reçut sa petite part. Bonheur des simples plaisirs. Plaisir d'être ensemble entre pareils.

– Votre chambre est prête, dit Marguerite tout à coup.

– Ma chambre ?

– Où pensiez-vous que vous alliez dormir ?

Ils montèrent au premier étage. Deux chambres s'y trouvaient disponibles : une pour Édouard, le père et beau-père, une pour le couple Régis-Odile, avec un berceau pour l'enfant à venir. Au fond du couloir, une salle d'eau pour tout le monde : cabinet, douche, miroir.

– À Saint-Véran, je n'ai jamais eu tant de commodités.

Il en découvrit d'autres : une armoire où suspendre ses vêtements, une patère où accrocher ses casquettes ; au mur, sous un petit crucifix d'ébène, un bénitier plein d'eau ; un portrait du pape Benoît XV ; un tableau représentant la prise de la smala d'Abd el-Kader ; un calendrier des postes pour l'année 1923 ; une vue de la mer au cap Fréhel.

– Je n'ai jamais vu la mer autrement, dit Margot.

– Moi non plus. La guerre m'a fait voyager. Mais j'aurais préféré rester chez moi.

On entendit des couinements. Ils se mirent à la fenêtre. À la pâle clarté de la lune, ils distinguèrent des oiseaux aux pieds bleus, aux ailes scintillantes, aux yeux ronds comme des perles. Des mouettes. Elles remontaient le cours de la Loire et le canal, cherchant du poisson ou des animaux crevés. Elles ne couinaient pas comme on croyait d'abord, elles ricanaient. De temps en temps, l'une d'elles piquait vers l'eau comme une pierre ; elle remontait en tournoyant, le bec chargé d'on ne savait quelle proie.

– Elles descendent vers Vichy. Elles se jettent aussi sur les tas d'ordures. Ce sont des oiseaux charognards.

En ce début de janvier, la campagne était triste et nue. On discernait au loin des villages aux clochers pointus qu'aucune lumière ne signalait.

– Que faites-vous, demanda Régis, quand vous vous ennuyez ?

– Je ne m'ennuie jamais. J'écris à mes filles. L'une a épousé un garde champêtre. L'autre un éleveur de chevaux. Nous recevons des voisins à la veillée, on joue aux cartes et aux dominos.

Ils bavardèrent encore un peu, puis se souhaitèrent la bonne nuit. Régis se déshabilla, se glissa entre les draps de chanvre, trempa l'index dans le bénitier, fit un signe de croix. Il se réfugiait dans la religion quand il se sentait seul, désemparé ou malade. Il grommela un *Je vous salue Marie* et plongea dans le sommeil des consciences pures.

Avant le jour, il se réveilla, se demandant où il se trouvait. Puis le sentiment lui revint. À tâtons, il trouva la salle d'eau, s'envoya des poignées d'eau claire dans la figure, ne se rasa point, enfila ses vêtements de travail, descendit dans la cuisine, trouva Marguerite accroupie devant la cheminée. Elle se redressa :

– Veyre est déjà parti. Il a entendu une trompette. Vous trouverez bien le chemin de l'écluse. Je vous sers votre soupe.

La même que la veille, chargée de lentilles et de pain gris. Elle précisa qu'ils en mangeaient trois fois par jour, celle de midi complétée par du companage. Régis se hâta d'atteindre le fond de l'écuelle, craignant d'arriver en retard. Puis il courut presque vers le canal dont il entendait le ruissellement. Dans le sas, une péniche patientait, chargée de vaches charolaises, grasses à pleine peau, qu'on allait sacrifier dans les abattoirs parisiens. Régis présenta des excuses :

– Pardonnez mon retard.

– Dans ce métier, tu dois avoir l'oreille fine. La trompette m'a réveillé avant 6 heures.

– Je n'y manquerai plus.

Il leva la main, comme pour prêter serment.


Cinq jours plus tard, Veyre présenta son intérimaire, Alfred Crabanat.

– Si l'on veut prendre un peu de repos, se donner de l'air, échapper un moment à l'écluse, on doit se faire remplacer par une personne compétente. Alfred est un mécanicien-garagiste de Chevagnes, à quelques kilomètres d'ici. Quand j'ai besoin de lui, je le fais appeler par le facteur. Il vient à bicyclette. Je l'ai formé, il connaît le métier aussi bien que moi. De loin en loin, je lui confie les manivelles. Je lui verse la moitié de ma journée. Tout le monde est content.

– Je le remplace pas auprès de Marguerite, précisa Crabanat d'un ton farceur.

– Vous êtes auvergnat comme M. Veyre ?

– Non point. Je suis creusois. Ou bien marchois. Autrefois, notre département s'appelait la Marche. Un pays de maçons. Mais moi, j'ai préféré la mécanique.

– Creusois ou Auvergnat, c'est à peu près la même chose, je pense.

– Pas du tout. Quand un Creusois a perdu tous ses cheveux, il achète un chapeau. Quand un Auvergnat a perdu les siens, il vend son peigne.

– Ha ha ha !

– Je pourrais en dire de belles sur l'avarice auvergnate. Par exemple, je connais un habitant de Chevagnes originaire d'Aurillac, de l'Auvergne profonde. Savez-vous ce qu'il fait tous les soirs avant de se coucher ? Il arrête sa montre pour en économiser le ressort.

– Très bien. Mais si par hasard au milieu de la nuit il a besoin de savoir l'heure exacte ?

– Dans ce cas, il décroche son clairon, se met à la fenêtre et souffle dans l'instrument : *tututuuu*… Naturellement, les voisins en sont réveillés. Et y en a toujours un qui se met à la sienne et qui s'écrie : « Quelle est l'andouille qui sonne du clairon à 2 h 15 du matin ? » Si bien que l'Aurillacois s'en trouve renseigné. Un Marchois ne ferait jamais une chose pareille. Il n'a d'ailleurs pas besoin des heures nocturnes. Il se réveille au premier rayon du soleil.

Albin Veyre, originaire de Brioude en Haute-Loire, s'échauffa un peu :

– Il connaît un tas d'histoires qui déshonorent les Auvergnats. Je vais t'en raconter une qui montre bien ce que valent les Creusois. Ils étaient deux frères, Victor et Fernand, natifs de Guéret, mais établis à Bellerive, au bord de l'Allier. Ils produisaient des raves, d'énormes raves. Tous les vendredis, ils en remplissaient leur barque, traversaient la rivière et allaient les vendre à Cusset. Un jour, par maladresse, Victor en laisse tomber une dans l'Allier, la plus belle de leur cargaison. Pour la récupérer, sans même se demander s'il savait nager, Victor saute dans l'Allier. Au bout d'un long moment, ne le voyant pas remonter, Fernand se dit : « Je parie que ce coquin est en train de manger la plus belle de nos raves ! Sans la payer ! Faut pas permettre ça. » À son tour, il se jette dans la rivière. Et il ne remonte pas non plus. Voilà comment un Creusois est capable de se noyer pour l'amour d'une rave.

Régis Féraz, Savoyard d'origine, se demanda aux propos de Veyre et de Crabanat en quelle compagnie honorable il se trouvait. Il se savait trop jeune pour perdre ses cheveux, les portait en brosse, les peignait avec ses doigts. Chaque soir, avant de se coucher, il remontait sa montre de gousset et ne songeait pas à en ménager le ressort. Il mettait longtemps pour trouver le sommeil, parce qu'il pensait trop à Odile et à son père Édouard ; mais une fois plongé dans ce refuge, il n'avait pas besoin de jouer du clairon au milieu de la nuit.

# Dix-neuvième journée

Trente jours s'écoulèrent. Aussi tranquilles que les eaux des biefs et des sas. Régis donna toute satisfaction au maître éclusier, qui lui dit un matin :

– Je te laisserai ma place pour la Saint-Auguste, le 29 février. Un saint que l'on ne fête que les années bissextiles. J'ai fait un rapport aux TPE pour exprimer le bien que je pense de toi. Ensuite, je prendrai ma retraite, je retournerai à Brioude. Tu pourras faire venir ici ton père et ta femme.

Vint l'inspecteur des TPE. Il passa une journée à examiner les manœuvres de mon grand-père. Ce dernier fit passer huit péniches-lavandières et cinq recargotats qui transportaient du vin de Provence et du blé forézien. Peu de choses, mais suffisantes pour juger des capacités du nouvel éclusier.

Avant la Saint-Auguste, Régis reprit le train et les autobus pour Saint-Véran. Odile et Édouard l'embrassèrent comme du pain bénit. Il eut à raconter tout ce qu'il avait fait, tout ce qu'il avait vu, dit, entendu :

– Les Auvergnats, exposa-t-il, sont des bougres de farceurs. Ils arrêtent leur montre la nuit pour économiser le ressort et se nourrissent principalement de raves, que chez nous on donne plutôt aux cochons. S'ils n'ont plus de cheveux, ils vendent leur peigne.

Édouard et Odile rirent des Auvergnats à gorge déployée.

— Mais ce ne sont pas de méchantes gens, ajouta-t-il. Si c'est nécessaire, ils ne craignent pas de travailler douze heures par jour. Leur soupe est bonne. Ils la partagent avec leur chien qui s'appelle Trifol, ce qui veut dire pomme de terre dans leur patois.

— Quelle idée d'appeler un chien Pomme de terre !

Et tous trois de rire davantage.

— Encore une curiosité. Cette année, il n'y a pas de 29 février. C'est quand même le 29 février, pour la Saint-Auguste, que je succèderai à M. Albin.

Ils mangèrent à la savoyarde, tartiflette, bougnettes, gâteau aux noix ; ils burent du vin de la Durance. Puis ils allèrent se coucher. Au milieu de la nuit, lorsqu'ils se furent bien grapillés l'un l'autre, Odile fit une révélation :

— Tu n'as rien remarqué ?

— Que faut-il que je remarque ?

— Tu me trouves comme avant ?…. Pose ta main sur mon ventre. Tu ne sens rien ?…. Je suis enceinte de trois mois. Il ou elle bouge déjà. Je le sens, ou je la sens qui me donne des coups de pied.

Il ne sentait rien, il avait la peau des mains trop épaisse. Il n'exprima rien, ni joie, ni inquiétude. Il se disait : « Nous serons quatre à la maison éclusière. Ça compliquera les choses. » Avec un peu de retard, il comprit qu'il devait embrasser, féliciter, remercier sa femme. Il le fit avec conscience.

— Ça me fait drôle, conclut-il.

— Qu'est-ce qui te fait drôle ?

– D'être bientôt père de famille.

– Dans six mois. Faudra que tu t'y habitues.

– Moi qui ai…

– Qui as quoi ?

– Moi qui ai tué beaucoup d'hommes, voici que…
Ça compense un peu.

– Tu n'as fait que ton devoir. Maintenant, nous
ferons le nôtre. C'est ainsi que va le monde depuis
que le Seigneur l'a créé. Tu gagneras ton pain à la
sueur de ton front. Et moi, j'enfanterai dans la douleur. Bonne nuit.

– Bonne nuit.

Le lendemain matin, ils apprirent à Édouard qu'il
serait bientôt grand-père. Il en manifesta un grand
plaisir.

– Comme ma pauvre Agathe aurait été heureuse
d'apprendre ça !

Cette nouvelle lui donna beaucoup d'entrain pour
préparer ses bagages. Il y fallut deux jours et un
déménageur. Ils traversèrent des fleuves, des rivières,
des montagnes, des villes inconnus.

– Je n'aurais jamais imaginé, s'écria Odile, que la
France était si grande !

– Moi j'ai visité, se glorifia le vieil Édouard, Versailles, Paris, Sedan. Je suis même allé en Allemagne,
en forteresse.

– Que pensez-vous des Allemands ?

– Tu veux dire des Prussiens ? Je les ai très peu
fréquentés, sauf au bout de mon chassepot.

– Parlons d'autre chose, dit Régis.

– De quelle autre chose ?

– Du soleil, de la pluie, de la neige, du printemps
qui bientôt arrivera. En hiver, quelquefois, l'eau des

écluses devient glace. Faut la casser à coup de maillet. Heureusement, en hiver, on navigue peu sur les canaux.

Le déménageur leur signalait les curiosités du parcours. De Gap, ils gravirent la route que Napoléon avait suivie en 1815, par le col Bayard, La Mure, la descente vertigineuse de Laffrey, là où le maréchal Ney devait l'arrêter et le mettre en cage. À Grenoble, ils aperçurent la grotte où Mandrin s'était réfugié. Le déménageur chanta sa complainte :

> *Ces messieurs de Grenoble*
> *Avec leurs longues robes*
> *Et leurs bonnets carrés*
> *M'eurent bientôt jugé...*

En contournant Lyon, capitale de la soie et des soyeux, il chanta la révolte des canuts :

> *Pour gouverner, il faut avoir*
> *Manteaux ou rubans en sautoir.*
> *Nous en tissons pour vous, grands de la terre.*
> *Mais nous, pauvres canuts, sans draps on nous enterre...*

Il leur enseignait l'histoire et la géographie par les chansons. À Lapalisse, il raconta le malheur du pauvre Jacques de la Palice, qui se fit tuer à Pavie pour avoir secouru François I$^{er}$ :

> *Hélas ! La Palice est mort.*
> *Il est mort devant Pavie.*
> *Hélas ! s'il n'était pas mort,*
> *Il serait encore en vie...*

Passant par Chavroche, Jaligny puis Vaumas, ils atteignirent la Besbre, affluent de la Loire.

– Nous approchons ! cria le déménageur, avant d'entonner :

> *L'Écriture nous enseigne*
> *Qu'il faut rendre comme on reçoit :*
> *Un marron contre une châtaigne,*
> *Un épi contre une noix.*
> *D'où sur Besbre ce refrain :*
> *Œil pour œil, et Saint-Pourçain.*

Trois quarts d'heure plus tard, ils furent à Clos du May. Albin Veyre était en train, lui aussi, de travailler à son déménagement.

– Où allez-vous vous retirer ?

– Nous retournons en Auvergne, au bord de l'eau. Une maison nous attend à Fontannes, près de Brioude, entre l'Allier et la Senouire. Je ne pourrais me passer d'une rivière à pêche, j'en aurai deux.

Les Savoyards firent connaissance avec la maison éclusière, les quatre chambres, la cuisine et sa vaste cheminée, le salon et la cave. Avec le jardin, ses pommiers, ses cerisiers, ses pruniers, son poulailler et son clapier. À lui seul, le jardin pourrait les nourrir une grande partie de l'année.

– Je vous y laisse mes poireaux, mes potirons, mes fines herbes, dit Albin. Vous les consommerez en pensant à nous.

Lorsqu'ils furent tous à table, vinrent les dernières instructions éclusières :

– Tous les six mois, tu devras faire une chasse d'eau en ouvrant brutalement le pertuis d'aval. Ça libère un flot qui emporte les ordures, les boues, les limons, les rats crevés en dépôt sur le radier. S'il vous manque de la nourriture, vous trouverez à Beaulon tous les commerces, c'est à deux kilomètres. Et aussi une église si vous avez de la religion.

Ils se partagèrent le piquenchagne de Marguerite, burent une bouteille de vin mousseux que Veyre avait gardée pour l'occasion.

– À votre santé et prospérité !

– À votre longue et heureuse retraite !

Marguerite abandonna à Odile un demi-saucisson, un demi-fromage, une boîte de sucre inachevée, une bonbonnière contenant encore des pastilles digestives. On pouvait lire sur le couvercle : *Confiserie spéciale à Vichy. Sur le parc. Rue Sorien. Au fidèle berger. Sucres d'orge, boules de gomme pectorales aux sels naturels de Vichy. Seule maison fabriquant ce produit déposé. Expédition toute l'année.* Odile se mit une pastille en bouche, comme elle eût pris une hostie de pain azyme.

Alors, pour Édouard, Odile et Régis, commença une vie nouvelle.

Bien que j'habite en Bourbonnais depuis 1962, je connais à peine cette province. Il faudra que je raconte pourquoi je suis née en Algérie – en Haute Kabylie exactement – et comment j'ai abandonné le pays des Berbères pour venir chez les Bourbonnichons afin d'y soigner mon grand-père. Chaque chose en son temps. En arrivant ici, je me suis demandé pourquoi ce petit quart du département entre la Loire qui l'effleure à peine, l'Allier qui le limite à l'ouest et la

Besbre qui le traverse, prétend mériter l'appellation de Sologne bourbonnaise. Je connaissais la Sologne de *Raboliot*[1] et celle des *Maîtres-Sonneurs*[2]. À force de promenades et d'observations, j'ai découvert leurs parentés. Elles comprennent deux plateaux qui descendent en pente douce, vers l'ouest pour la berrichonne, vers l'est pour la bourbonnaise. Leurs eaux s'écoulent médiocrement par le Coston et le Beuvron de la première, par la Besbre et l'Acolin de la seconde, toutes vers la Loire. Leurs terres sont pierreuses, sableuses, argileuses, criblées d'étangs. C'est une étendue de petits bois de conifères, de peupliers noirs, riches en gibiers. Deux paradis pour les chasseurs et les braconniers. On y élève des vaches charolaises, remarquables par leur robe blanche, leur corps trapu, leur culotte rebondie, leurs membres courts et bien d'aplomb, les muqueuses roses de l'œil et des naseaux. Originaires de Charolles, elles ont leur monument à Saulieu en Côte-d'Or de même que l'Aubrac a le sien à Laguiole en Aveyron. Leur implantation réussit cependant assez mal dans l'Allier, elles y manquaient de charpente. Un peu comme les conscrits du département, dont un sur trois seulement était retenu par les conseils de révision. Un vétérinaire perspicace diagnostiqua chez tous un manque de calcium. Il suggéra de chauler les pâturages. Le résultat fut probant tant pour les bêtes que pour les garçons. Les bœufs puissants firent le bonheur des forestiers et des maîtres des forges. De nos jours, charolais et charolaises ne travaillent plus : ils « s'enviandent ». On ne

---

1. Maurice GENEVOIX, Paris, Grasset, 1925.
2. George SAND, Paris, Gallimard, 1979.

peut dire « ils s'engraissent » car ils sont presque tout chair.

L'argile et le kaolin fournissent de la matière première à des tuileries, briqueteries, céramiqueries, notamment à Beaulon, Chaussenard, Thiel et Doyet. Mais aucune des deux Solognes n'est réellement favorable à l'industrie. Tout au plus à l'artisanat qu'on trouve partout. Les Romanichels font razzia sur l'osier blanc dont ils tressent des paniers, des bannes, des hottes et des cages. Ils vendent ces dernières avec un oiseau dedans qui chante. Un jour, j'ai voulu leur acheter un geai à livrée bleu clair marqué de roux.

– Il sait parler, je le jure, m'assura le vendeur.

– Parler ?

– Écoute.

Il lui chatouilla le bec avec une paille. L'oiseau resta muet. Après des efforts répétés, il poussa un cri assez rauque : « Héri... Héri... Héri... »

– Que dit-il ? Je ne comprends pas.

– Il dit : « Merci, merci, merci. »

Dans le temps qui suivit, j'essayai d'entrer en conversation avec mon geai bleu. Il répétait très mal les mots que je lui enseignais, comme font les mauvais écoliers. J'aurais voulu m'en plaindre au bohémien qui me l'avait vendu ; mais celui-ci avait disparu de mon paysage. Ces gens sont d'éternels voyageurs, toujours à la recherche d'un havre, à l'image de l'humanité tirée à hue et à dia par les sollicitations du plaisir et de l'intérêt.

# Vingtième journée

Avec l'aide et les conseils d'Alfred Crabanat, Régis pratiquait et perfectionnait sa profession d'éclusier. Il ouvrait et fermait les vannes à la manivelle. Il échangeait des mots avec les mariniers reconnaissables à l'anneau d'or qu'ils portaient à l'oreille gauche. Leur devise était : « Vilains sur terre, seigneurs sur l'eau nous sommes. » Ils racontaient des exploits mirifiques, les pommes qu'ils avaient maraudées, les biches qu'ils avaient abattues, les filles qu'ils avaient culbutées. Crabanat enseignait à mon grand-père le vocabulaire de la profession :

– Fais gaffe. Chez les éclusiers, une bouchure est un barrage provisoire du canal. Chez les bounhoumes, c'est une haie.

Régis s'intéressait aux châbleurs, aux pauvres diables qui halaient au moyen d'un châble, un câble fixé à un mâtereau appelé arbousier. Ils tiraient à un, à deux de l'épaule et de l'échine pour gagner 40 sous à un châblage de deux heures. Dans ses moments inoccupés, mon grand-père pêchait au bief d'amont. Avec un peu de chance, il lui arrivait de ramener une alose, une loche ou même un saumon qui s'était trompé de route.

Édouard, l'arrière-grand-père, regretta bientôt Saint-Véran, ses brebis, ses horloges, ses amis. Il ne trouvait pas bon le pain que la boulangère de Beaulon livrait dans les campagnes.

– Pas assez de trous. On dirait du fromage. Ça ne vaut pas le pain de Dieu saint-véranais.

Il se désennuyait en bêchant le jardin, en taillant les bouchures qui l'entouraient. Des aéroplanes passaient dans le ciel, qui avaient survécu à la guerre. Il entreprit d'en fabriquer un, de petites dimensions, en le découpant au couteau dans une planche. Quand Régis ne voyait pas son père, Odile le rassurait :

– Il est dans le jardin. Il fabrique son aéroplane.

– C'est le *Vieux Charles* de Guynemer, prétendait Édouard.

Il fixa sa machine bien huilée sur un pivot, au sommet d'un haut piquet. Le *Vieux Charles* devint une girouette qui regardait le nord ou le sud, l'est ou l'ouest, selon le vent. Son hélice en bois d'érable tourbillonnait. Chaque matin, Édouard allait le consulter, puis en tirait des prédictions : « Demain, nous aurons de la pluie. » Ou : « Demain sera plein de soleil. »

En octobre 1923, se produisit l'événement que chacun attendait : Odile donna le jour à un petit garçon qui fut baptisé Georges. Peut-être en souvenir de Guynemer. Édouard fut le parrain, Francine, l'épouse de Crabanat, la marraine. Ainsi va le monde : une année avait emporté Agathe, une autre avait apporté le petit Georges. La cérémonie baptismale eut lieu dans l'église de Beaulon, sous la protection d'un Suisse coiffé d'un bicorne, armé d'une hallebarde, soutaché par-devant et par-derrière. Au repas, en plein air devant la maison éclusière, furent invités voisins, amis et connaissances.

Le petit Georges eut une enfance aquatique, en compagnie des canards, des sternes, des grenouilles, des têtards, des anguilles. Il sut très vite construire des barques d'écorce qu'il faisait naviguer sur le canal. Afin de ne pas le perdre, sa mère le retenait par une corde assez longue pour qu'il pût tremper ses pieds dans l'eau, assez courte pour le retenir d'y faire *plouf*. Il marcha d'abord à quatre pattes comme tous les nourrissons. Il ne se tint vraiment debout qu'à l'âge de dix-huit mois. En revanche, tardif pour marcher, il fut précoce pour parler, pour chanter et pour lire. Son père, toute sa vie embarrassé de la langue, disait :

– On pourra en faire un avocat. Mais j'aimerais mieux qu'il prenne ma suite.

À l'âge de six ans, il fut inscrit à l'école de Beaulon où il se rendait à pied six jours par semaine, emportant dans une musette son repas de midi. En cours de route, il observait le vol des mouettes, les migrations des fourmis, la poussée des herbes, le mûrissement des prunelles et des mûres noires qu'il cueillait malgré les épines. Il revenait souvent avec une langue charbonneuse. Il entendait au loin la trompette des bateliers et le *coin-coin* des voitures automobiles.

Lorsqu'il eut dix ans, son père lui acheta une bicyclette qui le transportait à l'école en dix minutes. Il y arrivait généralement le premier. L'hiver, sur la route neigeuse, il devait reprendre le train onze. Ainsi appelait-on la marche à pied qui met en mouvement les deux jambes et leur fait dessiner le nombre 11.

Vint à l'école un montreur de lanterne magique ambulant. Il projetait des plaques en noir et blanc qui faisaient voyager les gamins à travers le monde et les étoiles, de la Suède à l'Algérie, de la Lune à Saturne. Georges découvrait les chameaux qui ont deux bosses, les dromadaires qui en ont une seule, les éléphants qui balancent une longue queue par-devant et une courte par-derrière ; les bananiers, les mandariniers, les grenadiers. C'est sans doute à cette prestation de la lanterne magique que lui vint le goût des voyages. Un goût qui devait déterminer son destin.

Un de ses instituteurs, M. Varennes, vint trouver grand-père :

– J'ai quelque chose d'important à vous dire. Quelque chose de surprenant.

– Mon garçon est un mauvais élève ? Corrigez-le !

– Il s'agit de bien autre chose. Quand je parle orthographe, géométrie, physique, j'ai l'impression qu'il s'ennuie.

– Faut le secouer.

– Il sait déjà ce que j'explique. Il l'a lu dans les livres. Ou bien il l'a découvert tout seul. Bref, il me semble qu'il est aussi savant que moi.

Régis écarquilla les yeux, ouvrit la bouche, peinant à croire ce qu'il venait d'entendre.

– C'est ce qu'on appelle un enfant surdoué. Dans la population scolaire, on en trouve peut-être un sur mille.

– Bougre de bougre ! Qu'est-ce qu'on va en faire ?

– Je vous conseille de le présenter au concours des bourses deuxième série. Il entrera ensuite au cours complémentaire de Dompierre-sur-Besbre. Il y préparera son admission à l'École normale d'instituteurs.

Après trois années d'études, il en sortira maître d'école.

– Tout ça va me coûter les yeux de la tête.

– Non, puisque vous aurez la bourse.

– En quoi ça consiste ?

– C'est une somme qui vous sera versée par le gouvernement, entre 500 et 1 200 francs chaque année.

– Je préfèrerai 1 200.

– Une commission fixera le montant de la somme suivant ce que vous gagnez à l'écluse.

– Qui sont donc ces commissaires ?

– Rien que des personnes honorables. Le préfet ou son délégué. L'inspecteur d'Académie. Trois pères de famille. Si vous êtes d'accord, je vous apporterai des feuilles que vous devrez signer.

La famille se réunit pour en délibérer. Régis expliqua à son fils qu'il était trop intelligent pour devenir éclusier ; que son maître proposait d'en faire un instituteur ; qu'il toucherait une bourse de 1 200 francs. Georges ne manifesta aucun enthousiasme ; il désirait un métier riche en voyages.

– Par exemple ?

– Navigateur. Aviateur. Employé des chemins de fer. Journaliste. Diplomate.

– Peut-être Romanichel ? suggéra Odile.

– Pourquoi pas ? Rémouleur. Colporteur. L'instituteur ne voyage pas.

M. Varennes consulté affirma qu'une carrière d'enseignant n'est pas toujours immobile, qu'on peut changer de commune et même de département ; passer les vacances loin de chez soi ; aller rendre visite au pôle Nord ou au Japon. Lorsqu'il parlait des vacances, ses yeux s'illuminaient :

– Nous ne sommes pas très bien payés. Mais nous jouissons de deux cents jours de vacances chaque année. Elles sont notre seule opulence.

Georges finit par se laisser convaincre. Il passa glorieusement le concours des bourses. La commission faite de gens honorables lui accorda 1 000 francs annuels. Ce succès lui fit grâce du certificat d'études pour entrer à Dompierre. Il n'était guère plus éloigné que Beaulon de la maison éclusière ; il s'y rendait en une demi-heure de bécane, sur une route plate, à peine vallonnée. Il y recevait l'enseignement de deux maîtres. L'un, M. Gardille, directeur, enseignait les matières scientifiques, arithmétique, géométrie, physique, chimie ; à l'autre, M. Vialon, étaient réservées les matières littéraires, français, orthographe, géographie, anglais. Chacun souffrait d'une faiblesse. Gardille avait fait quatre ans et demi de guerre dans l'artillerie ; il en était revenu à peu près sourd. On aurait pu l'employer dans un bureau ; mais il avait insisté pour reprendre sa classe avec l'aide d'un cornet acoustique, pareil à une petite corne d'abondance, dont il s'enfonçait le bout dans l'oreille. Les élèves lui jouaient des tours abominables. Les uns projetaient des boules de papier mâché dans le pavillon ; avec un peu de chance, ils parvenaient à le boucher, Gardille n'entendait plus grand-chose. D'autres levaient le doigt, remuaient les lèvres, prononçaient des syllabes dépourvues de sens :

– Monsieur, s'il vous plaît… rataboum pon-pon larirette.

– Parle plus fort, je te prie.

– Rataboum pon-pon la-rirette.

Le malheureux soufflait dans son embouchure éperdument.

Son collègue ne prêtait le flanc à aucune plaisanterie. Lui aussi avait fait 14-18, y avait perdu un doigt de la main droite. Il imposait une discipline de fer. Si un élève y manquait, il lui envoyait ce qu'il nommait une giroflée, une gifle à quatre pétales, qui lui fleurissait la joue. Aucun parent ne se plaignait, ils avaient trop de vénération pour ces héros survivants. Leurs méthodes d'ailleurs obtenaient de très bons résultats. Les meilleurs élèves entraient à l'École normale de Moulins ; les moyens décrochaient le brevet élémentaire. Le Cours complémentaire disposait d'un atelier où un artisan professionnel enseignait la menuiserie. Les planches, les copeaux, la sciure y embaumaient de tous leurs pores. Georges eut la gloire d'y recevoir un prix de menuiserie pour avoir construit un banc à quatre pattes.

On apprenait aussi le jardinage. M. Gardille employait ses élèves selon leur taille, leur âge et leur force à bêcher, semer, désherber et cueillir. En récompense, ils avaient droit à une part de fruitage, fraises, cerises, groseilles, cassis.

En 1937, candidat surdoué, portant encore des culottes, Georges Féraz fut reçu numéro 1 – cacique – à l'École normale de Moulins, située rue du Progrès… On l'a dit mille fois, les EN étaient des séminaires laïcs. *Seminarium* signifie pépinière. Les élèves étaient la bonne semence destinée à produire des instituteurs irréprochables. Tolérants à l'égard des sentiments religieux qu'ils pouvaient avoir à fréquenter, mais légèrement anticléricaux. Instruits de toutes les disciplines, mais pas trop. Patriotes et revanchards avant 14, désormais pacifistes. Plutôt politiquement rouges, mais sans fanatisme. Assez critiques de l'ordre établi, mais disciplinés.

Beaucoup de jeunes professeurs étaient tombés sur les champs de bataille de la Grande Guerre ; ceux qui restaient étaient âgés, proches de la retraite, disons même antédiluviens. Depuis leur sortie de Saint-Cloud dans les années 1880, ils n'avaient pas appris grand-chose. L'étude des lettres s'arrêtait à Victor Hugo. Celle de la philosophie à Auguste Comte, de la psychologie à Claparède, de la sociologie à Durkheim. Ils ne prononçaient jamais les noms de Guillaume Apollinaire, de Freud ou de Bachelard. En quoi ces auteurs, pensaient-ils, auraient-ils servi à enseigner le b.a. ba ? L'un d'eux, prof d'histoire-géo, et de lettres, pénétré d'admiration pour lui-même, écrivait des poèmes et les récitait, heureux d'avoir un public, sans en révéler l'auteur, disant seulement « le poète ». C'est ainsi que l'une de ses œuvres, qui avait trait à l'Algérie, s'achevait sur cet alexandrin : « Et le grand vent souf-flait dans les touffes d'alfa. »

Excédés par l'abus qu'il faisait de leurs oreilles, ses élèves convinrent un jour, unanimement, de placer ce vers dans leur prochaine dissertation, quel qu'en fût le sujet. Avec plus ou moins d'adresse. En ménageant les transitions indispensables. Ledit prof en resta éberlué :

– Je vois, messieurs, que ce grand vent et cet alfa vous ont beaucoup frappés. Je ne voudrais pas que les poèmes dont j'illustre mes cours produisent chez vous un traumatisme obsessionnel. Aussi m'en abstiendrai-je dorénavant. Je me cantonnerai dans la prose abso-lue.

Georges Féraz ne se doutait pas que le fameux alexandrin déterminerait son destin.

Pendant ses dix années d'études gratuites, obligatoires et laïques, il se passa une foule d'événements dont vous ne pouvez avoir, monsieur le journaliste du *Progrès* de Lyon, mémoire, puisque vous n'étiez pas encore né. Moi non plus d'ailleurs.

Je vous en rappelle quelques-uns de première importance. La guerre de 14-18 avait remodelé l'Europe selon les idées de Clemenceau, créant des États nouveaux, la Yougoslavie, la Tchécoslovaquie ; ressuscitant des États disparus, la Pologne, la Hongrie ; réduisant à leur plus simple expression les États vaincus, l'Allemagne, l'Autriche, la Bulgarie, la Turquie. Les traités de paix imposés laissaient prévoir une nouvelle revanche, une deuxième guerre mondiale. Elle fut ardemment préparée par un Autrichien qui se prétendait Allemand, Adolf Hitler. Il sut grouper autour de lui tous les mécontents de Versailles, s'attribua le titre de *Führer* : Celui qui conduit. Il prépara une armée puissante sur terre, sur mer et dans les airs. Goering, son premier complice, déclara :

– Nous manquerons de beurre, mais nous aurons des canons.

Pendant ce temps, les ouvriers français, sous l'autorité du Front populaire, déclenchaient les interminables grèves de 1936, occupaient leurs usines et leurs magasins, y dansaient la java, obtenaient une augmentation des salaires, des congés payés et la semaine de 40 heures.

Je veux exprimer ici toute ma pensée politique : le bonheur du peuple est assurément dans la java. Encore faut-il qu'elle soit dansée au bon moment.

Dans ces années d'entre-deux-guerres, Édouard Féraz, mon arrière-grand-père, se plaisait à raconter la sienne. Comment il avait combattu quelque peu les Prussiens et combattu davantage les communards, les partageux.

– Vous en avez fusillé beaucoup ? lui demandait-on.

– Je sais pas. J'ai pas compté. On les alignait debout contre un mur et on tirait dans le tas. Ça donnait de l'ouvrage aux fabricants de cercueils. C'est des gens qui valaient pas cher. Eux aussi avaient fusillé du monde. Ils n'étaient guère français.

*Français*, pour lui, signifiait honnête, généreux. Il se souvenait bien du passé, oubliait le présent. Il avait des trous de mémoire, demandait :

– Qu'est-ce que c'est que cet outil ?

– Une louche.

– Et cet autre ?

– Une écumoire.

Il prenait un crayon et notait sur un petit calepin les mots qui s'étaient envolés. Non point mots compliqués, mais vocables d'usage courant : lessiveuse, tartiflette, mayonnaise. Certains soirs, devant la cheminée, il ouvrait le calepin et repassait son vocabulaire, comme un enfant apprend ses prières. Odile évitait d'employer les termes typiquement bourbonnais, aussi étrangers pour lui que le grec ou le latin.

Un jour qu'il se trouvait au jardin en compagnie de sa bru, il lui demanda de lui apporter un outil allongé par terre, le désignant du doigt :

– Ce truc... ce machin qui est devant toi... s'il te plaît.

Et elle, faisant mine de ne pas comprendre :

– Quel truc ? Quel machin ?

Un peu agacé, il fit les pas qui l'en séparaient. Le machin avait les dents en l'air et, par maladresse, Édouard posa le pied sur cette denture. L'outil se releva et son manche vint le frapper au front.

– Putain de rateau ! s'écria-t-il.

Et Odile en riant :

– Quand vous ne trouverez pas le mot, un bon coup de manche vous le fera revenir.


L'hiver 1937, Édouard fut frappé d'une congestion cérébrale qui lui fit perdre le mouvement et l'esprit. Les docteurs dirent apoplexie. Sa respiration était courte et bruyante, ses paupières toujours closes. Le médecin de Dompierre lui fit mettre sur la tête des morceaux de glace enveloppés d'un linge, des sangsues derrière les oreilles, des sinapismes aux mollets. Au bout de quelques jours, il ouvrit les yeux, il grommela, il leva les bras au ciel. Odile essaya de lui parler :

– Que faites-vous ?

– Je cueille des pommes.

– Très bien. J'en ferai de la marmelade.

On crut qu'il allait guérir, il cessa de déraisonner.

– Je vois bien que je suis foutu... Je veux être enterré à Saint-Véran à côté de ma chère Agathe. N'oubliez pas... À côté d'elle.

– On n'oubliera pas, dit son fils. Mais il est trop tôt pour en parler.

– Il n'est jamais trop tôt pour parler de sa propre mort… Elle vient comme un voleur.

Ses yeux se refermèrent. Il se rendormit. Le lendemain, on le trouva mort. Mort sans confession, mais avait-il quelque chose à confesser ? S'il avait fusillé des communards, c'est parce qu'on lui en avait donné l'ordre. Couchée près de lui, à Saint-Véran, Agathe lui donnerait l'absolution.

Grâce à Crabanat, l'éclusier remplaçant, ils purent l'accompagner. L'entrepreneur des pompes funèbres accepta de les transporter avec lui, Odile à son côté, Régis et Georges assis sur le cercueil. Mâcon, Lyon, Bourgoin, Grenoble. En remontant la côte de Laffray, ils eurent la surprise de voir à main gauche, au-dessus du lac, un Napoléon en bronze, en bottes et en bicorne sur son cheval. C'est ici que, revenant de l'île d'Elbe, il avança à pied vers le bataillon qui devait le mettre en cage, ouvrit sa redingote grise, s'écria :

– Soldats ! Je suis votre empereur. S'il en est parmi vous qui veuillent tirer sur leur général, me voici !

Le corbillard de Dompierre, parti avant le jour, atteignit Saint-Véran à la première odeur de la nuit. Les vivants dormirent chez les Saint-Véranais qui ne les avaient pas oubliés. Le lendemain, beaucoup de monde marcha derrière la croix, le prêtre et la bière en bois de hêtre portée par six hommes. Des femmes aux châles noirs, dont les pans triangulaires pendaient dans leur dos comme des ailes brisées. En présence de tous ces témoins, mon arrière-grand-père

Édouard fut couché près de son épouse Agathe pour l'éternité.

Adolf Hitler continuait d'envahir l'Europe, prétendant que l'Allemagne manquait d'espace vital. À tel point que son inspirateur et allié Benito Mussolini se permit d'exprimer un jour en privé ce sentiment :

– S'il n'a pas d'accident de parcours, il lui faudra envahir la lune.

Dans les pays démocratiques, il trouvait aussi des admirateurs, en Irlande, en Amérique, en Belgique, en France. Chez nous, Abel Bonnard, membre de l'Académie française, fit le voyage jusqu'à Berlin pour le complimenter et prétendre qu'il était un patriote, non pas un dictateur.

En septembre 1938, furent placardées les affiches blanches d'une mobilisation partielle. Elles n'avaient pas changé depuis 1914, Régis reconnut leurs deux petits drapeaux croisés. Mais elles n'appelaient sous les drapeaux qu'une catégorie de citoyens, ceux qui portaient un certain chiffre sur leur livret militaire. Deux millions de réservistes seulement prirent le train sans tambour ni trompette afin de persuader le Führer qu'il ne devait pas aller plus loin. Une fois dans leurs casernes, ces « réservoirs » constatèrent qu'ils ne disposaient que d'une paire de godillots pour deux, d'un casque pour trois, d'un fusil pour quatre. Ils réapprirent laborieusement à enrouler leurs bandes molletières, à marcher au pas, et ils se préparèrent à retourner voir si la ligne bleue des Vosges avait changé de couleur.

Le garde champêtre de Beaulon, désireux de participer à la mobilisation, s'en fut trouver le maire :

– Je voudrais, dit-il, changer de nom.

– Ce n'est pas impossible, mais il faudra vous adresser à la préfecture. Comment vous appelez-vous ?

– Je m'appelle Troudut Adolphe.

– Je comprends votre désir. Et comment voudriez-vous vous appeler ?

– Je voudrais m'appeler Troudut Maurice.

C'est assez dire l'horreur qu'inspirait l'ogre de Berlin. Cependant, la guerre fut évitée grâce à un accord signé à Munich entre ledit ogre, Mussolini, le président du Conseil français Daladier, surnommé le « Taureau du Vaucluse » et le Premier anglais, Neville Chamberlain, armé de son parapluie. Daladier et Chamberlain baissèrent culottes devant Hitler qui promit de ne pas aller plus loin et la paix fut sauvée. Les « réservoirs » déposèrent leurs bandes molletières et rentrèrent chez eux, plus penauds que satisfaits. Les clairvoyants avaient conscience que cette mobilisation partielle était, comme on dit au théâtre, une répétition générale en costumes. Daladier et Chamberlain expliquèrent plus tard qu'ils s'étaient rendu compte que la France et l'Angleterre ne possédaient pas les armes nécessaires pour résister à l'Allemagne. Ils décidèrent de faire l'impossible pour rattraper leur retard, construire de l'artillerie, des avions et des armes blindées. Pour ce, le Taureau du Vaucluse voulut abroger provisoirement la loi des 40 heures.

– Pas question, Gaston ! répliquèrent les syndicats. Nous entendons préserver les conquêtes sociales de 1936.

Et pour appuyer leur refus, ils déclenchèrent une nouvelle série de grèves et de manifestations.

Le 3 septembre 1939, oubliant les accords de Munich, Hitler lança ses troupes sur la Pologne. Ainsi commença la Deuxième Guerre mondiale qui devait faire 50 millions de morts.

Pendant neuf mois, le général Gamelin, qui n'était pas un foudre de guerre, nommé commandant en chef des troupes franco-anglaises, se contenta d'offensives limitées au sud de Sarrebruck. Ainsi, durant trois saisons, les deux fronts ennemis demeurèrent immobiles, face à face, se considérant comme des boxeurs qui n'osent pas s'attaquer. François Mauriac baptisa justement ce semblant de « drôle de guerre ». Des chansons seules entretenaient l'esprit combatif. « Nous irons sécher not'linge sur la ligne Siegfried ! » proclamaient nos alliés britanniques. À quoi Maurice Chevalier faisait écho :

> ... Et tout ça, ça fait
> D'excellents Français,
> D'excellents soldats
> Qui marchent au pas.
> Ils n'en avaient plus l'habitude ;
> Mais tout comme la bicyclette,
> Ça n's'oublie pas.

Le 10 mai 1940, la guerre des chansons s'arrêta net. Alors que Georges Féraz se préparait à passer les épreuves du brevet supérieur, une immense débandade humaine déferla sur Moulins. Ce furent d'abord des Belges, civils ou militaires, à pleins camions.

– Où allez-vous ? leur criait-on.

– On ne sait pas. Vers Marseille. Vers l'Afrique.

Vinrent ensuite des Sénégalais, les valides portant les blessés sur des brancards. Certains de ceux-ci avaient déjà trépassé, on évacuait leurs cadavres. Après eux, ceux qui battaient en retraite : pauvres bougres vêtus de kaki, abrutis par les bombes, ils avaient perdu leurs casques, leurs armes, leurs régiments ; officiers en voitures avec bagages et bonnes amies ; camions chargés de civils, de militaires, de machines à écrire. Ils ne faisaient que passer. Ils allaient plus loin, se regrouper, attendre des ordres.

Les écoles renvoyèrent les élèves à leurs familles.

– Et notre BS ? réclamèrent les normaliens.

– On reverra ça en septembre. Rentrez chez vous.

Les fascistes de Mussolini s'étaient d'abord seulement moqués de notre défaite. La RAI, la radio italienne, émettait des définitions antifrançaises : *Prima, i Francesi erano galli, adesso son capponi*. D'abord, les Français étaient des coqs [ou des Gaulois] ; maintenant, ce sont des chapons [ou des capons[1]]. *In extremis*, le Duce s'était résolu à nous déclarer la guerre afin d'avoir sa part du gâteau. Des avions marqués du faisceau remontaient le cours de l'Allier en mitraillant tout ce qui bougeait. Le maire déclara Moulins « ville ouverte », inapte à combattre. Le pont de Règemortes, miné par le génie devait sauter quand les envahisseurs passeraient dessus. Il sauta deux heures avant. Mais le génie avait oublié qu'existait un autre pont, le ferroviaire, sur lequel les Allemands purent rouler comme sur un tapis.

---

1. Couards, poltrons, lâches.

Le 22 juin, l'armistice signé, la France fut partagée en deux zones, l'une occupée, l'autre prétendument libre. Les civils purent franchir la ligne de démarcation sans beaucoup de difficulté s'ils avaient un *Ausweis*[1] et un bon motif. Vichy devint la capitale de la France libre. Tout le monde sait cela, inutile de le répéter. Philippe Pétain instaura un régime nouveau appelé Révolution nationale.

Réfugié à Clos du May, Georges Féraz regagna Moulins en septembre pour subir les épreuves du brevet supérieur. Il fut reçu avec le numéro 1 sans surprise pour personne. Il dut se rendre à Vichy afin de solliciter un poste d'instituteur. Dans la capitale provisoire de la France, bien des gens étaient plus préoccupés de leur situation personnelle que du destin de la République. « Vichy bourdonnait comme un Deauville des plus heureux jours. De la gare à l'Allier, c'était un flot de robes pimpantes, de négligés savamment balnéaires, de vestons de grands tailleurs [...]. Le hall de l'hôtel du Parc [où résidait le Maréchal] était, de l'aube à la nuit tombée, une volière[2]. » Les ministres nouveaux s'étaient installés dans des chambres où ils manquaient d'espace. Le téléphone résidait souvent dans le bidet de la salle de bains. Quarante ambassadeurs y avaient leur siège, y compris William Bullitt, représentant des États-Unis.

Pendant ce temps, les occupants pillaient les villes et les campagnes. Les cartes de rationnement engendrèrent le marché noir. Le premier souci des gens

---

1. En allemand, *Ausweis* signifie « papier d'identité ».
2. Lucien REBATET, *Les Décombres*, Paris, Éditions Denoël, 1942.

était la bouffe. Chaque famille, quand elle le pouvait, faisait provision de pâtes, de sucre, d'huile, de farine ou de pommes de terre. Les grands-mères préparaient des soupes sans épaisseur, accompagnées d'un dicton :

– On dort mieux quand on mange léger.

Pour la rentrée d'octobre, Georges obtint un poste d'instituteur à Chevagne. Selon les doctrines du nouveau ministre de l'Instruction publique, Jacques Chevalier, il aurait dû rétablir dans l'enseignement laïque la démonstration de l'existence de Dieu et exposer nos devoirs envers Lui. Il n'en fit rien. Pas plus qu'il ne fit chanter à ses moutards *Maréchal nous voilà !* Comme il avait cependant parfois des élans de religiosité, il lui arrivait de prier Dieu dans son cœur, Lui demandant de protéger la France et l'école laïque.

En ces jours maudits, les directives pleuvaient de tous côtés. Les instituteurs alsaciens qui voulaient bien enseigner dans l'Alsace envahie durent signer celle-ci :

*Le Führer, après une lutte gigantesque, a réparé le crime du diktat honteux de Versailles et regagné l'Alsace au Reich. J'accepte le retour de mon pays au sein du Reich et je remplirai les obligations qui m'incombent en ma qualité d'éducateur et de fonctionnaire allemand sans réserve et avec joie.*

Des affiches placardées sur nos murs montraient un soldat hitlérien souriant, tête nue, tenant dans son bras droit deux moutardettes, dans le gauche un moutard épanoui grignotant une biscotte, avec ce commentaire : *Populations abandonnées, faites confiance au soldat allemand.* Paris vivait à l'heure hitlérienne. Adolf vint visiter et rendre hommage à Napoléon dans son tombeau des Invalides, lui demander sans doute de l'inspiration et des conseils. Il fit même transporter près de lui le jeune duc de Reichstadt, son fils, dont le corps embaumé dormait à Schönbrunn en Autriche depuis plus d'un siècle. Geste d'une extrême délicatesse. Les bourgeois parisiens s'accommodaient volontiers de la croix gammée qu'on voyait flotter un peu partout. De leur côté, nos écrivains, nos cinéastes, nos acteurs, nos actrices, nos chanteurs se rendaient à Berlin pour y demander la permission d'écrire, de jouer, de chanter, et ils l'obtenaient généralement grâce à la vacuité de leurs œuvres. Au contraire, le Parti communiste revenu de ses erreurs, les ouvriers, les cheminots, le menu peuple résistaient à la tyrannie de cent mille façons. Des affiches, bilingues, en faisaient connaître quelques-unes :

> *Bekanntmachung... Arrêt de la Cour martiale. Pour avoir agi comme franc-tireur et commis des actes de violence et de sabotage de câbles téléphoniques au préjudice de l'armée allemande, les hommes Émile Masson, batelier, et Lucien Brusque, pêcheur, [...] ont été condamnés à la peine de mort et fusillés le 12 novembre 1940. La Cour martiale.*

De diktat à diktat, les occupants nous imposaient le leur.

## Vingt et unième journée

En 1940, plusieurs politiciens avaient envisagé de fuir la France occupée et d'installer en Algérie un gouvernement provisoire. Un paquebot, le *Massilia*, avait été mis à leur disposition à Bordeaux. Pierre Laval, Premier ministre de Pétain, s'y opposa : « Ce n'est pas en quittant la France qu'on peut la servir. »

Néanmoins, malgré la défaite de nos armes, le commerce avec l'Algérie ne cessait point. Elle continuait de nous envoyer du vin, de l'huile, des oranges, des dattes, dont une grande partie était razziée par les occupants. Beaucoup de colons nourrissaient des sentiments pétainistes. Un journaliste de la *Dépêche algérienne* racontait qu'un petit indigène ne voulait pas se coucher le soir avant d'avoir mis sous son oreiller la photo du Maréchal.

En août 1941, Georges Féraz se rendit à Vichy pour rencontrer, sinon le ministre Jacques Chevalier, du moins un sous-fifre de l'Instruction publique auquel il exposa son désir d'être muté en Algérie.

– Pour quel motif ?

– Parce que je me sens très mal en zone occupée. Parce que j'aimerais entretenir là-bas l'amour de la

France, de ses principes républicains : Liberté, Égalité, Fraternité.

– Vous vous trompez. C'est à présent Travail, Famille, Patrie.

– Également. Également.

– Quel âge avez-vous ?

– Presque dix-neuf ans.

– Si vous quittez la métropole encore mineur, vous devrez avoir l'autorisation de vos parents.

– Je l'aurai.

Le sous-fifre jugea que, en l'envoyant de l'autre côté de la Méditerranée, il débarrassait Vichy d'un opposant possible. Il farfouilla dans ses dossiers, examina longtemps à la loupe des cartes, consulta des listes, finit par déclarer :

– Un poste en Kabylie vous conviendrait-il ?

– Parfaitement. Je rêve de la Kabylie depuis des années. Je voudrais y voir pousser les touffes d'alfa.

– Vous recevrez votre nomination dans huit jours. Votre traitement sera le même qu'en France, augmenté du tiers colonial. Les frais de voyage vous seront remboursés par la Délégation financière de Constantine.

Une semaine plus tard, comme promis, Georges Féraz reçut sa nomination d'instituteur stagiaire en la commune de Tarfinia, département d'Alger, en Grande Kabylie. Il expliqua à ses père et mère que, s'il quittait la métropole, provisoirement, c'est qu'il ne pouvait plus supporter le régime de Pétain et tous ces soldats vert-de-gris qu'il voyait sur les bancs publics, bâfrant à pleines cuillerées le beurre dont Goering les avait longtemps privés.

– Je reviendrai, promit-il, quand il n'y aura plus un seul Boche sur notre sol.

Régis comprit ces sentiments, il les approuva de la tête et signa l'autorisation nécessaire. Odile pleura beaucoup, mais elle se laissa convaincre.

Pour se rendre à Tarfinia, il dut traverser la Méditerranée, répéter à peu près le voyage qu'avait fait son père en 1911 de Marseille à Mers el-Kébir pour aller protéger le Maroc. Le 20 septembre, vers les deux heures de relevée, Georges gravit l'échelle de coupée qui lui permit d'atteindre le pont de l'*Alcoran*, transporteur de marchandises et de passagers. Quand le bateau s'éloigna de la jetée, le jeune exilé admira les étages de la vieille cité phocéenne, les collines des Acoules et des Carmes, Notre-Dame de la Garde et sa Vierge Toute-Puissante. L'*Alcoran* contourna le château d'If qui lui rappela les trois mousquetaires. Avant que la nuit n'habillât la mer de ses ombres, il monta au bar, avala une grenadine, que son estomac réussit à garder malgré la houle. Les anciens Grecs lui jetaient de l'huile pour la calmer ; mais la houle est la palpitation de la mer, les battements de son cœur. Georges descendit à fond de cale. Il s'allongea sur une paillasse parmi cinquante autres passagers militaires ou civils. Pour lutter contre ses nausées, il serra un mouchoir entre ses dents. Le reste de la traversée fut une succession de somnolences et de haut-le-cœur.

Au petit jour, il remonta sur le pont. Un rayon de soleil réussit à traverser la brume. Peu à peu, elle s'évapora. Au loin, il discerna une sorte de falaise. C'était Alger la blanchâtre. Lorsqu'il réussit à mettre un pied sur le quai, il eut l'impression que le sol ondulait aussi. Le sac de vingt cinq kilos qu'il portait sur l'épaule corrigea ses titubations.

Les Algérois autochtones étaient chaussés de babouches, de sandales ; souvent ils marchaient pieds nus. Les Européens allaient chaussés de cuir, les indigènes les appelaient « pieds-noirs ». À l'un d'eux, il demanda son chemin pour aller à Tarfinia.

– C'est à cent trente kilomètres d'ici. Prenez le train, par Tizi Ouzou.

À la gare, il acheta un billet de 4ᵉ classe. Le wagon transportait presque exclusivement des Kabyles. Les sièges étaient faits de lattes dures. Lorsqu'il eut besoin de se rendre aux toilettes, il s'aperçut que leur porte s'ouvrait toute seule dans les courbes par un effet de la force centrifuge. En conséquence, il alla chercher son sac, le déposa derrière la porte pour la caler. Les indigènes usaient à deux de cet endroit, l'un retenant le battant par-dehors. Aucun papier hygiénique n'y était disponible. Georges prit dans son sac une demi-feuille du journal qui enveloppait un fromage.

Tous les voyageurs piaillaient dans le compartiment, assis sur les banquettes, ou par terre, ou dans les filets. Ils éclataient de rire. Ou fumaient des narguilés, produisant une atmosphère irrespirable. Usant d'une sangle, Georges abaissa un peu la vitre d'une portière. On lisait dessous en quatre langues la recommandation. En arabe : *Oua-oua-oua*. En français : *Prière de ne pas passer la tête à la fenêtre*. En italien : *È pericoloso sporgersi*. En espagnol : *No asomarse*.

Son billet fut contrôlé par un employé des Chemins de fer algériens, qui s'étonna de trouver un Français de France au milieu de tous ces Kabyles.

– Nos quatrièmes classes sont bon marché, mais pas très confortables, s'excusait-il. Vous aurez intérêt à voyager en premières.

Pendant les arrêts, on voyait sur les quais des enfants qui proposaient des oranges, des bananes ou des figues fraîches. Pour économiser, Georges sortit son fromage bourbonnais et tapa dedans. Au bout de deux heures, il descendit à Tizi Ouzou (dont le nom signifie « la ville des genêts » en langue berbère), établie au milieu d'une grande plaine parsemée de figuiers de Barbarie, d'orangers, d'eucalyptus et d'oliviers. Les genêts doraient les montagnes environnantes. Avant d'aller plus loin, Georges s'y promena un peu. La population européenne y avait construit de beaux édifices, une église, des hôtels, des avenues, des mosquées. Elle gardait des traces de l'occupation romaine. Il trouva une file de taxis Renault qui, probablement, avaient participé à la bataille de la Marne en 1914. Il entra en négociation avec un chauffeur, convint d'un prix pour être transporté à Tarfinia.

Ils durent gravir une chaîne de montagnes dont les cimes aiguës, couvertes de neige, se dressaient au-dessus de gorges vertigineuses. Au-delà, s'étendait un plateau où la commune s'était installée. Entourée de fermes qui produisaient du blé, de la vigne, des chênes-lièges et des champs d'alfa chantés par « le poète ». Une plante vivace, haute de un mètre dans sa maturité, qui produisait de la pâte à papier et de la sparterie. Tarfinia s'accrochait à la jointure de la montagne et du plateau. Les maisons, blanchies à la chaux, ne laissaient paraître aucune fenêtre. Elles comprenaient généralement deux parties, l'une habitée par la famille du paysan, l'autre par l'âne, son serviteur indispensable. Celui-ci tirait l'araire ou l'*araba* que son maître chargeait de petits produits de son jardin pour aller les vendre au marché. Les colons habitaient de belles demeures toutes blanches, noyées dans la verdure, entourées de hangars où reposaient des tracteurs et une voiture Fiat importée de Turin.

Georges fut déposé devant la maison d'école de Tarfinia. Elle se tenait un peu à l'écart du village, protégée par une grille lancéolée, à l'ombre d'un énorme eucalyptus. Elle comportait trois classes, deux au rez-de-chaussée pour les garçons, une à l'étage pour les filles. M. Freimutig dirigeait les deux premières, Mme Freimutig la seconde. Trois mots fleurissaient la façade : *Liberté Égalité Fraternité.*

– Vous remplacez un adjoint décédé il y a trois mois d'un accident de chasse, dit Freimutig. Vous occuperez donc sa chambre au second étage. Nous prenons ensemble nos repas préparés par Lalla, une femme kabyle très dévouée et très bonne cuisinière.

Georges s'installa donc au second étage. À côté de sa chambre, suffisamment meublée, un galetas rempli d'épaves abandonnées par des adjoints successifs, portraits d'hommes barbus et cravatés, rouet de fileuse, vieux journaux, vieilles fringues et vieilles bottes. Lors du premier repas, ils furent en vérité quatre à table, en compagnie de Mlle Angéline Freimutig, une charmante fillette âgée de douze ans.

Ils se présentèrent les uns aux autres. Georges raconta d'où il venait, fils d'un éclusier savoyard établi en Bourbonnais. Pourquoi il débarquait en Algérie : afin d'échapper à l'occupation allemande et à la Révolution nationale, régime en fait de collaboration avec les occupants. De son côté, M. Freimutig se dit descendant d'une famille alsacienne qui avait quitté la France après 1870 et profité en Algérie d'une distribution de terres gratuites. À force de travail, de sueurs, de sacrifices, ils les avaient agrandies, étaient devenus des colons. Ils possédaient à présent des vignes et des forêts sur les flancs du Djurdjura, administrées par un gérant espagnol. Une surprise dans cet entretien : la mère de Georges s'appelait Odile.

– Sainte Odile est la patronne des Alsaciens ! Chaque année, des milliers gravissent le mont Sainte-Odile dans le Bas-Rhin en chantant « *In der Heimat, da gibt's ein Wiedersehn !* ».

Il éclata de rire, comme s'il venait de lâcher une plaisanterie, sans se donner la peine de traduire. Mais pour prouver ses sentiments français, il montra, sur le buffet du salon, un jeu de soldats de plomb en uniformes de grognards, disposés autour de *Napi,* Napoléon, à cheval.

– Vous savez ce que disait Napi lorsqu'on lui parlait des troupes alsaciennes ? « Laissez-les parler leur jargon, car ils sabrent en vrais Français ! »

Georges se demandait où il se trouvait, en présence de cette famille germanique, qui exploitait une terre kabyle en mangeant du *kousksi a'sbane,* du couscous constantinois servi avec une sauce rouge très piquante. Lalla ne parlait pas d'autre langue que le berbère. Angéline seule restait silencieuse, ayant sans doute beaucoup à penser, mais rien à dire. Elle cillait seulement à certains propos qu'elle entendait. Elle avait un visage ovale, c'est-à-dire en forme d'œuf un peu allongé, comme celui de l'hirondelle, des yeux immenses, vert émeraude, un joli nez bien droit et un sourire qui découvrait trente-deux perles blanches.

Il entra dans sa classe future, celle des cours préparatoire et élémentaire. Elle ressemblait à toutes les classes de la métropole. Pas de chauffage, l'hiver n'existait pas en Kabylie. En tout, vingt-huit places.

– Moi, j'en aurai trente, dit le patron. Pour les trois quarts, des Européens, fils de colons, de fonctionnaires, de commerçants. Un quart d'indigènes. Ceux-ci ne viennent pas le vendredi, jour de repos musulman. Les juifs ne viennent pas le samedi. Les chrétiens ne viennent pas le dimanche. Personne ne vient le jeudi, selon le règlement des écoles françaises. Apprenez-leur à parler, à lire, à écrire, à compter. Faites-leur chanter nos chansons populaires. Ils apprendront le français sans s'en apercevoir.

Mme Freimutig lui présenta sa classe unique, pour filles de six à treize ans. En tout, vingt-deux gamines.

– Combien d'indigènes ?

– Trois l'année dernière. Peut-être quatre cette année. Les familles musulmanes considèrent que leurs filles n'ont besoin ni de lecture ni d'écriture. Leur éducation est tout orientée vers le mariage. Dès la petite enfance, les mères les initient à la vie de femme mariée, habile de ses doigts, bonne cuisinière, bonne couturière. Elles leur inculquent l'obsession de la virginité, leur apprennent à éviter les mâles, même leurs propres frères.

– Et Angéline ?

– Elle passe sa dernière année avec moi. Ensuite, elle ira au collège de Tizi Ouzou.

Se promenant dans Tarfinia, Georges découvrit que l'école française avait une concurrente : l'école coranique. Fréquentée uniquement par les garçons dès l'âge de quatre ans, elle était sous l'autorité de Si Hadi, un pieux vieillard. Sanglé dans une djellaba, il arborait un turban fait d'une serviette enroulée, et une longue baguette. Les enfants ânonnaient en chœur les sourates du Coran qu'ils devaient retenir syllabe par syllabe, même s'ils n'y comprenaient goutte. Un élève avait parfois besoin de sortir. Il levait l'index. Si Hadi lui donnait la permission, il retrouvait dehors ses babouches, marchait quelques pas jusqu'à un terrain en friche hérissé d'orties et de buissons, baissait sa culotte et s'accroupissait même pour un simple pipi. Les enfants de l'école française étaient mieux pourvus : ils disposaient de cabinets à trou, fermés par une demi-porte. Une preuve de civilisation.

Vint le jour, vint l'heure, vint le moment où Georges Féraz dut faire la connaissance de ses élèves. En attendant la rentrée, ils jouaient dans la cour en conversant, quelques-uns pieds nus, la majorité pieds noirs. Les langages composaient une étrange salade, arabe, berbère, française, espagnole. Le directeur tira la chaîne de la cloche et commanda :

– Alignez-vous ! Et fermez vos boîtes à bêtises.

Une expression traduite du berbère que tout le monde comprenait. Plusieurs petits apportaient au nouveau maître un cadeau de bienvenue : des oranges, des œufs, un bouquet ou un pot de miel. Ils le déposaient sur son bureau sans rien dire.

– Je vous remercie de toutes ces choses. Je veux y voir un gage d'amitié pour le jeune maître que je suis et un signe de respect pour la France qui vous apporte sa civilisation sans vouloir faire aucun tort à la vôtre.

Les ayant installés à leurs pupitres, il entreprit de faire l'appel :

– Après chaque nom, levez-vous et répondez *Présent*... Robert Tourlonias.

– Présent.

– Profession des parents ?

– Cultivateurs.

– Assieds-toi. Rodrigo Sanchez.

– Présent.

– Profession des parents ?

– Viticulteurs.

L'appel se serait déroulé sans incident si Féraz n'avait trébuché en prononçant certains patronymes arabes. Lorsqu'il n'arrivait pas à bien dire M'Rahet Saïd ou Zartouni Karim, toute la classe explosait de rire. Il se reprenait, prononçait mieux. Puis il écrivit au tableau noir son propre nom, Féraz Georges, précisant qu'il ne fallait pas prononcer le *z* final, selon l'usage savoyard, dire par conséquent « Féra » ; soulignant que les mots de notre langue sont encombrés de lettres inutiles ; que l'on dit « beaucou » et non point « beaucoupe », « courageu » et non point « courageuxe ». À mesure qu'il les écrivait blanc sur noir, il entendait derrière lui les petits colons qui les traduisaient en berbère aux petits colonisés.

Un stock d'ardoises ébréchées existait dans un placard, et des crayons du même métal. Il les distribua aux illettrés. Puis, après avoir effacé le tableau, il leva vers le ciel dans sa main droite une orange, écrivit son nom en lettres minuscules et en syllabes désunies :

*o ran ge*. Désignant chacun, il fit répéter, puis écrire sur les ardoises ces syllabes françaises que les Kabyles prononçaient *narang*. Au terme de l'exercice, chaque enfant pieds nus se trouva riche d'un mot que les jeunes pieds-noirs possédaient depuis longtemps. À tout instant de la journée, l'enrichissement se poursuivit à la satisfaction générale.

L'enseignement du jeune maître ne se limitait pas aux vocables. Dans les jours qui suivirent, il apprit à ses moutards le mouvement de la terre autour du soleil, le bon emploi des nuits et des jours, les heures, les minutes, et les secondes. Il enseigna aussi le respect et l'obéissance que les enfants doivent à leurs parents, à leurs instituteurs et aux gendarmes. Plusieurs fois par semaine, on voyait un couple de ces militaires traverser Tarfinia à cheval, l'un européen coiffé d'un képi, l'autre autochtone coiffé d'un tarbouche écarlate. Il leur arrivait parfois d'encadrer un individu relié à leurs selles par deux cabriolets ; celui-ci leur avait manqué de respect ou bien avait maraudé sur les terres d'un pied-noir. Ils l'emmenaient à Tizi Ouzou pour le remettre à la justice française, la seule qui fût juste.

Les meilleurs moments de la journée, pour Georges, étaient ceux où il partageait la table directoriale. Non seulement parce que le fricot de Lalla était un délice, mais parce qu'il pouvait dans ces circonstances se remplir les yeux et le cœur d'Angéline. Disons tout de suite la vérité : il était tombé fou d'elle, autant qu'un chat-huant est amoureux de la lune. Elle avait sept ans de moins que lui ; mais ils jouaient ensemble comme s'ils eussent été du même âge, aux cartes, aux osselets ou aux petits chevaux. Il la poussait à l'escarpolette, elle émettait des cris de frayeur simulée, elle finissait par tomber dans ses bras. Je ne répèterai pas les manifestations de leurs amours, ils ne me les ont pas révélées. Ce doit être à peu près la même chose dans tous les couples. Je ne les connais personnellement que par ouï-dire ou par ouï-lire, puisque je suis restée vieille fille.

Après le certif, elle partit donc à Tizi Ouzou, transportée par la Fiat de son père ; récupérée chaque samedi. En retrouvant Tarfinia, elle embrassait toute sa famille. Les baisers de Georges étaient déposés si près de sa bouche qu'ils ressemblaient à des baisers d'amour.

– Quel métier veux-tu faire plus tard ? demandaient ses parents.

– Comme les femmes musulmanes, je n'aurai sans doute d'autre profession que celle de mère de famille. Mais peut-être que mon mari et moi, nous prendrons votre suite à la tête de notre ferme.

En 1943, Georges prit la peine d'enseigner à ses élèves, malgré leur jeune âge, le sens des trois mots qui ornaient la façade de l'école :

– La liberté, résuma-t-il, est le droit d'avoir une opinion, un métier, un travail de son choix pourvu qu'ils ne portent tort à personne. L'égalité est l'obligation qu'a un gouvernement de donner à chacun de ses citoyens les mêmes lois, particulièrement le droit de voter et d'être élu. La fraternité veut que nous nous considérions tous comme des frères quelle que soit la couleur de notre peau.

Il s'était cependant aperçu que cette devise n'était guère appliquée en Kabylie où de pauvres diables suaient sur la terre de maîtres étrangers, au salaire d'une poignée de figues par jour. Il comprit qu'il ne faut pas enseigner la liberté aux esclaves, l'égalité à ceux que l'on méprise, la fraternité à ceux que l'on exploite. Il punit un jour un fils de colon qui avait craché à la figure d'un petit indigène. M. Freimutig le sermonna :

– Il y a ici, comme dans toute l'Algérie, des familles importantes qui sont en mesure de nous faire du tort si nous leur déplaisons. Aussi devons-nous les ménager quelque peu. J'ai appris que vous aviez condamné au pain sec le jeune Manuel de Toro. C'est une punition très sévère. Il serait obligé à 11 heures de rester en classe pour déjeuner d'une tranche de pain au lieu de rentrer chez lui. Il deviendrait la risée de ses camarades. Au juste, que lui reprochez-vous ?

– D'avoir craché au visage de l'un de ses camarades.

– Les Kabyles ont l'habitude qu'on leur crache à la figure. Ils ne s'en offensent point. Je vous conseille de remplacer le pain sec – qui d'ailleurs vous condamnerait à sa surveillance – par une punition écrite. Par exemple, demandez-lui de conjuguer par écrit et à tous les temps le verbe « courir ». Ce sera très instructif. Il apprendra qu'on doit dire « je courrai » et non pas « je courirai ». Vous lui parlerez de la chasse à courre.

Georges accepta de mauvais gré la commutation de peine. Il s'y résigna pour une raison personnelle : Angéline lui avait promis en secret d'envisager leur mariage lorsqu'elle aurait accompli sa seizième année et passé avec succès l'examen du brevet élémentaire. En refusant la commutation, il risquait de voir ses parents s'opposer aux noces de leur fille mineure.

L'abominable guerre voulue par Hitler se poursuivait. Oubliant la funeste campagne de Russie napoléonienne, ses troupes attaquèrent l'URSS malgré l'accord de non-agression germano-soviétique de 1939. Elles subirent de sanglantes défaites. À leur tour, les Américains entrèrent dans la danse et s'installèrent au Maroc, tandis que les Anglais et le général Leclerc combattaient les Italiens et les Allemands en Lybie, en Cyrénaïque, en Tunisie et en Sicile. Le 6 juin 1944, venant d'Angleterre par temps de pluie et de brouillard, une armada de soldats libérateurs débarqua en Normandie au prix d'énormes pertes. Les SS dispersés en Limousin afin de combattre la Résistance prirent la direction de Caen pour aller appuyer leurs compatriotes. La division *Das Reich* en profita au passage pour pendre 99 habitants de Tulle, puis brûler le village d'Oradour-sur-Glane et ses 642 habitants, femmes, vieillards et enfants. Le responsable de toutes ces barbaries s'appelait Lammerding. Il y avait de la merde dans son nom, chose mille fois méritée. Beaucoup plus tard, dans l'Allemagne libérée du nazisme, il contribua à restaurer les villes bombardées par les libérateurs. Il vécut une heureuse retraite et mourut dans son lit, l'âme en paix et les doigts de pieds en éventail.

Rien de tout cela n'intéressait les deux fiancés de Tarfinia. Les 28 et 30 juillet, Angélina obtint à Tizi Ouzou son brevet élémentaire avec les félicitations du jury. Leurs noces furent célébrées. Ils se promirent un voyage somptueux à Venise quand la guerre serait terminée.

Au début d'août 1944, les Américains, les gaullistes et les pieds-noirs formèrent une autre armada destinée à débarquer en Provence. M. Freimutig fut du nombre. Il essaya d'y entraîner son gendre, mais Angéline s'y opposa absolument :

– Nous venons de nous marier. Je n'ai pas envie qu'il revienne dans un cercueil.

– Et la France ? Et l'Alsace ? Et l'Algérie française ?

– Et nos enfants à venir ? Nous en voulons sept.

Elle eut raison. M. Freimutig fut tué dans les combats de Lorraine. Il repose à présent dans cette terre reconquise que ses ancêtres avaient quittée en 1871.

Georges Féraz prit la place de son beau-père à la tête de l'école et à la direction de la ferme. Il n'y eut pas de voyage de noces à Venise. Les jeunes époux rendirent seulement visite à leurs parents et beaux-parents éclusiers à Clos du May.

Je fus la première des sept enfants espérés. Je vins au monde le 27 janvier 1948. À l'église Saint-Eustache de Tizi Ouzou, on me donna le prénom de Léone. Après moi, malgré le programme établi, il n'y en eut pas d'autre.

# Vingt-deuxième journée

À Clos du May, Régis Féraz avait repris son travail d'éclusier interrompu depuis 1940 par les avions à croix gammée qui avaient bombardé le canal. Avec l'aide des poissons, du jardin, du clapier, du poulailler, percevant le modeste traitement que lui versaient les TPE, pratiquant un peu de marché noir comme tout le monde, lui et Odile parvenaient à subsister en attendant la saison nouvelle. En 1946, ils eurent le bonheur de recevoir leur fils unique Georges et sa charmante épouse Angéline. Ils apportaient des oranges, des dattes, de l'huile d'olive, du vin et même du pain kabyle, car si la liberté était revenue en France, elle se consommait encore avec des tickets d'alimentation. Ce fut une merveilleuse fête, disons même une bamboula qui dura trois jours. Après quoi, on mangea, on but plus sagement. Georges montra à sa femme l'aéroplane-girouette construit par son grand-père Édouard. Puis ils regagnèrent la Kabylie.

À partir de 1948, les canaux, remis en état, reprirent le transport du charbon de Saint-Étienne, du minerai de fer de Lorraine, des vins de Bourgogne, des roanneries de Roanne, des bois du Morvan, des graviers de l'Allier et de la Loire. Le halage à chevaux existait toujours, mais le halage à dos d'hommes disparut. Les portes d'écluse montaient ou descendaient, s'ouvraient ou se fermaient encore à la manivelle. L'électricité promise était en cours de route, mais elle tardait à venir. Régis attendait sa soixante-cinquième année, par conséquent l'an 1954, pour « faire valoir ses droits à la retraite ».

– Et moi ? demanda Odile.

– N'ayant toute ta vie touché aucun salaire, payé aucune cotisation, tu n'auras droit à rien du tout.

– J'aurai été à ton service depuis notre mariage, préparé tes soupes, raccommodé tes frusques, soigné tes maladies et tes blessures, et je n'aurai droit à rien du tout ?

– Tu auras droit à mes remerciements empressés. Et jamais je ne te laisserai mourir de faim.

– J'aurais dû rester à Saint-Véran.

En fait elle bénéficia le jour venu de la « retraite des vieux » inventée par le régime de Vichy. Ils se querellaient souvent afin d'avoir quelque chose à se dire et ne pas laisser leurs langues endormies. Mais cela ne tirait point à dommage. Ils s'étaient aimés de leurs jeunes cœurs, ils s'aimaient de leurs vieux cœurs pareillement. Ils caressaient le projet, retraite prise, d'aller un jour à Tarfinia embrasser les sept petits-enfants qu'on leur avait promis. En attendant, ils se regardaient vieillir. Leurs têtes étaient devenues chenues, des veines bleues traçaient des lignes sur leurs mains.

– As-tu remarqué, demanda-t-il, que les poils de mes bras sont restés bruns alors que mes tifs sont tout neige ?

– C'est parce que tu n'es pas vieux de partout. Si tu épousais une femme jeune, après notre divorce, je suis sûre que tu pourrais devenir encore papa. Les hommes sont comme les béliers, ils gardent leur pouvoir fécondant jusqu'à la fin. Tandis que nous, pauvrichonnes…

Elle éclatait de rire en rougissant jusqu'aux oreilles.

Crabanat, le garagiste creusois, doué d'un merveilleux talent mécanique, possédait une bagnole qu'il avait fabriquée lui-même. Achetant chez un ferrailleur des organes disparates, il avait construit une voiture unique en son genre. Elle jouissait d'une carrosserie Citroën, d'un moteur Renault, de sièges et d'un volant Peugeot, de roues Panhard-Levassor, de ressorts Fiat. Le bouchon du radiateur, pour couronner le tout, était une dame de nickel aux bras déployés en forme d'ailes, que les Anglais appelaient *Spirit of Ecstasy*. Âme de l'Extase.

– Un authentique bouchon de Rolls ! soulignait-il. Il m'a coûté 50 francs.

Malgré ces enjolivures, la limousine ne possédait pas de démarreur, il fallait encore la lancer à la manivelle. C'était l'année où Boulogne-Billancourt lançait sa 4 CV, capable d'atteindre le 90 à l'heure. La Rolls de Crabanat était capable d'en faire 110, pourvu que ce fût dans une descente avec vent en poupe.

Crabanat vint annoncer aux Féraz une triste nouvelle :

– La Rolls nous a bien promenés, ma femme et moi. Voici qu'un malheur me frappe : je n'y vois presque plus, je souffre de la cataracte. Alors, je vous fais cadeau de ma bagnole.

Et Régis éberlué :

– Mais je n'ai pas le permis de conduire !

– Je t'apprendrai la conduite, c'est plus facile que de manœuvrer des péniches. Le permis est un papelard inutile. Je l'ai jamais eu. Quel cogne oserait te chercher des crosses ? Montre-lui ta médaille militaire.

– Je n'ai que la croix de guerre.

– Ça lui fera le même effet.

Les choses se déroulèrent comme Crabanat les avait prévues. Aux heures sans navigation, les deux partaient ensemble, guidés par le *Spirit of Ecstasy*. Ils choisirent d'abord les chemins de campagne, ensuite les routes départementales, enfin les nationales. Pas d'autoroutes en ce temps-là. Pas de vitesse limitée. Pas de ceinture de sécurité. Pas de clignotants. Pas de lignes blanches sur les chaussées. Les chauffeurs avaient toute liberté pour tourner à gauche ou à droite sans avertir, de klaxonner pour éloigner les gamins et les poules. La maréchaussée se fiait à leur sagesse. Peu de trafic, d'ailleurs. Après un long apprentissage, Régis fut enfin le seul maître à bord.

Odile accepta un jour de prendre place à sa droite. À l'annonce de certains virages, elle faisait le signe de croix. Ils purent enfin découvrir un peu le Bourbonnais. Ils virent Jaligny et sa foire aux dindes. Chaque année, la plus belle était offerte au président de la République. Ils furent reçus par les trappistes de Sept-Fons. Ces moines prient, mangent et dorment en commun. Normalement. Vêtus de blanc avec une coule noire, ils portent une salopette pendant les besognes salissantes. Ils couchent sur une paillasse piquée, tout habillés, protégés par une simple couverture de laine. Leur journée commence à 3 heures et se termine à 20. À 3 h 30, ils chantent *Matines* comme frère Jacques. À partir de 5 heures, ils consacrent quatre-vingts minutes à leur toilette, au petit déjeuner, à la lecture des saintes Écritures. Ensuite, réunion de la communauté, le père abbé donne des informations concernant leur vie religieuse. À 6 h 45, eucharistie. À 8, temps de lecture et d'étude pour les uns, de travaux manuels pour les autres. À 9 h 30, travaux manuels pour tout le monde. À 12 h 15, repas en commun : une écuellée de soupe, une assiettée de légumes, quelques fruits, eau claire pour boisson. Le pape Léon XIII leur a permis un assaisonnement au beurre ou à l'huile de rave. Jamais de viande car ils respectent toute vie. Ils tirent leurs ressources d'une exploitation de cent hectares et de la fabrication de deux farines reconstituantes, Germaline et Gaborcao. Toutes ces activités se pratiquent dans un silence qui n'est point mortification, mais manière de se libérer l'esprit, de mieux rencontrer Dieu. Les morts, revêtus de leur robe ordinaire et sans cercueil, sont enterrés dans leur cimetière particulier. Aucune inscription ne mentionne le nom, ni l'âge, ni l'origine de l'enseveli ; mais chacune est marquée d'une croix et d'un rosier.

Odile fut très impressionnée par la vie que menaient ces moines silencieux. Régis beaucoup moins :

– Ils s'occupent d'eux-mêmes, mais pas de nous.

– Qui nous ?

– Toi, moi, les autres hommes. Ils ne font rien pour empêcher les guerres, pour secourir les misérables, pour aider les malades, les affamés. Ils ne songent qu'à leur propre salut. Je préfère ma profession d'éclusier.

Ils poussèrent jusqu'à Lapalisse qui prétend être le pays des vérités, en souvenir de Jacques de Chabannes, seigneur de La Palisse ou de La Palice. Quoique maréchal de France, il ne sut jamais écrire fidèlement son propre nom ; il le signait tantôt en deux morceaux, tantôt en un seul. Il combattit en Italie aux côtés de François Ier les troupes de Charles Quint. À Pavie, il fut avec son roi capturé par les Espagnols. Un de ceux-ci, au lieu d'en attendre une rançon, l'assassina d'un coup d'arquebuse. Sa dépouille fut ramenée en Bourbonnais, pour être ensevelie dans la chapelle du château. J'ai déjà parlé de ce seigneur. Pardonnez-moi si je me répète. Tous les narrateurs, tous les peintres, tous les musiciens se répètent aussi. Napoléon allait jusqu'à dire que la répétition est la meilleure manière de se faire comprendre. Même les Évangélistes se sont répétés. Saint Luc raconte que le Christ ressuscité, marchant sur le chemin d'Emmaüs qui se trouve à soixante stades[1] de Jérusalem, rencontra deux pèlerins qui ne le reconnurent point, et que, pour se faire reconnaître, au cours d'une seconde Cène, il prit du pain, le bénit, le brisa et le leur distribua.

C'est en revenant de leurs randonnées en Rolls Royce que Régis et Odile dénichèrent, à deux lieues de leur écluse, un hameau nommé lapalissadement *Les Voisins*. En fait, la Sologne bourbonnaise est

1. Environ dix kilomètres.

constellée de petites agglomérations qui se désignent par un pluriel : Les Olessiers, Les Randuds, Les Paniers, Les Bruyères, Les Proux, Les Étiennes, Les Gourands. Anciennes communautés agricoles qui vivaient jadis « au même pot et au même feu[1] », comparables aux kolkhozes russes, dirigées par un maître et une maîtresse élus à vie, lui s'occupant des travaux pénibles, elle éduquant les enfants et soignant les malades. De ces « monastères d'hommes mariés[2] », il ne reste plus que le nom et le souvenir. Mes grands-parents trouvèrent chez Les Voisins une maison à leur convenance, en mesure de les recevoir l'année de leur retraite. Venu ce moment espéré, ils envoyèrent à Tarfinia une lettre détaillée où ils décrivaient les aîtres de leur nouveau domicile, dans son ensemble et par le menu.

*Nous avons transplanté l'aéroplane-girouette de grand-père Édouard dans le jardin. Celui-ci contient en son milieu un bassin peuplé de poissons rouges. Venez voir toutes ces choses, elles méritent le déplacement.*

Georges, Angéline et moi-même âgée de six ans avons accepté l'invitation et traversé la Méditerranée pour revoir le grand-père Régis et ses poissons rouges.

À Tarfinia, j'avais pour institutrice ma grand-mère maternelle, Mme veuve Freimutig. Lorsqu'elle prit sa

---

1. Voir mon roman, *Les Bons Dieux*, Paris, éditions Julliard, 1984.
2. Jules MICHELET.

retraite, elle ne fut pas remplacée parce que la population kabyle cherchait à se défaire des écoles coloniales qui enseignaient liberté, égalité, fraternité. Mon père, cependant, restait très nécessaire aux familles pieds-noirs dont il éduquait les garçons. Elles le comblaient de cadeaux. Il ne songea jamais à partir. Il n'empêche que notre présence devint peu à peu insupportable aux autochtones, tant arabes que berbères, excités par des intellectuels à qui nous avions enseigné les principes de notre république sans vraiment les appliquer, Messali Hadj, Ferhat Abbas, Ben Bella. Ils créèrent le Front de Libération Nationale qui recevait des armes envoyées par l'URSS à travers l'Égypte et la Tunisie. Notre gendarmerie ne suffit plus à faire face aux rebelles de plus en plus nombreux. À partir de 1956, le gouvernement français décréta l'état d'urgence, y expédia nos hommes du contingent, des garçons à peine sortis de l'enfance. Ils furent jusqu'à quatre cent mille ; beaucoup se firent massacrer sans obtenir la pacification voulue.

Je n'entrerai pas dans les détails de la guerre d'Algérie que les Algériens appellent la Révolution. Vous les avez lus dans les livres et dans la presse. Vous avez votre opinion sur ces événements. J'ai la mienne. Née sur un territoire colonial où les puissants malmenaient les faibles, exploitaient les pauvres en leur faisant croire qu'ils leur apportaient la civilisation, j'ai compris que ce régime ne pouvait durer qu'en exterminant les autochtones, comme il fut fait en Amérique et en Australie. Hors cette précaution, tôt ou tard les colonisés chassent les colons, leur laissant le choix entre la valise et le cercueil.

Le 28 février 1962, trois semaines avant les accords d'Évian qui devaient rendre l'Algérie indépendante, un groupe de rebelles surexcités envahit notre école, armés de couteaux à lames courbes. Ils tranchèrent la gorge de mon père et de ma mère d'une oreille à l'autre, les gratifiant de ce qu'on a appelé « le sourire kabyle ». Mon père avait coutume d'écrire au sien :

*Ici, personne ne nous veut de mal. Chacun apprécie les services que nous rendons aux enfants. La solution de cette guerre ne peut qu'être un pacte d'amitié entre la France et l'Algérie indépendante. Seul le général de Gaulle peut la faire accepter.*

Les hommes politiques nourrissent leurs partisans d'illusions.

J'aurais dû subir le même sort que mes parents, mais je fus sauvée par Lalla qui me fit un rempart de son corps. Dans les jours qui suivirent lesdits accords, approuvés par un référendum, la plupart des colons choisirent la valise, s'évadèrent vers la Corse, le Roussillon, l'Espagne, quelques-uns vers les Amériques. Pas toujours bien accueillis. Lalla possédait l'adresse de mon grand-père éclusier. Elle me confia à une famille de pieds-noirs d'origine bourbonnaise qui lui promirent de me remettre à mes grands-parents. Les dépouilles de mes père et mère furent enlevées et brûlées avec d'autres assassinés de Tarfinia. Lalla m'embrassa en pleurant. Je ne pleurai plus ayant déjà versé toutes mes larmes.

Imaginez, monsieur le journaliste Florentin, la joie et la douleur de Régis et d'Odile lorsqu'un couple de

Bourbonnais inconnus vint sonner à leur porte, encadrant une fillette de quatorze ans toute vêtue de noir.

– Je suis Léone, dis-je en me jetant dans leurs bras.

– Léone ! Léone ! Comme tu as grandi ! Pourquoi ce noir ?

Puis-je décrire le choc qu'ils reçurent lorsque les Bourbonnais eurent parlé ? Odile serait tombée à la renverse si Régis ne l'avait retenue. Ils restèrent ainsi longtemps embrassés, muets, pétrifiés. Le grand-père eut enfin la force de poser quelques questions :

– Ces Kabyles, comment ont-ils tué mon fils et ma belle-fille ?

– Ils les ont égorgés.

– Égorgés ?

– Comme on égorge des moutons.

Il s'écroula sur le canapé, la figure cachée dans ses deux mains. Il se dit que Dieu le punissait d'avoir égorgé tant de soldats blessés en 1918. Le curé de Saint-Véran avait coutume de dire en latin une phrase terrible dont le sens lui revenait : « Dieu paye tard, mais il paye bien. » Un Dieu de vengeance. Un Dieu rancunier qui maudissait les hommes et les femmes d'aujourd'hui parce qu'ils étaient les descendants d'Adam et d'Ève, pécheurs originels. La vengeance est un plat qui se mange froid, même chez le souverain Créateur. Le capitaine Wort lui avait commandé d'égorger les blessés de la ligne Hindenburg. Un chef rebelle kabyle avait commandé d'égorger deux innocents. Mon grand-père se leva, fou de douleur ; il se mit à donner des coups de tête dans le mur. Si les Bourbonnais l'avaient laissé faire, il se serait ouvert le crâne.

On l'allongea. On lui mit de la glace sur le front. Je lui embrassais les mains. Les pieds-noirs allèrent chercher le médecin de Chevagnes qui lui fit une piqûre. Il s'endormit, anesthésié.

– Laissez-le dormir jusqu'à demain, recommanda le docteur. Peut-être faudra-t-il qu'on l'hospitalise à Moulins.

– Nous le garderons. Nous le soignerons, ma petite-fille et moi, promit Odile.

– En vous occupant de lui, vous vous occuperez de vous-mêmes.

Il laissa une ordonnance. Les pieds-noirs prirent congé, couverts de remerciements.

## Vingt-troisième journée

Voilà comment et pourquoi, native d'Algérie, je suis devenue bourbonnichonne. Mes grands-parents ont reporté sur moi toute l'affection qu'ils nourrissaient pour leurs fils et belle-fille. Il est étrange qu'on dise « nourrir une affection », alors que c'est elle qui vous nourrit. Afin de bien les soigner, je me suis découvert une vocation d'infirmière libérale. J'ai suivi des cours à Moulins. Grand-père ne m'y conduisait pas dans sa Rolls, j'empruntais l'autobus. À dix-neuf ans, j'ai décroché le diplôme. Régis et Odile ont été mes premiers patients. Ce qui ne m'empêche pas de donner des soins autour de notre domicile. Grand-mère se réveillait souvent la nuit en appelant :

– Georges ! Mon petit Georges ! Où es-tu ?

Grand-père, déjà peu bavard, s'est enfermé dans un mutisme d'où rien n'a jamais pu le tirer. Il ne participe point aux célébrations du 11 novembre, du 8 mai, du 14 juillet ou aux défilés des anciens combattants. Quand on vient le solliciter, il secoue la tête, obstiné comme un âne rouge. Il tue le temps à des travaux de menuiserie, de peinture, de jardinage. La Rolls dort dans son garage, déjà entamée par les souris. Il regarde le vent faire tourner l'hélice de l'aéro-plane ; il en déduit le temps qu'il fera le lendemain. Des voisins viennent l'embaucher quelquefois pour une partie de quilles. De loin en loin, surgit Craba-nat, l'homme à tout faire :

– Ce n'est pas vous que je viens voir, prévient-il. C'est ma Rolls.

Il pénètre dedans, chasse les souris et les araignées, époussette les sièges, astique les cuivres et les nickels. Au sixième essai, le moteur part à la manivelle.

– Maintenant, préparez-vous, je vous emmène.

On ne peut refuser. Il a perdu quasiment toute la vue. Il fait semblant. On écume le département jusqu'à la forêt de Tronçais.

– Nous voici à Moulins, annonce-t-il, avec ses quatre cathédrales et sa tour la Mal-Coiffée... Nous voici à Saint-Menoux où les bredins viennent se débar-rasser de leur bredinerie dans la débredinoire... Nous voici devant la fontaine de Viljot, où les jeunes filles à marier jettent une aiguille pour piquer le cœur d'un amoureux... Nous voici aux pieds du bourg d'Héris-son, dominé par ses tours comme un porc-épic... Nous voici devant les chênes plantés par Colbert pour fabriquer des mâts de navire... Maintenant, nous reve-nons chez Les Voisins.

Chacun commente, chacun bavarde. Le bavardage est une grande ressource quand on n'a rien à dire.

Les années ont passé. J'ai eu vingt ans, vingt-deux ans, vingt-quatre ans. J'ai coiffé sainte Catherine. Mal-gré la recommandation du médecin de Chevagnes, j'arrive difficilement à m'occuper de moi-même. Trop remplie par le souvenir de mes parents assassinés, par le souci de mes anciens amis kabyles. Aucun garçon bourbonnais ne s'est intéressé à moi, sauf sans doute pour la bagatelle si j'avais voulu, solution de remplacement quand on est dépourvu d'amour. Lorsque je me regarde dans un miroir, je n'éprouve aucune estime pour mon front trop large, mon nez trop long, mes joues sans couleur, mon menton en galoche. Tout cela convient à une infirmière ; je suis infirme de moi-même.

Crabanat nous a quittés en 1966. Mon grand-père ne savait plus que faire de la Rolls ; un ferrailleur nous en a débarrassés. Nous n'avons gardé que le bouchon *Spirit of Ecstasy*, il trône sur le manteau de notre cheminée.

Le célibat ne me pèse point : je sais cuisiner, coudre, vacciner, soigner, prendre la température. Personne ne m'a jamais demandée en mariage. Les garçons ne savent pas ce qu'ils perdent !


Le destin ne se lasse pas de me frapper. On dit aussi qu'il pleut toujours sur ceux qui déjà sont mouillés. J'avais précédemment donné mon père, ma mère, plusieurs amis, mon pays natal ; en 1972, j'ai perdu ma grand-mère Odile, âgée de quatre-vingts ans. Le médecin lui avait trouvé de l'emphysème pulmonaire. Elle suffoquait. Chaque soir, elle inhalait des vapeurs d'eucalyptus. Le jour, elle se promenait dans la campagne en s'efforçant de bien respirer. Une nuit, en toussant, elle a craché son âme. Elle nous avait recommandé :

– Quand je serai morte, ne me transportez pas à Saint-Véran. C'est trop loin. Enterrez-moi à Chevagnes.

De cette façon, vous pourrez venir me voir de temps en temps.

J'ai fait moi-même sa toilette, je l'ai lavée, peignée, vêtue de sa meilleure robe, honorée de tout le rituel que je n'avais pu rendre à mes parents.

Ce départ a produit sur mon grand-père un changement notable. Du vivant d'Odile, il lui révélait ses pensées, lui narrait ce qu'on lui avait fait faire dans les tranchées. Elle était sa seule confidente. À moi, il ne racontait rien. Si je lui posais des questions, il me répondait :

– Laissons cela.

Sa femme absente pour l'entendre, il se mit à me parler. À me détailler la besogne des nettoyeurs de tranchées. À me vider dans les oreilles ces abominations. C'est pourquoi, monsieur le journaliste du *Progrès*, je peux vous ressortir ces souvenirs d'un habillé de bleu qui fut inondé de rouge.

En cette année 1995, âgé de cent six ans, il est considéré comme le dernier des poilus. Le der des ders. Les journaux, la télévision parlent de lui, essaient de savoir ce qui reste dans sa mémoire des horreurs qu'il a vécues, vues ou commises. Il a pris le parti de me laisser parler à sa place. La Seconde Guerre mondiale est passée sur lui comme un mascaret passe sur une digue, sans laisser de trace. La guerre d'Algérie l'a rempli d'effets sans causes précises, car il est bien sur ce point pareil aux autres poilus, pareil aux vert-de-gris allemands qui ne savent pas pourquoi ils ont tant combattu, pourquoi ils se sont tant entretués.

Mon grand-père passe son temps à fumer la pipe, à chasser les mouches. Il les attrape sur la table, les coince dans son poing fermé, puis les compte : vingt-cinq… vingt-six… vingt-sept…

– Beaucoup m'ont échappé !

Celles-ci ne sont en général que des « mouches volantes », points noirs imprimés sur sa rétine. Ou bien il reste en contemplation sur les grosses veines bleues qui sillonnent le dos de ses mains. Il veut y voir un *R* majuscule sur la gauche, un *O* majuscule sur la droite : Régis et Odile.

– Nous étions vraiment faits l'un pour l'autre.

J'ai acheté un piano droit et je lui joue de temps en temps la *Valse des Fleurs* de Tchaïkovski, ça lui procure d'agréables sommeils. Ou bien je lis des pages de notre journal quotidien, *La Montagne*. Mais il ne veut entendre que les bonnes nouvelles, il refuse absolument les autres. Alors, je sélectionne. Parfois j'invente :

*À Moulins, place d'Allier, un individu, M. X…, fâché avec sa femme, a mis le feu à l'appartement qu'ils occupaient dans un immeuble de quatre étages. Quarante-huit personnes sont aujourd'hui à la rue. L'affaire a cependant une bonne conclusion : monsieur X… et madame ne sont plus fâchés.*

*Saint-Ignat-le-Coquillard est une petite commune du Cantal, près d'Aurillac, de cent vingt-cinq habitants. Il ne s'y est rien passé d'important depuis un siècle et demi. Las de cette inanité, le maire a convoqué à l'hôtel de ville toute la population. Seules soixante-quatre personnes se sont déplacées. Il leur a dit : « Faites quelque chose d'important, ce qu'il vous plaira, pour qu'on parle enfin un peu de nous dans le département et qu'on apprenne*

333

notre existence. » Il a attendu que des doigts se lèvent pour des suggestions. Aucun ne s'est levé. Le maire a prononcé un autre discours, bien trop long. Au bout duquel, il ne restait plus personne. Un philosophe a dit : « Les peuples heureux n'ont point d'histoire. »

La reine d'Angleterre, Sa Gracieuse Majesté Elisabeth II, malgré son grand âge (soixante-dix printemps), vient de donner le jour à deux petits jumeaux. Son mari, le duc d'Edimbourg, prétend en avoir seul le mérite : « Si mon visage est un peu flétri, mes cellules sexuelles ont conservé leur fraîcheur et leur efficacité. Honni soit qui mal y pense. » Les Anglais nous étonneront toujours.

Des écrivains jaloux de Marguerite Duras ont recopié un de ses romans, Moderato cantabile, et adressé cette copie sous un autre nom à plusieurs éditeurs. Elle a été refusée partout. Le succès de Marguerite Duras aussi nous étonnera toujours.

L'humoriste Pierre Desproges, qui voyage beaucoup, nous apprend que les Vaudois, habitants de la Suisse, sont de grands amateurs d'escargots. Mais trop de Vaudois s'adonnent à leur chasse, à pied, à bicyclette, en voiture. Le gouvernement helvétique, soucieux de leur survie, a ordonné que les chasseurs d'escargots soient pourvus d'un permis de chasse qui les oblige à se déplacer très lentement. Faute de quoi, les escargots vaudois sont condamnés à disparaître.

Mon grand-père veut bien s'intéresser aux escargots suisses, aux villages cantaliens, aux scènes de ménage moulinoises. Le reste de l'univers le laisse indifférent.

# Épilogue

*Le Provençal* du 13 novembre 1997 :

*... Le dernier poilu de 14-18, a été invité par le président de la République, a participer à la cérémonie commémorative du 11 novembre sous l'Arc de triomphe. Une voiture officielle est allée le prendre à son domicile au village provençal de Saint-Escobille où il réside depuis de longues années. Il est venu dans son fauteuil roulant, a été décoré de la Légion d'honneur par Jacques Chirac, a visité les salons de l'Élysée, a pris une collation avec plusieurs ministres, est resté trois jours hôte de la Présidence et a été ramené par les mêmes moyens à Saint-Escobille.*

*Né Italien en 1887, il s'appelle Telemaco Pappalardo. Son parrain a sans doute voulu corriger l'incongruité du patronyme (« Bouffeur de lard ») en le plaçant sous la protection de Télémaque, le glorieux fils d'Ulysse et de Pénélope. Manquant de ressources dans sa Lombardie natale, il la quitte en 1909, âgé de vingt-deux ans. Il trouve du travail chez nous dans le bâtiment, épouse une Française qui lui donne trois enfants. En 1914, lorsque la France entre en guerre contre l'Autriche et l'Allemagne alors que l'Italie a signé avec ces deux pays un pacte d'alliance défensive, il estime que son devoir est de combattre pour le pays qui lui donne du pain. Il s'engage aux côtés de 3 000 autres Italiens dans la Légion garibaldienne, derrière le commandant Ricciotti, ancien franc-*

*tireur de 1870. Ils combattent dans l'Argonne où tombent 600 des leurs.*

*Le 24 mai 1915, l'Italie rompt les accords de la Triplice, entre en guerre à son tour pour récupérer les terres irrédentes, le Trentin, le Haut-Adige, Trieste et Fiume. Pappalardo est alors incorporé aux alpini italiens, dans les rangs desquels il se battra jusqu'à la fin de la guerre. Il participe au désastre de Caporetto (aujourd'hui Kobarid en Slovénie) qui causa des pertes italiennes effroyables. Hemingway a raconté dans* L'Adieu aux armes *comment les* carabinieri *brûlaient la cervelle aux officiers déserteurs. L'effondrement du front italien fut arrêté par le fleuve Piave au nord de Venise et grâce à l'envoi de troupes franco-anglaises retirées du front occidental. Le sergent Pappalardo finit la guerre sans peur et sans reproche.*

*Il revient en France, s'établit près de Grasse à Saint-Césaire où il se consacre à cultiver des fleurs. Il demande et obtient la nationalité française. Veuf depuis 1975, il vit en compagnie de ses enfants et de ses œillets. Le président de la République, Jacques Chirac, lui ayant demandé quelles étaient ses espèces préférées, il a répondu le grenadin à fleurs doubles, l'œillet musqué et l'œillet mignardise. Si ses jambes sont en mauvais état, il jouit d'une excellente mémoire.*

*Le Progrès* du 26 novembre 1997 :

*... M. Régis Féraz, âge de cent huit ans, ancien éclusier sur le canal latéral à la Loire en Sologne bourbonnaise, croyait être le dernier poilu de 14-18. On vient de lui apprendre qu'il est seulement l'avant-dernier, qu'un autre poilu d'origine italienne est son ancien de deux ans. Il y a trois ans, un envoyé spécial de notre journal, l'ayant*

rencontré, avait essayé de lui faire narrer ses combats. Il s'y était refusé, disant seulement qu'il avait eu une vie en rouge et bleu. Sa petite-fille Léone avait parlé à sa place. Apprenant qu'il était seulement l'avant-dernier poilu survivant, il s'en était réjoui :

– Maintenant, on me laissera tranquille.

– Aimeriez-vous rencontrer votre ancien ?

– Pour quoi faire ? Il a son compte, j'ai le mien.

– Il a reçu la Légion d'honneur près de la tombe du soldat inconnu.

– J'aurais aimé mourir en soldat inconnu.

Il est encore en bonne forme. Malgré un pied artificiel, ses jambes le portent bien, son esprit ne déraille aucunement.


*La Montagne* du 4 août 1998 :

*… M. Régis Féraz qui fut tenu un certain temps pour le dernier poilu de 14-18, laissant à Télémaque Pappalardo, son ancien, le titre de der des ders, vient de quitter ce monde. Il est tombé d'une échelle grâce à quoi il voulait cueillir des prunes reines-claudes dans son village Les Voisins. A-t-on idée de vouloir gravir une échelle à cet âge ? Il n'est donc pas mort pour la patrie comme tant d'autres. Il est mort pour des prunes. Comme tant d'autres.*

# Table

# Table

*Du même auteur*

ROMANS

*Le Chien du Seigneur*, Paris, Plon, 1952 (Prix populiste, 1953), Éditions de Borée, 2011.
*Les Mauvais Pauvres*, Paris, Plon, 1954
*Les Convoités*, Paris, Gallimard, 1955
*L'Immeuble Taub*, Paris, Gallimard, 1956, Bartillat, 2001
*Le Fils de Tibério Pulci*, Paris, Robert Laffont, 1959, ou *La Combinazione*, Paris, Julliard, 1988
*La Foi et la Montagne*, Paris, Robert Laffont, 1962 (Prix des Libraires, 1962)
*Le Péché d'écarlate*, Paris, Robert Laffont, 1966 (Prix de la Revue indépendante, 1968)
*Des chiens vivants*, Paris, Julliard, 1967, Presses de la Cité, 2010
*La Garance*, Paris, Julliard, 1968, AEDIS, 2000
*Une pomme oubliée*, Paris, Julliard, 1969
*Le Point de suspension*, Paris, Gallimard, 1969
*Un front de marbre*, Paris, Julliard, 1970
*Un temps pour lancer des pierres*, Paris, Julliard, 1974
*Le Voleur de coloquintes*, Paris, Julliard, 1972 (Prix Maupassant, 1974), Presses de la Cité, 2010

*Le Tilleul du soir*, Paris, Julliard, 1975

*Le Tour du doigt*, Paris, Julliard, 1977

*Les Ventres jaunes*, Paris, Julliard, 1979, Presses de la Cité, 2007

*La Bonne Rosée*, Paris, Julliard, 1980, Presses de la Cité, 2008

*Les Permissions de mai*, Paris, Julliard, 1980, Presses de la Cité, 2009

*Le Pays oublié*, Paris, Hachette, 1982

*La Noël aux prunes*, Paris, Julliard, 1983 (Prix de la bibliothèque de prêt du Cantal, 1984)

*Les Bons Dieux*, Paris, Julliard, 1984

*Avec flûte obligée*, Paris, Julliard, 1986

*La Dame aux ronces*, Paris, Presses de la Cité, 1989

*Juste avant l'aube*, Paris, Presses de la Cité, 1990

*Un parrain de cendre*, Paris, Presses de la Cité, 1991

*Le Jardin de Mercure*, Paris, Presses de la Cité, 1992

*L'Impossible Pendu de Toulouse*, Paris, Fleuve noir, 1992

*Gens d'Auvergne*, Paris, Omnibus, 1992

*Y a pas d'bon Dieu*, Paris, Presses de la Cité, 1993

*La Soupe à la fourchette*, Paris, Presses de la Cité, 1994

*Un lit d'aubépine*, Paris, Presses de la Cité, 1995

*Suite auvergnate*, Paris, Omnibus, 1995

*La Maîtresse au piquet*, Paris, Presses de la Cité, 1996

*Le Saintier*, Paris, Presses de la Cité, 1997

*Le Faucheur d'ombres*, Paris, France Loisirs, 1998

*Le Grillon vert*, Paris, Presses de la Cité, 1998

*La Fille aux orages*, Paris, Presses de la Cité, 1999

*Un souper de neige*, Paris, Presses de la Cité, 2000

*Auvergne encore*, Paris, Omnibus, 2000

*Les Puisatiers,* Paris, Presses de la Cité, 2001

*Dans le secret des roseaux*, Paris, Presses de la Cité, 2002

*La Rose et le Lilas*, Paris, Presses de la Cité, 2003

*L'Écureuil des vignes*, Paris, Presses de la Cité, 2004

*Une étrange entreprise*, Paris, Presses de la Cité, 2005
*Le Temps et la Paille*, Paris, Presses de la Cité, 2006
*Le Semeur d'alphabets*, Paris, Presses de la Cité, 2007
*Un cœur étranger*, Paris, Presses de la Cité, 2008, Pocket, 2010
*Les Délices d'Alexandrine*, Paris, Presses de la Cité, 2009
*Le Dernier de la paroisse*, Paris, Calmann-Lévy, 2011

### BIOGRAPHIES

*Hervé Bazin*, Paris, Gallimard, 1962
*Sidoine Apollinaire*, Clermont-Ferrand, Volcans, 1963
*Pascal l'insoumis*, Paris, Perrin, 1988
*Les Montgolfier*, Paris, Perrin, 1990
*Qui t'a fait prince ?*, Paris, Robert Laffont, 1997
*Aux sources de mes jours,* Paris, Presses de la Cité, 2002

### HISTOIRE

*La Vie quotidienne dans le Massif central au XIXᵉ siècle*, Paris, Hachette, 1971 (Prix de l'Académie française, 1972)
*Histoire de l'Auvergne*, Paris, Hachette, 1974
*La Vie quotidienne contemporaine en Italie*, Paris, Hachette, 1973
*Les Grandes Heures de l'Auvergne,* Paris, Perrin, 1977
*La Vie quotidienne des immigrés en France de 1919 à nos jours*, Paris, Hachette, 1984
*Le Pape ami du diable*, Monaco, Le Rocher, 2002

### ESSAIS

*Les Greffeurs d'orties*, Paris, La Palatine, 1958
*Grands Mystiques*, Paris, Pierre Waleffe, 1967
*Solarama Auvergne*, Paris, Solar, 1972

NOUVELLES

*Avec le temps...*, Paris, Presses de la Cité, 2004

DIVERTISSEMENTS

*Riez pour nous*, Paris, Robert Morel, 1972 (Prix Scarron, 1972)

*L'Auvergne et son histoire*, BD, dessins d'Alain Vivier, Roanne, Horvath, 1979

*Célébration de la chèvre*, Paris, Robert Morel, 1970, Coralli, 1997

*Cent clés pour comprendre le feu*, Paris, Robert Morel, 1973

*Les Zigzags de Zacharie,* Saint-Germain-Lembron, CRÉER, 1978

*Fables omnibus*, Paris, Julliard, 1981, ou *Les fables de Jean Anglade,* Riom, De Borée, 2009

*Confidences auvergnates*, Étrepilly, Bartillat, 1993

*L'Auvergne aux tisons*, Luzillat, Coralli, 1994

*Auvergnateries*, dessins de Jacques Poinson, Chamalières, Canope, 1994

*La Bête et le Bon Dieu*, Paris, Presses de la Cité, 1996

*Le Faon sans héritage*, Vichy, AEDIS, 1996

*Abécédaire auvergnat*, Luzillat, Coralli, 1997

*Le Pain de Lamirand*, Riom, De Borée-Coralli, 2000

ALBUMS

*L'Auvergne que j'aime,* Paris, SUN, 1973

*Drailles et burons d'Aubrac*, Paris, Le Chêne, 1980

*L'Auvergne et le Massif central d'hier et de demain*, Paris, Delarge, 1981

*Clermont-Ferrand d'autrefois*, Lyon, Horvath, 1981

*Clermont-Ferrand fille du feu*, Seyssinet, Xavier Lejeune, 1990
*Les Auvergnats*, Paris, La Martinière, 1990
*Mémoires d'Auvergne,* Riom, De Borée, 1991
*L'Auvergne vue du ciel*, Riom, De Borée, 1993
*Trésors de bouche*, Riom, De Borée, 1990
*Mon beau pays la Haute-Loire*, Riom, De Borée, 1998
*L'Auvergne de Jean Anglade*, Riom, De Borée, 2007

### TRADUCTIONS DE L'ITALIEN

*Le Prince,* de Machiavel, Paris, Le Livre de Poche, 1985
*Le Décaméron,* de Boccace, Paris, Le Livre de Poche, 1979
*Les Fioretti*, de saint François d'Assise, Paris, Le Livre de Poche, 1983
*Le Convoi du Brenner*, de Ruggero Zangrandi, Paris, Robert Laffont, 1962
*La Religieuse de Monza,* de Mario Mazzucchelli, Paris, Robert Laffont, 1962

### POÉSIE

*Chants de guerre et de paix,* Attichy, Le Sol Clair, 1945
*Décembre* (à paraître)

### THÉÂTRE

*Le Cousin des îles*, scénario d'après *Les Bons Dieux*

### FILMS

*Une pomme oubliée*, réalisation de Jean-Paul Carrère
*Les Mains au dos,* réalisation de Patricia Valeix
*Le Manuscrit du dôme*, DVD

## Cassettes

*Contes et légendes d'Auvergne,* Paris, Nathan
*Si Lempdes m'était chanté,* Mairie de Lempdes, Puy-de-Dôme

### Vidéocassettes

*Mémoires d'Auvergne* (Films Montparnasse)
*Le Tour de France des métiers, Auvergne* (BETA Production)

Composition réalisée par NORD COMPO

Achevé d'imprimer en février 2011 en Espagne par
BLACK PRINT CPI IBERICA, S.L.
08740 Sant Adreu de la Barca (Barcelona)
Dépôt légal 1re publication : mars 2011
LIBRAIRIE GÉNÉRALE FRANÇAISE – 31, rue de Fleurus – 75278 Paris Cedex 06